新 潮 文 庫

草 の 花

福 永 武 彦 著

新 潮 社 版

937

目次

草の花

人はみな草のごとく、その
光栄はみな草の花の如《ごと》し。

ペテロ前書、第一章、二四

冬

私はその百日紅《さるすべり》の木に憑《つ》かれていた。それは寿康館と呼ばれている広い講堂の背後にある庭の中に、ひとつだけ、ぽつんと立っていた。寿康館では、月に一回くらい、サナトリウムの患者たちを慰問するために映画会が開かれた。しかし私は、まだ病状がすっかり恢復《かいふく》していたわけではなかったから、そこに映画を見に行ったことはない。ただ風のあまりない、日射《ひざし》の暖かな冬の日に、庭の中をぶらぶらと歩いただけだ。泉水があって、その廻《まわ》りに山吹や椿《つばき》や楓《かえで》の木がある。寿康館の裏側の窓の前に、黐《もち》の木が、緑色の葉群《はむれ》を真丸く茂らせたまま、ドアニエ・ルソーの絵みたいに、二三本並んで立っている。向う側には枯れ枯れと連なっている梅林。庭の真中に小さな東屋《あずまや》、そしてその側《そば》に百日紅の木が一本、ぽつんと立っていた。

それは気味悪く枝々を宙にさらけ出していた。裸の、死んだような、すべすべした枝。私はその側まで魅せられたように近づくと、どうしてもそれを撫《な》でてみないわけには行かなかった。それはまったくすべすべして、赤ん坊の肌《はだ》のようだった。それでいて、厭《いや》らしいように年を取っていた。夏になると、この枝々に幾つもの小さな葉が茂り、そこに百日の間紅い花が簇《むら》がり咲くなどと、一体どうしたら信じられるか。枝は無意味に、曲りくねった百の手を天に差出している。それは他の一切のものと、何の関係もなく立っていた。

私は既に此所《ここ》で、――東京郊外K村のこのサナトリウムで、――冬を二回越した。最初の冬に、胸廓成形《きょうかく》の手術を受け、予後が好ましくなかったから、やっとこの秋くらいから散歩の出来る身体になったばかりだ。従って私は、夏、寿康館の裏手の庭に来たことがない。従って夏、この百日紅に葉が生れ、花が咲いているのを見たことはない。私の知っている限り、木はいつも孤独に、裸のまま、くねくねと枝をひろげて佇《たたず》んでいた。（これは今からもう五年ほど前のことだ。後に私は、夏になって、木がちゃんと花をつけ、盛装して立っているのを見た。しかし、そんな百日紅には、もはや、何の感動もなかった。）

私は汐見茂思《しおみしげし》と、二人で、そこへ行ったこともある。私は丹前を着て、懐手《ふところで》をしていた。汐見は白い病衣の上にオーヴァを着込み、ポケットに両手を突込んでいた。私は例によって百日紅の枝を撫でた。枝は空気よりも一層冷たく、生の本質のようにくねっていた。

「自然というものは恐ろしいね、こうやって生きているんだからね、」と私は言った。

「これは百日紅かい？」と彼は訊《き》いた。

「そうだよ、知らないのかい? これでちゃんと春になると芽が吹くんだ、夏になると花が咲くんだ。何だか不思議な気がする。」

汐見は手術前の身体だったから、私が月並なことを言ったのも、多少彼に景気をつけてやる気味があったかもしれない。また夏が来るかどうか、実は私自身にも半信半疑だった。よくなることを願うのは、誰《だれ》しも自然の情だ。が、不幸な経験を幾度も重ねた病人は、癒《なお》るか癒らないかが人力の及びがたいところで行われていることを、決して忘れてはいないのだ。夏は、もう決して来ないかもしれなかった。

「馬鹿《ばか》げている、」と彼は言った。「こんな惨《みじ》めな恰好《かっこう》をして、それで生きていたって何になるものか、死んでる方がよっぽどましだ。こいつめ、死んだ真似《まね》なんかしやがって。」

汐見は足を上げて、履いている下駄《げた》の裏でこつんと木の幹を叩《たた》いた。それから、ふと勢いが抜けたように、「行こう、」と言った。

私は霊安室の横手にある裏門にも憑かれていた。病院の構内を一周して散歩道がある。この季節には、生い茂っていた夏草も枯れ、散歩道を縁取った楢《なら》や栗《くり》や櫟《くぬぎ》の木々も落葉する。そうすると散歩道からは病棟の部屋部屋が見え、病棟で寝たきりの患者の眼《め》にも、枯れ落ちた雑木林の向うに、外気小舎《ごや》のトントン葺《ぶき》の屋根が幾つも点在するのが眺《なが》められた。

霊安室は、この散歩道からもう病棟が見えなくなった辺りに、木立の中にはずれて、一棟《むね》、寒々と建っていた。いつもは錠前の掛った入口を明けると、土間の向うに祭壇のある八畳間、その隣が六畳の控室、そして裏に、厚い壁に仕切られて、解剖室が附《つ》いていた。その建物は運命の悪意のように、いつも人待気《ひとまちげ》に建っていた。

冬の朝、病室の窓に凭《もた》れて外を見ていると、看護婦が二人、係の爺《じい》さんと共に、担架を下げて屍《しかばね》を運んで行くのが見えた。凍りついた雲が灰色の層をなして低く垂れ、インクのしみのような太陽が僅《わず》かばかりの薄明を地上に投げている時に、屍の上に掛けた白い布の上にも、霜は寒く下りた。黙々とあとから随《つ》いて行く一人か二人の遺族、――そして行列は霊安室の方向へ、ゆっくりと進んで行った。

私たちは窓に凭れて見ていた。ぴりぴりする空気を透《とお》して、担架を運ぶ看護婦たちの話声が、意味は分らぬながら、鮮かに聞えて来る。時々は明るい笑声までが。一体何を笑うことがあるだろう。何の屈託もないように、のびのびと、自由に。

「けしからんね、」と私は言った。

「要するに事務なんだよ、routine《ルーチン》なんだよ、」と角さんが言った。角さんは機械屋だった。独学で英語の専門書などを読んでいたから、時々英語を使った。

「いくらなんでも場合が場合じゃないか、何を運んでいるつもりなんだろう。」「あの前に行く看護婦は田中だ、」と角さんが言った。田中というのは美人の評判の高い看護婦だった。患者の前ではいつもつんと澄ましていたが、女どうしではよく笑った。看護室の前の廊下を通ると、時々、中から彼女の笑声が聞えて来た。

「あの澄まし屋の奴《やつ》、」と私は言った。「僕《ぼく》は不真面目《ふまじめ》な女は嫌《きら》いだ。」

声も、行列も、次第に遠ざかった。その時、汐見が誰にともなく言った。

「不真面目なんじゃないな、ただ若いというだけなんだ。」

私は振り向いた。汐見はベッドの上に胡坐《あぐら》をかいて、煙草《たばこ》を吹かしていた。

「あの看護婦たちは生きているんだ、」と彼は続けた。「人が死のうと死ぬまいと何の関係もないんだ。死んだ奴は死んだ奴だ。彼女たちは生きている、笑いもすれば泣きもする、それだけだよ。死んだ奴とはおよそ縁のない世界に、生きているんだ。君のような詩人なら、さしずめ、死の灯影《ほかげ》の廻りを飛び交う蛾《が》の如《ごと》し、とでも言うところさ。」

私は答をためらった。その間に行列はまったく見えなくなった。その晩のお通夜《つや》に、霊安室に安置された棺《ひつぎ》の前で、私は澄まし屋の田中が涙を拭《ぬぐ》うのを見た。

その年の冬は、死ぬ患者が多かった。もう五年の昔になる。それはストレプトマイシンがそろそろ出廻り出した頃《ころ》で、しかし、値段はまだ高く、誰でもがそれを使えるとは限らなかった。成形手術は普及したが、肺葉摘出の手術はその緒に就《つ》いたばかりだった。冬は厳しく、死者は多かった。私たちはしばしば屍の通るのを見た。

しかし散歩道を辿《たど》って霊安室の前まで行くと、その建物は雑木林の中に森閑と蹲《うずくま》って、裏門はぴたりと鎖《とざ》されたままだった。私はいつも、半ば無意識に、角材を組み合せた粗末な木の門を、両手で押してみた。それは微《かす》かに軋《きし》ったが開きはしなかった。切られ、皮を剝《は》がれた木材は、縦横《たてよこ》にしっかと打ちつけられたまま、私の行手を塞《ふさ》いでいた。その門が開くのは、霊柩車がはいって来る時と出て行く時、つまり私たちが出棺見送りと称して、霊安室の前に整列する時に限られていた。正門から出て行くか裏門から出て行くか、――このサナトリウムに病を養う七百人の患者にとって、出て行く道は常にこの二つしかなかった。多くの者は正門から出た、そして幾人かは裏門から出た。私は鎖された裏門に手を掛ける度に、暗い憤《いきどお》りを禁じ得なかった。私は嘗《かつ》て汐見茂思とそこに行ったことはないが、もし彼が一緒にいたら、私よりも何層倍か力を入れて、この門を、――謂《い》わば運命の門を、憤ろしく押したに違いないと思う。彼もまた、私が百日紅の木や霊安室の裏門に憑かれていたように、一つの観念に憑かれていた。ただ違うのは、私たちサナトリウムの患者は皆、自分の死という観念に憑かれ、彼は他人の死という観念に憑かれていたことだ。しかし私は、そのことをあまりにも遅く知った。

しかし、私は自分について語るためにこの稿を起したのではない。汐見茂思、――ただこの人物を紹介しようと思うばかりだ。

私はサナトリウムの一病室に、彼と隣合って、一年足らずの月日を過した。病室は大部屋と呼ばれて六つのベッドがあり、病状の好転した者は外気舎へ出て、そこで、歩行療法や作業療法を受け、病状の悪い者や手術直後の者は、個室へ出た。従って大部屋のメンバアにも時々交替があり、私はサナトリウムにいた間に十人以上の人たちと同室した。それらは皆、偶然が人生途上に齎《もたら》した仮初《かりそめ》の友人たちと言うことが出来る。昼は昼の不安を共にし、夜は夜の恐怖を共にするこれら六人の患者たちに、深い友情が流れていなかった筈《はず》はない。これをしも仮初と呼ぶならば、どこに仮初でない友情があろう。しかし、一人は一人だけの孤独を持ち、誰しもが鎖《とざ》された壁のこちら側に屈《かが》み込んで、己《おのれ》の孤独の重みを量《はか》っていたのだ。そして一人一人は異った年齢、異った人生体験、異った病状によって独立し、相互を結ぶ友情と友情との楔目《くさびめ》に、嫉《しっ》妬《と》や羨望《せんぼう》や憎悪《ぞうお》など、何よりもエゴイズムの秘められた感情を、隠し持っていなかったと誰が言えよう。

一般にサナトリウムの患者たちにとって、彼等を襲った不幸は常に電撃的に来た。それは彼等の人生の道程を変えた。彼等が健康を自負していた時に、病気は疾風《はやて》のように彼等の帽子を吹き飛ばしてしまった。今や、転がって行く帽子を追いかけて行く努力の中に、生きることの本質は次第に見喪《みうしな》われた。生きるという言葉が、これほどの実感をもって呟《つぶや》かれる場所は他《ほか》にないだろうが、生きることはその実、喀痰《かくたん》検査や、レントゲン撮影や、外科診断や、血沈の測定や、――すべて彼の病状の進行に関する不安の中に、凝縮した。患者は、一人ずつ自分の診療簿《カルテ》を持つように、彼の病状が彼自身に与えた精神の傷痕《きずあと》、彼に固有の孤独を持った。どのように病状がよくなったと医師に言われても、それで彼の不安がまったくなくなるわけではない。絶対に治癒《ちゆ》した、と断言し得る場合は医学的に殆《ほとん》どない。ただ、誰々と較《くら》べて良いとか悪いとかいう、相対的な自己満足があるばかりだ。そしてたとえ肉体が恢復したとしても、ひと度受けた精神の傷痕は、終生、癒《いや》されることなく残るだろう。この傷痕の自覚が、常に、私等の孤独に鞭《むち》を当てた。

汐見茂思が私の心を捉《とら》えたのは、何よりも、こうした傷痕を軽々しく表に洩《も》らすことのなかったその精神の剛毅《ごうき》に、私が打たれたからに他ならない。私は彼とベッドを並べて寝ていたが、嘗て一度も、病状が悪くなったからと言って彼が心を動かすのを見たことはない。月に一回ずつ、血沈の測定と喀痰検査とが行われる。血沈は朝食前に済んで、九時から十時になると結果が分った。すると部屋の誰かが医者の眼を偸《ぬす》んで看護室へもぐり込み、六人分の血沈値を書き写して来るのだ。私たちの中で、いつでも血沈がよかったのは、良ちゃんと呼ばれていた大学生ひとりだった。あとの五人はその時々によくなったり悪くなったりした。喀痰検査の方は、結果が数日後に分った。私たちはそれが分るまで、どうも駄目そうだよなどと噂《うわさ》して、いっこうに落ちつかなかった。検査の結果にはガフキイ一号から十号までの等級があり、無菌の場合はマイナスと記入された。殆どいつもマイナスだったのは良ちゃん一人で、機械屋の角さんとか汐見とかは、時々五号や六号を出していた。私なんかはマイナスの時には躍り上って悦《よろこ》び、一号でも出ると、蒲団《ふとん》をかぶって寝てしまったものだ。しかし汐見はどんなに悪くても、そうかいと言っただけで、格別の表情を示さなかった。

「君はよくそんなに平気でいられるね、」と私は汐見に言った。

「僕《ぼく》の精神が生きている限りは、」と彼は答えた。「僕という人格は僕のものだよ。」

「大きく出たね。しかしその君の精神とやらは、肉体の泯《ほろ》びることに何の痛手も感じないのかい？」

「肉体は泯びるさ、そんなことは分っている。分っているからこそ、僕は僕の精神を大事にしたいのだ。君だってそうだろう。」

「しかし君、肉体が少しずつ参って行くのを見詰めるのは、耐えられないじゃないか。肉体が死んじまったら精神もへったくれもないんだから。」

「それを見詰めるのが生きていることだ、」と汐見は毅然として言った。

「そう理窟《りくつ》通りには行かないよ。」私はつい弱音を吐いた。

「君は感受性が強いからね、詩人というのはそういうものだろう。僕なんか、物を見てそれで生きているだけだ。」

私はなるほど若年の頃から詩を書いてはいたが、作品以外で詩人扱いをされるのは御免だった。だから、厭な顔をして黙り込んだ。汐見は枕の下に隠した煙草の箱を取り出すと、一本を抜いて火を点《つ》けた。咳《せき》をし、それからまた深く煙を吸い込んだ。

「僕も昔はそうだったよ、」と彼は言った。「しかし僕は僕の感受性を殺してしまった。感受性、というより、僕は自分の魂を殺してしまった。僕は君が羨《うらや》ましいよ。」

そう言って、彼はちょっとの間、実に暗い顔をした。

汐見が初めて私たちの大部屋にはいって来たのは、私が、成形手術の予後が思わしくなくて、隅《すみ》のベッドに仰向に寝たきりでいた頃《ころ》だ。季節は漸《ようや》く春を迎えて、天高く雲雀《ひばり》の啼《な》く声が、窓の枠《わく》に嵌《は》め込まれた蒼空《あおぞら》から、降るように滴《したた》り落ちた。午後の安静時間中、病棟は森閑として、雲雀のほかに声ひとつない。私は首を窓の方に向け、ぼんやりと物思いに沈んでいたが、廊下にごろごろと運搬車を押して来る響が次第に近づいたかと思うと、部屋の入口の戸が開いて、看護婦が二人、蒲団の包を中へ運び入れた。私の隣のベッドは、そこの患者が数日前に外気舎に移って、裸のマットを露《あらわ》にしていた。どんな奴《やつ》が来たのかしらん、と思い、しかし好奇心よりは看護婦の動き廻るのがうるさくて、蒲団を引かぶると、そのまうとうとと眠ってしまった。

看護婦に呼び起されて、ああもう検温の時間か、と独り言を言い、それから欠伸《あくび》を一つし、六度八分、七十八、と体温と脈搏《みゃくはく》とを述べた。そして見るともなく隣のベッドに眼《め》を移すと、さっきまで主のなかったベッドの上に新しい蒲団が敷かれ、白衣を着た男が、胡坐《あぐら》をかいて澄まして煙草《たばこ》を喫《の》んでいた。

「体温は？」と看護婦が訊《き》いた。

「この次の時からにしてもらいましょう、まだ計ってないからね。」

看護婦は（それはまだ年端《としは》の行かぬ、勤務に熱心な養成所の生徒だったが）暫《しばら》く困ったように相手の顔を見た。それから決心のつきかねる面持《おももち》で、隣のベッドへと移った。向う側の三人の検温を済ませて部屋を出て行きがけに、きりりと取りつくろった顔立になると、振り向いて呼び掛けた。

「汐見さん、煙草はいけないこと御存じないんですか？」

「知ってますよ、」と相手はすぐさま是認した。

看護婦はまじまじと見詰めていたが、ぷっと吹き出すと急いで出て行った。

私は笑った。

「君はなかなか豪傑ですね、」と呼び掛けた。

「僕、汐見です、宜《よろ》しく、」としごく真面目《まじめ》な顔で挨拶《あいさつ》してから、「あなたがどうやらでたらめに検温を言ったらしいから、煙草の方も怒られることはあるまいと高を括《くく》ったんですよ。」

彼はうまそうに煙草を吹かした。「引越のあとくらい、一服してもいいでしょう、」と言った。

サナトリウムの中では、勿論《もちろん》、禁煙にきまっている。が、恢復《かいふく》期の病人には煙草の誘惑は何より強かった。向う側の真中のベッドにいる角さんは、ずっと気胸を続けていて、それもどうやら経過がはかばかしくなかったが、ベッドの上にラジオの部分品を並べて電気鏝《でんきごて》を操る一方、こっそり、忙しそうに、煙草を吹かした。また私の側《がわ》の窓際《まどぎわ》の、いつも小父《おじ》さんと呼ばれている五十がらみの患者は、この年になって今迄《いままで》の癖がやめられますか、と威張っていた。場末の古道具屋の主人とかで、世の中の酸《す》いも甘いも心得ていた。店の休みの日にはお内儀《かみ》さんが小さな子供の手を引いて面会に来た。安静時間には三人で散歩に行き、時には少しアルコールのにおいをさせながら帰って来た。

汐見茂思の悪徳は煙草にかぎっていた。彼は医者や看護婦の隙《すき》をうかがって、うまそうに煙草を喫んだ。

「汐見さん、安静の邪魔になるから、その煙草やめてくれないか、」と良ちゃんが言った。

「邪魔ったたって、君のところまで煙が行くかい？」と汐見が答えた。

「邪魔ったら邪魔なんだ。だいたい療養所の中で煙草を喫むなんて非常識だ。」

良ちゃんはベッドの上に起き上って、いつもの血色のいい、真丸い顔を真蒼《まっさお》にさせていた。彼は私の正面に、いつもは黙り込んで死んだように寝ていた。そして時々、ばかに陽気になって鼻唄《はなうた》を口ずさんだり、看護婦をからかったりした。が、それもやがて風のように凪《な》ぐと、また陰鬱《いんうつ》な沈黙が周期的に廻《めぐ》って来た。それは一風変った青年だった。或《あ》る医科大学の学生だったが、自分の病状に関しては神経質すぎるほど神経質で、いつでも外気に出る候補者の筆頭に数えられていたのに、診断の度ごとに自分から故障を申し立ててこの特権を放棄してしまった。医学生だから慎重だということもあったろうが、自分の病状は本当は非常に悪く、ただ此所《ここ》の医者どもには分らないのだという固定観念に縛られていた。

「僕が非常識なことは分っている、」と汐見は言った。「しかし僕の身体のことは僕に任せ給え。」

「自分の身体に悪いことを平気でするような奴は、非常識だ、」と良ちゃんは繰返した。

「他人さえ迷惑でなければ、何も問題はないだろう。一体君にとって邪魔なのかい、それとも僕が煙草を喫むのが非常識なのか？」

「どっちもだ、馬鹿《ばか》。」

良ちゃんはぶるぶると顫《ふる》えていた。汐見は落ちついて、わざとうまそうに煙を吐き出した。

「そうか、君はそんなに死にたくないのか。」

汐見は相手の顔を見て、ゆっくりとそう言った。その言葉に、部屋の中が急に気まずい程しんとした。

「もういいじゃないか、喧嘩《けんか》をする方がよっぽど身体に悪いよ、」と私は言った。

良ちゃんは蒲団《ふとん》をかぶって寝てしまった。何ごともなかったように、角さんが俯《うつむ》いたままラジオの器械をぴいぴい言わせ始めた。そうか、と私は思った。良ちゃんが怒りたかった相手というのは角さんの方だった。この二人はベッドを並べたまま、何かにつけて悶着《もんちゃく》を起した。角さんは、将棋の駒《こま》のような角ばった顔をし、頭の毛がそろそろ薄くなりかけていたが、年の頃は良ちゃんと甲乙がなかった。病状は外見以上に悪かったのに、いつでも起き上ってラジオ修理のアルバイトをしていた。幼い時から苦労を嘗《な》め、強情っぱりで、我慢強くて、その実人間はさっぱりしていた。良ちゃんのところまで煙草の煙をなびかせるのは、角さんの古ぼけたパイプに他ならなかった。

それなら角さんに怒ればいいのに、と私は考えた。しかし医学生が汐見に怒鳴ったのには、やはりそれ相応の理由があった筈《はず》だ。何よりも汐見の物に動じない態度、病状が悪くても人ごとのような顔をしたその落ちつきかたが、良ちゃんには一々彼への当こすりのように受け取られたのに違いない。私たちにとって、こうした汐見の、謂《い》わば生きることへの無関心は、実に非現実的な感じがした。まるで病気でも何でもないのに、間違ってサナトリウムの一室に紛れ込んだとしか見えなかった。それが私には友情を、角さんや小父さんなどには畏怖《いふ》を、そして良ちゃんには嫉妬を、喚《よ》び起した原因だったろう。あらゆる患者が、死と、死の影とに怯《おび》えている中に、彼ひとりは何ものにも束縛されず自由であるかのように見えた。真実には、彼もまた、深く捉えられていたのだ。ただ、彼はそれを表に見せることをしなかった。

私が汐見に感じた友情の原因には、二人がほぼ同じ時期に、同じ大学に籍を置いていたことも与《あずか》って力があっただろう。ただ私は外国文学を専攻したし、彼は言語学科だったから、その当時から、私たちが近附だったわけではない。それでも、同じ銀杏《いちょう》並木の下をすれ違ったかもしれず、同じ古本屋の棚《たな》の前で肩を並べて本を見ていたかもしれないと考えることは、私たちの気持をひどく近しくした。しかし私が彼についての覚え始めた親愛の情が、同じ割合で、彼から私に返って来たとは思われない。彼は冗談も言ったし、人を笑わせもした。気が向くとよく喋《しゃべ》った。が、彼はいつも自分の廻りに一種の孤独を置いた。私と親しく話をしていた時でも、彼は彼の孤独の中から、特に胸襟《きょうきん》を開いて歩み寄って来ることをしなかった。しかも自分の過去については一切口を緘《かん》していたから、このような孤独の原因が何であるのか、もとより私に知るところはなかった。

その年の冬は、私が経験した限りのサナトリウムの冬の中でも、とりわけて厳しかった。夜中にふと目覚めると、暗夜を翔《か》ける木枯の叫びが、言いしれぬ寂しさを身に感ぜしめる。開かれたままの窓から、凍《い》てついた空気が流れ込んで来る。遠くの病室で、絶え入るような烈《はげ》しい咳《せき》の音。そしてそのような、長い、眠られぬ夜の間に、床頭台に置かれた罎《びん》の中で、嗽《うがい》の水が次第に凍って行くのだ。

一日一日が単調に明け暮れた。寒気が厳しく、空模様のすぐれない日など、食事時間以外はベッドの中に寝たきりでいることもある。手を出していれば指の先がかじかみ、書見器にひろげた本も、徒《いたず》らにいつまでも同じ頁《ページ》を指している。何ごとをする気力もなく、何ごとを考える気力もない。それでいて幾つもの写象が、とりとめもない聯想《れんそう》の糸に繋《つな》がって、或《ある》いは過去の記憶へ、或いは未来の空想へと、私たちを導く。しかしその何《いず》れもが、耐えがたい程暗いのだ。少年の日に夢みた生きるということは、現在のような、こんな惨《みじ》めな状態を指すのではない筈《はず》だった。生きるという言葉の中には、燃え上るような、一身を賭《か》けて悔いないような、悦びや悲しみが彫《え》り込まれていた。それなのに、今、生きることは一日一日の消耗にすぎなかった、——することもなく考えることもなく、ただ懶《ものう》い倦怠《けんたい》の中に。そして人生のコースを違《たが》えてしまったことから生じる悲しみが、現実的なさまざまの困難を伴って、重苦しく私たちの心を鎖していた。

「君はよくそうやって仕事をするね、」と私は言った。

汐見は寝台の上に机を据《す》え、何かしきりとノオトに書きつけていた。机といっても、蜜柑《みかん》箱を壊してつくったような粗末なものだ。その上に肱《ひじ》を突き、彼はこっちを向いて笑った。

「仕事というようなものじゃないよ。」

「僕なんか何も出来やしない。よく人に言われるんだ、詩なら寝ていても書けるからいいねって。冗談じゃない、寝ていて書けるような生易しい詩なんかあるものか。」

「しかし、書く内容は持っているんだろう、勿論?」

「内容なんか問題じゃないさ、定着すること、それが詩さ。が、僕には定着するだけの力がないんだ。一行の詩を書くのにも、全力を挙げなければならない、ところが僕にはそれだけの力が湧《わ》いて来ないのさ。まったく君が羨ましいよ。一体、君の書いているものは何?」

「これかい?」と口籠《くちごも》って、汐見はちょっと困ったような顔をした。「まあ小説のようなものだ。」

「凄《すご》いね、猛烈なファイトだね、」と私は言った。

彼はそれを、私の皮肉だと取ったらしい。「そういうものじゃない、間違っちゃ困るよ、」と答えた。「君は本当の詩人だから、全力を挙げないでは詩を書かない、そのことはつまり、君がいつかは全力を挙げて詩作することを予定しているわけだ。現在の君は、他日の創作のために、謂《い》わば経験の蜜《みつ》を貯《たくわ》えているわけだ。それは君が専門家だからだ、芸術家、と言ってもいい。ところが僕なんか、そんなものは何もないさ、読者を考えて書くわけでも、発表を考えて書くわけでもない、ただね、僕が今、此所にこうやって生きていることの証拠に、何か書いていなければ気が済まないというだけだ。」

「つまり君は、君ひとりのために書いているというんだろう、それが本当なんだよ、大したことじゃないか。」

「君に誉《ほ》められるとくすぐったいよ、」と彼は言った。

私たち六人は、大抵は、皆それぞれにひっそりしていた。私は、あまり量《はか》の行かない書物と取り組んで、時々、思い出したように頁をめくった。私の向いのベッドでは、良ちゃんが、きっちりと畳んだ手拭《てぬぐい》を眼の上に載せたまま、微動もせずに寝ていた。

その隣では角さんが、遠慮しいしい壊れたラジオを直していた。その隣、つまり窓際のベッドでは、少し吃《ども》る癖があるために、いつも微笑を口に含んだまま人の話を聞く、おとなしい、無口の青年が、ベッドに腹這《はらばい》になって謄写版《とうしゃばん》の原紙を切っていた。鉄筆の擦《す》れるかりかりという音が、いつも、沈黙を一層深くした。私の側の窓際には、小父さんがカストリ雑誌を読むか、居睡《いねむ》りをするかしていた。そして小父さんと私との間で、汐見は机に向って「小説のようなもの」を書き、合間でうまそうに煙草を喫んだ。

しかしいつでもひっそりしていたわけではない。みんな一様に退屈していたから、誰《だれ》から口を利《き》くというのでもなく、私たちはベッドの上に起き直ってとりとめのない話を交した。時々はそれが議論にもなる、口喧嘩にもなる。一番荒っぽいのは良ちゃんだった。

「うるさいな、」と良ちゃんが口だけ動かして言った。

隣では、角さんがラジオの調整をしていた。困ったような顔をして手を休めたが、そのはずみに器械は一層ぴいぴい叫び出した。

「良ちゃん、少しくらい我慢しろよ、」と私は言った。こんな時に口を出すのが私のおせっかいだ。

良ちゃんは眼の上の手拭を取り、眼を剝《む》いて私を見た。

「安静の邪魔じゃないか、」と怒鳴った。

角さんはラジオのスイッチを切り、私の方に合図をした。怒らせちゃ駄目《だめ》だ、という合図。彼の人のいいところが、私には気の毒でたまらなかった。いつだって彼は気兼しいしいやっているのだ。ラジオとか謄写版とかいうのは、サナトリウムの中で僅《わず》かに許されたアルバイトだった。

「君が角さんに当ることはないよ、」と私は言った。「アルバイトをしなければならない社会的矛盾についてでも考えたまえ。」

「病人はアルバイトなんかしなけりゃいいんだ、」と良ちゃんは言った。「とにかく、おれにはうるさいんだ。やめてくれ。」

私たちは皆、貧乏だった。そんなことは今更らしく言うまでもないだろう。入所料を自費で賄《まかな》える患者なんか数える程しかいなかった。従って患者の多くは、生活保護法の適用を受けて、此所にはいっていた。入所料が無料で、月に五百円ばかりの生活費をくれた。僕や汐見のように、入所料だけがただになる医療保護というのもあった。ちゃんとした職業についていると健康保険を受けられたが、これは発病から二年で有効期間が切れたから、すっかり恢復《かいふく》しないうちに退所しなければならぬ患者も出た。

謄写版をやっている青年は生活保護だった、しかし月に五百円ばかりの小遣でどうしてやって行けよう。角さんの方は、入所費の何割かを自費で払っていた。生活保護法というのは規約が厳しく手続も煩瑣《はんさ》だったし、民生委員の御機嫌《ごきげん》次第では、うまく行かない場合も生じた。角さんの場合は、彼の両親の商売が手広いというだけで許可にならなかった。彼は入所料を滞納し、自分の小遣はアルバイトで稼《かせ》いでいた。（私はそういうことをみんな知っている。同じ病室に、同じアルミの食器でまずい一膳飯《いちぜんめし》を食って何年かを過せば、お互いの内情というものは自《おのずか》ら分るのだ。私は、角さんの家の商売が火の車であることも、小父さんの小さな娘がひどい麻疹《はしか》を患《わずら》ったことも、また良ちゃんがどんな恋愛を経験したかも、みんな知っていた、——ただ、汐見についてだけは、一切の事情が不明だった。）

　良ちゃんが癇癪《かんしゃく》を起し出すと、いつもとめどがなかった。角さんがラジオの器械を片づけてしまったので、今度は私の方に食ってかかった。

「おれは人に干渉なんかされたくないんだ。＊＊さん（と私の姓を呼んで）に口を出される覚えはないよ。」

「君は少し我儘《わがまま》なんだよ、」と私は気分を殺して言った。

「我儘？　何言ってんだ、あんまり兄貴ぶらないでくれ。」

私は彼のふくれ面《つら》が少しおかしくなった。

「良ちゃん、君安静だ安静だってしょっちゅう言うけど、精神の衛生ってこともちっとは考えたまえ、精神のバランスが取れていなけりゃ、身体の方にだって毒だぜ。」

「おれはこれでいいんだ、それが干渉じゃないか、余計なお世話だ。」

「そうかね、」と私は口を鎖《とざ》した。

その時、汐見がゆっくり言葉を掛けた。

「僕は良ちゃんが怒りっぽいのは、大いに賛成だよ。」

私もびっくりしたし、良ちゃんも内心我儘なことは承知の上に違いなかったから、きょとんとして汐見の顔を見た。

「怒鳴りたい時には怒鳴った方がいい、それが精神の衛生というものさ。（私の方を向いて彼はにやりと笑った。）泣きたい時には泣く、笑いたい時には笑う、それが自然だよ。ところが僕等は、奇妙に感情を抑えつけることが美徳だと、思い違って教育されて来たのだ。そりゃ何も、理性を無視しても構わないと僕だって言いやしないよ、が、思い返してみると、泣きたい時にも泣かなかった、怒りたい時にも怒らなかったということで、どんなに僕なんか損をしたことだろうと思うよ。生きるということは、自己を表現することだ、自己を燃焼することだ、精いっぱい生きるためには、自分の感情生活をも惜しみなく燃焼させなくちゃね。だから、見たところ良ちゃんは精いっぱい生きているようで、大いに羨ましい次第さ。もっとも、（と声を落して）他人にとっては確かに迷惑は迷惑だがね。」

　良ちゃんはまた蒲団をかぶって寝てしまった。汐見の皮肉が通じたかどうかは分らなかった。しかし良ちゃんは、それからあまり怒鳴ったりなんかはしなくなった。

　私たちが一番熱心に議論を交したのは、何と言っても、私たちの病状に関する話題の時だった。その中でも、汐見の病状、その手術予定が最大の関心を集めていた。診《カ》療簿《ルテ》に記載された汐見茂思の診断所見には、次のように書かれていた。

「左上葉肺門部ニ鶏卵大ノ空洞《くうどう》一個、下葉中野ニ撒布《さんぷ》性滲潤、右中葉ニ中等度ノ滲潤ヲ認ム。」

　汐見はこのサナトリウムにはいって来る前、近くにあるBという基督《キリスト》教関係のサナトリウムにいた。私たちのいるこのK村には、大小十幾つかのサナが並んで療養村と呼ばれていた位だが、Bサナトリウムは中でもごく小さな方で外科手術の設備がなかった、それで手術を受ける目的で私たちの方へ移って来る患者の数も尠《すく》なくなかった。

　初めての診断の時に、担当の若い医師はレントゲン写真と汐見の顔とを、等分にしげしげと見た。

「成形しても、充分の効果があるかどうかは分りませんね、空洞《カヴェルネ》の場所が場所だから、」と医師は言った。

「僕は肺摘《はいてき》の手術をしてもらいたいんです、」と汐見は答えた。

「肺摘？　そうですね、反対側が綺麗《きれい》ならいいけど……それは少し冒険じゃないかな。」

「しかし、僕はぜひ肺摘をやってもらいたいのです。」

汐見の言いかたがあまりに強かったので、若い医師は少し気分を害したらしかった。診断が済んだあとで、私たちは私たちなりに議論を交した。

「汐見さんは呆《あき》れるほど勇敢だよ、」とまず角さんが感心した。角さんは毎週の気胸でさえもびくびくものだったから、手術なんて考えただけでもぞっとする、と口にしていた。

「肺摘というのはまだ危険なんじゃないかな、」と私は言った。「もう少し様子を見てからの方がいい。」

「僕はやってもらうつもりですよ、」と汐見は丁寧に言った。

「成形だっていいだろうに、」と小父さんが口を挟《はさ》んだ。

「成形は駄目だ、」と良ちゃんが言った。「成形したってこんな大きな空洞は決して潰《つぶ》れやしないよ。」

「肺摘ならどうだい？」と私は訊《き》いた。良ちゃんは何と言っても医科大学の学生だったから、その専門的意見は一応尊重された。

「駄目だ、危険ですよ、」と大きな声で答えた。「安静にして、ストマイを打って、よっぽど病巣《びょうそう》が落ちついてからなら、……しかしそれでもどうかな。」

「とにかく僕はやってもらいますよ、」と汐見はにこにこして、しかし頑固《がんこ》に、言い張った。

実際に病状は悪いのに、外見《そとみ》にはひどく元気そうな患者がいる、――汐見なんか、その最たるものだろう。微熱もないし、咳も大して出ない、好き勝手に動き廻っている。そこから、危ない手術なんか受けないで、おとなしく寝て様子を見た方がいいという意見が有力だった。担当の医師が容易に手術に賛成しないので、汐見は村田先生の外科診断を受けに行った。

僕等のいるサナトリウムは、肺外科に関してはK村の数ある療養所の中でも一流だった。何人かいる外科医の一人一人が、旺盛《おうせい》な研究心と多年の経験とによって卓抜していた。村田先生は、此所《ここ》でメスを執《と》っている外科医のうちではごく若い方だったが、患者にも看護婦にも大した人気があった。他の医者のように取っつきにくいところがなく、温厚で、いつも口辺に微笑を絶やさなかった。音楽に造詣《ぞうけい》が深く、レコードコンサートには解説役を引き受けたり、ピンセットと薬包紙とを使って、看護婦のために豆粒よりも小さな折鶴をつくってくれたりした。が、何と言っても、天性の器用さが手術台に向った場合のメスのさばきにも如実《にょじつ》に現れて、所要の時間も早く間違いも尠い点が、患者の信頼を集めていた。村田さんの手術で駄目だったらしかたがない、という一種の信仰があった。

「よう、どうだった?」と私たちは一斉《いっせい》に訊いた。

「まだきまらない、」と言って、汐見は少しくたびれたような顔をした。「何でもね、やってやれないことはないそうだ。ケエスとしては面白《おもしろ》いケエスだ、と言うんだが。」

「村田さん自信がないのかな、」と角さんが言った。

「そんな危険な手術を村田先生がするものか、」と良ちゃんが言った。

その頃は、まだ肺葉摘出術と呼ばれるこの種の手術は、漸《よう》く緒《つ》に就いたばかりだった。成形ではどうにもならないような患者を対象にしていたが、適応症の患者も尠く、希望者も尠かった。何しろ、成形の方は一時間足らずの手術時間で済んだのに、肺摘となると十時間にも及び、医師にとっても患者にとっても、なみなみでない決意を必要とした。ストレプトマイシンも割当制で自由に使うことが出来ず、輸血も看護婦の奉仕に俟《ま》った。現在では、成形でも肺摘でも手術死ということは殆《ほとん》どないが、当時の肺摘には謂《い》わば決死の覚悟が要った。見込まれた患者はさんざ駄々をこねてから承知するのが普通だったから、汐見のように自分から肺摘を志望するのには意外の感じがした。私がもし良ちゃんだったら、君はそんなに癒りたいのか、と皮肉の一つも言い返したところだ。しかし汐見には、どんな皮肉も受けつけないような不思議な強靭《きょうじん》さがあった。

そうして冬が過ぎて行った。十二月の末に初雪が降り、寒さが一段と厳しくなって正月を迎えた。サナトリウムの生活の中で、正月ほど味気なく侘《わ》びしいものはない。患者の一人一人にのし餅《もち》の一枚と折詰の一折、それに部屋ごとに若干の炭が暮のうちに配給され、元旦《がんたん》の朝には鍋《なべ》一杯の汁《しる》を配膳室《はいぜんしつ》から貰《もら》って来ると、七輪に火を起して雑煮をつくるのだ。小父《おじ》さんは外泊の許可を取って自宅へ帰ったから、私たち五人はつつましく元旦を祝った。恐らくは一年の他の一日と、この一日との間に、特別の、こと新しい感情とてはなかっただろう。ただ夜になって、宿直の看護婦とトランプでもやろうと言って、角さんが看護室へ出掛けて行った位のものだ。そして一日一日は、また単調に過ぎて行った。

七草の終った頃《ころ》だったか、或《あ》る日、私は外気へ出掛けて行って、詩を書いている若い友人の小舎《こや》で暫《しばら》くお喋《しゃべ》りをした。その青年がふと思い出したように私に訊《き》いた。

「汐見さんというのは、ひょっとしたらあなたと同じ部屋じゃありませんか？」

「そうだよ、僕《ぼく》の隣のベッドだよ。」

「あの人については面白《おもしろ》い話があるんだが、……こんなことを喋っちゃ悪いかな。」

私はそこでこの青年が、汐見と同じBサナトリウムから移って来たことを思い出した。私は好奇心に駆られて話を促した。

「あの人はね、一度自殺未遂で大騒ぎを起したことがあるんですよ、」と彼は話し出した。「あれは一昨年《おととし》のちょうど今頃だった、急に病棟《びょうとう》から汐見さんがいなくなっちまったんです。あそこは外人の宣教師の経営でね、外出泊はとても厳しいんですよ、汐見さんは病状も悪くてずっと寝たきりだったし、勿論《もちろん》外出なんかする筈《はず》もないんで、急におかしいってことになって……、病衣の上に上衣《うわぎ》とオーヴァを引掛けたきりで昼頃から消えてしまって、夕食になっても帰って来ないんでしょう。みんな手分けをしてあっちこっち探しに行きました。」

「君も行ったの？」

「僕はまだ具合が悪くて寝ていました。」

「で、どうした？　見つかった？」

「それがね、消灯時間が過ぎてから、ぶらっと一人で帰って来たんですよ。何でも三角山の裏手の林の中で、決心がつかないで迷っていたって言うんだけど……。」

「薬か何か持っていたのかい？」

「それは知らない。何しろ汐見さんてのは無口なんでね、近頃はそうじゃありませんか？」

「無口という程でもないな、普通だよ。……何だか要領を得ないね、その話。」

「それでね、あとで院長がとても心配して……。結局そんなことがあったから、あの人は洗礼を受けたんでしょうね。」

「何だい、汐見はクリスチャンなのかい、ちっとも知らなかった。あいつ此所のＹＭＣＡの連中なんかと、全然つきあっていないぜ。」

「そうですか。何しろあそこの院長は、自殺なんかされるのが怖《こわ》いから、それで無理に洗礼をすすめたのかもしれませんよ。信者になったら自殺は出来ませんからね。」

「うん、でも不思議だな、汐見がね。そういうことは全然汐見らしくないような気がする。何だか別の人の話を聞くみたいだ。」

私は病棟へ帰ってからも、この話を汐見にすることを憚《はばか》った。冬の間に、汐見は二三度村田先生のところへ出掛けて行った。医局会議の席上、汐見の手術問題を廻《めぐ》って烈《はげ》しい議論が闘わされたというニュースが、看護婦の方から流れて来た。そして結局、汐見の希望が通った。手術は二月中旬に予定された。

「先生だって、僕みたいなケエスを手掛けてみたいという気持はあるんでしょう?」と彼は訊いてみたそうだ。

「それは勿論ですよ、一人でも沢山やってみたい、何しろ肺摘を希望する人はまだ尠《すくな》いんでね、」と村田先生は笑った。

「じゃやって下さい、医学の進歩のために僕の身体が役に立つとしたら僕は満足です。」

「そういうことは君、君の身体に万一にでも危険があるとしたら、医者として……。」

「しかし患者である僕が構わないと言うんですから、ちっとも問題とするに足りないんじゃありませんか、何なら一札入れますよ。」

私たちの部屋に帰って面接の模様を説明しながら、汐見は「一札入れますよ、」と言ったのが効果があったらしいと、得意になって繰返した。それから私の顔を見て、急に真面目《まじめ》な顔つきに戻《もど》って言った。

「君、誤解しちゃいけない、僕は決して安っぽいヒロイズムで手術を頼み込んだのじゃない。万一、僕が癒《なお》るとしたら肺摘以外に方法がないのだ、もし癒らないのなら、むざむざ死ぬよりちっとでも医学の進歩に役立った方がいい。君だってそう思うだろう。……とにかく、きまって僕は嬉《うれ》しいよ。」

汐見の明るい表情、――しかも何かを隠したような不可解な表情を見詰めながら、私は一種の不安を禁じ得なかった。あれほど関心を持っていた部屋の連中が、きまったと聞くと、急に黙り込んでしまった。汐見はしんとした部屋の中を見廻し、ベッドの上に机を据《す》えて、煙草《たばこ》に火を点《つ》けた。それは暮れやすい冬の日の夕暮時で、配膳室の方向からアルミの食器の打ち合う音などが聞えて来た。汐見はノオトをひろげ、いつまでもぼんやりと左手で頭を抱えていた。

手術の前日に、汐見は外科病棟の個室に移った。夕食を済ませてから、私はその部屋を訪ねて行った。

彼は不断のように寝台の上に胡坐《あぐら》をかき、窓の方を向いて煙草をくゆらせていた。私も成形手術後の二週間を個室で過したことがあるが、ベッド一つと床頭台一つとを容《い》れたこの狭い部屋は、身近な落ちついた感じがすると共に、気味の悪い、予感のような静けさを孕《はら》んでいるものだ。汐見は振り返り、私の顔を見て微笑したが、そこには何等特別の表情は見られなかった。

「今さっき良ちゃんが来たよ、」と彼は言った。

私は窓際《まどぎわ》の丸椅子《まるいす》に腰を下した。

「良ちゃんがまた何で来たんだい？」

「例によって手術をよせと言うのさ、今迄《いままで》通りの論旨だがね。まだ肺摘の技術は安心の行くとこまで行ってないから、たとえ村田さんでもあぶない、今頃やるのは馬鹿《ばか》だってね。何なら村田さんのところへ行って、断って来てやるとも言った。随分熱心だった。」

「で君は何て言ったの？」

「干渉されるのは厭《いや》だって。」

私は少し笑った。

「まるで喧嘩《けんか》だね。」

「いや今日は彼もおとなしかった、そうですかと言って直に帰ったよ。」

私はぼんやりと彼の手許《てもと》の煙草の火を見詰めていた。薄青い煙が無心に裸電球の方へ靡《なび》いた。

「じゃ本当にやるんだね？」

「やるともさ。何だい今更、良ちゃんじゃあるまいし。」

「うん。しかし僕にしたって、万一……。」

「よそうじゃないか、何が万一なんだい、そんなに死にたくない生命《いのち》じゃないよ、君とは違うよ。」

「僕？」

「君、これは皮肉じゃないんだ。君は実に生きようという気持の強い人だ、僕はそれに敬服している、それは君に芸術家としての自覚があるからだ。芸術家は生きなきゃならない、仕事をしないで死んだのじゃ何にもならないからね。君の、いつかは必ずいいものを書いてみせるという気持、それが君という人を生かしているのだ。僕なんかそうじゃない、僕は芸術家になりたいと思ったことがある、が、若い時は誰《だれ》だってそんなことを考えるのじゃないか。それに僕は、物を書かないでも、物を見ることによって芸術家でありたいと願った。或いは、生きることが芸術であリたいと願った。生きるということは、その人間の固有の表現だからね。で、僕はそのように生きたのだ。」

「芸術であるように生きたと言うんだね、なぜ、生きると言わないのだい？」

長く燃え尽きた灰が、彼の煙草の先からぽとりと膝《ひざ》の上に落ちた。彼は俯《うつむ》いて右手でそれを払った。それから煙草を口許へ持って行き、そのままの形で少しせっかちに喋り出した。

「芸術家の生涯《しょうがい》は未来に於《お》て完結するのだね。いつか書く作品、いつか書くべき作品、そこに彼の生命が懸っている、書き終った作品にはもう何の価値もない、彼はいつも未来を見て生きている。その未来が、彼の死後に懸ることさえもある。その場合、彼の仕事は時間の外に於て営まれているわけだ。」そこで彼は、思い出したように煙草を喫《の》んだ。喫み終ると、灰皿《はいざら》の代用品である歯磨粉の空缶《あきかん》の中に、それを捨てた。

「ところが、」と話し続けた。「僕等のように芸術家でない人間にとって、人生は彼が生きたその一日一日と共に終って行くのだ。未来というものはない、死があるばかりだ、死は一切の終りだ。現在というものはない、……そう、多くの場合に現在さえもないのだ。そこには過去があるばかりだ。それは勿論本当の生きかたじゃあるまい、今日の日を生きなくて何を生きると言うのだ。しかし人間は多く、過去によって生きている、過去が、その人間を決定してしまっているのだ。生きるのではなく、生きたのだ、死は単なるしるしにすぎないよ。」

「しかし、死は人生を運命につくり変えるというじゃないか。」

「そういうこともあるだろう、」と汐見は言った。「英雄たちはそういうふうに死ぬだろう、が、僕は英雄じゃない、僕は英雄の孤独ということを考えたことがあるが、しかし今、むかし生きたようには生きていないのだ。」

「病気なら誰だってそうさ。」

「病気なんて問題じゃないよ、生きるってことはまったく別のことだ、それは一種の陶酔なのだね、自分の内部にあるありとあらゆるもの、理性も感情も知識も情熱も、すべてが燃え滾《たぎ》って充《み》ち溢《あふ》れるようなもの、それが生きることだ。考えてみると、僕はもう久しくそうした恍惚《こうこつ》感を感じない、眩暈《げんうん》のような恍惚感、とむかし僕は呼んでいたがね。つまりそういうことがなくなってから、僕はもう死んでいたのも同然なのだ、今更、肉体の死なんかに何の意味もないさ。」

「君は、……クリスチャンじゃないのかい？」

「誰に訊《き》いた？」と彼は不思議そうな顔をした。「それはね、僕は前から基督《キリスト》教には関心があった、その何たるかは知っていた、知っていて寧《むし》ろ反撥《はんぱつ》していたのだ。それが、つい僕の意志が負けたものだから、ふらふらと洗礼を受けちまったのさ、宣教師がとてもいい人でね、それに、……こんな言訣《いいわけ》は何にもならない、人間誰だって気の弱くなる時もあろうじゃないか。」

「今でも信じているの？」

「いやいや、その時ちょっと信じただけだ。洗礼を受けたら信じられると思ったのだ。僕は誠実に人生を歩いて来たつもりだけど、あのことだけは失敗だった。しかしね、」と言って、彼は大きく息を吐《つ》いた。「失敗でない人生なんてものは、そうそうはないよ。」

　話が陰気になって来たので私は少し慌《あわ》てた。手術の前の晩というものは、大体、元気をつけてやるべきものだ。私は、もう帰ろうと言って椅子から立ち上った。彼は手を伸して、新しい煙草に火を点けた。

「君、誰か家《うち》の人が来るのかい？」と私は窓際に立ったまま訊いた。

「誰も来ない。附添さんだけでやってもらうつもりだ、さいわい良い人に附いてもらったから。」

　そして私が訝《いぶか》しげな顔をしたので、附け足した。「僕には両親がないんだ、母は子供の時に死んだし、親父《おやじ》も空襲で死んだ。郷里《くに》に兄が一人いるけど、忙しい身体だしね。」

「でも、誰か来てくれる人がいるだろう？」

彼はちょっとの間、遠くの方を見詰めるような眼《め》つきをした。そして、「いないね、」と答えた。手術後の看護には、どうしても肉親の暖かい心遣いを望むのが人情だったから、汐見のきっぱりした返事には、手術後の苦しみなどひとりで耐えられるという決意が含まれているとしか思われなかった。しかし寝台の上に胡坐をかき、歯磨粉の缶に煙草の灰を捨てている彼の姿は、いかにも孤独に見えた。

私が帰りかけると、彼は私を呼びとめて暫く考えていた。そして、「どうも決心がつかないから、明日の朝また来てくれ、」と言った。

「勿論だとも、じゃゆっくり眠れよ、」と私は言った。

「ありがとう、大丈夫だよ。」

薄暗い渡り廊下を歩いて帰りながら、汐見の決心というのが何だろうかと私は考えた。足がすっかり冷え切っていて、勢いよく歩くと、草履《ぞうり》の裏が人気《ひとけ》のない長い廊下にぱたぱたと木霊《こだま》した。

次の朝は厳しい寒さだった。雪催《もよ》いの空が低く垂れ込めて部屋の中を薄暗くした。マットの露出した汐見のベッドのあたりが、とりわけて寒かった。

朝食を認《したた》めてから、私は外科病棟《びょうとう》の個室に汐見の顔を見に行った。彼は窓に凭《もた》れて外を向いていたが、振り返って、「今日は雪になるぜ、」と言った。吐く息が白く、脣《くちびる》が青かった。が、ごく自然な、寧《むし》ろ晴れ晴れとした表情をしていた。

「馬鹿《ばか》にのんきそうだね、」と私は言った。

「そういうわけでもない、」と彼は笑った。「僕《ぼく》はゆうべ、夢を見たよ。」

「どんな？」

彼は暫く考え、真直に私の顔を見詰めた。

「昨日たしか君に眩暈のような恍惚感ってことを言ったね。きっとそれが暗示になったんだな。僕は一人きりで、何処《どこ》とも知れぬ山の中を歩いていた。廻りじゅうに暖かな、菫色《すみれいろ》をした光が充ち満ちていた。草の葉っぱが金色に光って、遠くの方に海が見えた。すると空中で声がした。行こうよ、行こうよ、と言ってるんだ。誰《だれ》の声とも分らない、子供っぽい、透きとおった声で、しきりに僕に呼び掛けている。人の姿は見えないんだ。しかしその声には何か覚えがあるようだった。うん行こう、と僕は答えた。それから僕はどんどん歩き出した。魂が洗いきよめられて、実に séraphique《セラフィック》 な感じがした。海が段々に僕に近づいて来た。僕は一人だけれど、しかし僕の愛したすべての人間が、僕と手をつないでいる気がした。もっと遠くへ行こうよ、とその子供っぽい声が誘いかけた、行こう、と僕は答えた……。」

「それで?」

「それで目が覚めた。ちょうど明方《あけがた》ごろで、空が少しずつ明るみ出していた。僕は眼を開いたまま、まだ夢の続きを見ているような、何とも言えない幸福を味わっていた。」

彼はそれきり黙ってしまった。私も黙った。

「これで煙草《たばこ》も喫《の》みおさめかな。」

そうぽつりと言って、彼は火を点《つ》けた煙草をうまそうに一服した。「ああいう幸福を感じたのは、僕は実に久しぶりなんだ。兵隊に行ってた時に、満洲《まんしゅう》の奥地で小さな村を守備していたことがある。春になると一面に名もしれぬ花が咲くんだ。原っぱの中に寝ころんで、日本にいた時とちっとも変らない雲を見て、そして何を考えていたかなあ。不意とこれでいいような気がした。此所らで誰にも知られず死んで行って、墓も何もなく土の中に埋められて、それでもやっぱり生きがいのある生命を生きたような気がした。時間の経《た》つのが分らなかった。」

その時、看護婦が部屋にはいって来た。

「汐見さん、」と言ったきり眼を丸くした。「まあ、煙草なんて、いけませんよ。」

「そう怒るなよ。朝飯も食わされないで倒れそうなんだぜ。」

「術前の検査をしますから看護室へ出て下さい。」

切口上に言い捨てて、さも忙しそうに隣の部屋へ移って行った。

汐見は、「この煙草を喫み終ってからにしよう、」と独り言を言い、それから私に、あらたまったような声で、君、と呼び掛けた。

「君、この僕の枕《まくら》の下にね、ノオトが二冊入れてあるんだ。」

「ノオト？」

「二冊だぜ。いつも僕の書いていたノオトさ。それを、もし僕が死んだら君にあげる。」

「何だい、変なことを言うなよ。」

「ゆうべはまだ決心がつかなかった。君になら、分ってもらえるかもしれない。つまらなかったら焼き捨ててくれたまえ。僕は生涯《しょうがい》に友達らしい友達を持たなかった。それに格別、人に読ませようと思って書いたのでもない。しかし君には、……まあいいや。とにかく、君になら読んでもらってもいいような気がして来た。但《ただ》し、僕が死んだら、だよ。」

「そんな馬鹿なことを言うなよ、」と私は空《むな》しく繰返した。

汐見は微笑し、いつもの歯磨の缶に短くなった煙草を捨てた。「さあこれでいい、」と言った。私たちは部屋を出た。

十二時すぎに、白い病衣を着た汐見は輸送車に乗せられて、個室から治療棟へと運ばれた。私と角さんとが、看護婦の押すあとから随《つ》いて行った。治療棟への廊下の曲り角に良ちゃんが待っていた。良ちゃんは肥った身体を神経質に身顫《みぶる》いさせていた。もっとも、廊下は凍りつく寒さで、スチームの管から白い蒸気がしゅっしゅっと洩《も》れる音さえ侘《わ》びしかった。輸送車はごろごろと運ばれて、手術室の前で止った。汐見は輸送車の上に仰向に寝て、身体の上に蒲団《ふとん》を掛け、眼の上には畳んだ手拭《てぬぐい》を載せていた。個室を出る時に、既に一回目の麻酔を打たれていたから、少しうつらうつらしているようだった。附き添って来た看護婦が、二回目の麻酔を注射した。手術室の扉《とびら》が開き、私たちが掛蒲団を廊下の長椅子の上におろすと、看護婦が輸送車を中へ引き入れた。

「しっかりやれよ、」と私は言った。

汐見は脣を動かした。大丈夫だ、と口の中で言ったのだろう。その脣は笑っていた。

が、手術室の扉は手早く閉じられて、彼の顔を隠してしまった。廊下に立っている私たちに、蒸気の音や、メスを揃《そろ》える音や、看護婦が下駄《げた》ばきで歩き廻る音が聞えて来た。そのうちに、室内がしんとなった。

「始ったね、」と私は言った。時計は一時五分過ぎだった。

三時までの安静時間を、私たちは部屋へ帰って寝た。

検温を済ませて起きてみると、細かい雪が降り出していた。空は一面に灰色で、滲《にじ》み出るように雪の粉が次から次へと下界へ急いでいた。外気の松林が不透明に濁った。今日は雪になるぜと言った今朝ほどの汐見の言葉が、ふと思い出された。

手術室の前の廊下では、相変らずスチームからしゅっしゅっと蒸気が洩れていた。成形手術を終った患者が輸送車で運び出されて来た。私は看護婦に訊《き》いた。

「汐見はうまく行ってるかい？」

「汐見さん？　ああ肺摘のね。肋膜《ろくまく》の癒着《ゆちゃく》を剝《は》がすのに先生苦労なさっているわ。でもまあ順調な方ね。」

「相当かかるかな？」

「まだまだ。始ったばかりみたいなものよ。」

その輸送車が運び去られ、別の患者の車が中へはいり、廊下はまたしんとした。心配そうな顔をした母親らしい年寄が、私に訊いた。

「よっぽどかかるものですかねえ？」

「成形でしょう？　なに一時間もすれば終りますよ。」

「そうですかい？　何しろ馴《な》れませんもので、心配で心配で……。」

私はその人を長椅子に坐《すわ》らせて、落ちつくように言ってやった。私自身の、手術の時の一時間は長かった。待っている一時間も長いかもしれないが、手術をされる身の一時間はもっと長いのだ。廊下に電灯が点《つ》き、私はその廊下を往《い》ったり来たりした。漸《よう》やくさっきの患者が手術を終って出て来た。母親は私に礼を言い、輸送車のあとについて遠ざかった。

「汐見はどうだい？」と私は看護婦に訊いた。

「大丈夫よ、あの分なら。血圧も大して下らないし。」

看護婦は急いで中へはいった。私は少し考え、それから自分の部屋へ戻《もど》った。もう夕食の時間だった。皆が心配そうな顔をして私の方を見た。私たちは取りとめのない話をぽつぽつと交し、冷たくなった汁《しる》で食事を認《したた》めた。雪は次第に烈《はげ》しくなるらしく、ぼんやりと薄明りの映った窓先に、絶え間もなく降り続いていた。食後、私は良ちゃんと連立って、治療棟へ出向いた。廊下はますますひっそりとして、時々、微《かす》かにメスの触れ合う音が洩れた。二台の手術台のうち、成形手術に充《あ》てる方の分はすっかり終ったらしかった。何という時間の長さだろう、と私は思った。

「やっぱしやめさせた方がよかったんじゃないんですか、」と不意に良ちゃんが言った。

「何だい、また今頃《いまごろ》になって。」

「どうもだんだん心配になって来た。ゆうべ僕ずいぶんよせってすすめたんだが……。」

良ちゃんは長椅子に腰を下して、しきりに貧乏揺《ゆす》りをしていた。いつもは血色のよい顔が寒さで紫っぽく変っていた。そう言われると私にも自信はなかった。早くこの手術が済めばいい、と私は願った。不意に扉が開いて、看護婦が駆足で出て来た。

「どうした？」と私たちは一斉《いっせい》に腰を浮した。

「輸血してる。大丈夫よ、上葉は大体取れそう。」

走って行くと、予備のケッテルをぶら下げて帰って来た。「下葉も取るんだって、」と言いながら大急ぎで中へはいった。

「え、下葉も？」と慌《あわ》てて良ちゃんが訊いたが、その時はもう扉がしまっていた。良ちゃんは私の方を向いた。暗い顔をしていた。「無理だ、」と吐き出すように言った。そして二人とも黙り込んで中の気配に耳を澄ませていた。

角さんが、「これは大雪になるね、」と言いながら現れ、私たちの側《そば》に来て黙り込んだ。きっと私たちは怒ったような顔つきをしていたのだろう。夜が更けるにつれて寒さも一層厳しくなり、私は時々廊下を歩いて痺《しび》れた足を暖めた。角さんが思い出したように、「湯タンポを入れておいたよ、」と私に言った。

時計は九時を過ぎた。消灯の時間は九時だった。

「君たちもう帰って寝ろよ。僕はもう少し様子を見てからにする。」

良ちゃんはすぐに帰った。角さんは十時頃まで待っていて、それじゃ、と言って帰った。私は次第に濃くなって行く不安と闘いながら、長椅子に腰を下して両手を擦《す》り合せていた。もう廊下を通る人もない。当直の医師が一度だけ胡散臭《うさんくさ》そうな顔で私の方を見詰めながら、廊下を通り過ぎて医局の方へ行った。明るい電灯の点いた手術室の中から、時々メスの触れ合う音や低い話声が聞えて来た。

待つ時間は長かった。私は廊下の外れまで行き、硝子《ガラス》窓から仄《ほの》暗い夜の庭を眺《なが》めた。雪は依然として降り続き、背の低い南天《なんてん》の木が真丸く雪を冠《かぶ》って並んでいた。病棟はしんと静まりかえり、看護室の他には一点の灯《ひ》も見えない。私は凍った窓硝子に顔をくっつけ、しきりに口を動かしていた。ふとそれに気がつくと、私は譫言《うわごと》のように頼む、頼むと繰返していたのだ。

私はまた手術室の前へ戻った。少しも眠くはならなかった。ただ、呼吸の苦しくなるような不安が胸を締めつけ、それは嘔気《はきけ》を催させた。私は上半身を屈め、顫《ふる》える手で口許《くちもと》を抑えていた。十一時もとうに過ぎ去った。私は夢を見ているような気がした。不意に手術室の中が騒がしくなった。私はふらふらと立ち上り、扉の前まで行った。わざと押しつけたような重苦しいざわめき。叱咤《しった》するような鋭い医師の声。そして急にしんとなった。私はよろよろと扉に凭《もた》れかかった。その時、扉が開いて、手術病棟の係の看護婦が出て来た。私のいるのを見て、ためらうように私の顔を見詰め、脣をわななかせたかと思うと、「駄目《だめ》だったわ、」と一こと言った。

悪夢、――それはまったく悪夢の印象だった。いつもにこにこしていたこの看護婦の、疲れ切った蒼《あお》ざめた表情も、人っ子一人いない治療棟廊下の薄ぼんやりした電灯の光も、しゅっしゅっというスチームの音も、此所にこうして待っている私も、何もかも間違っていた。

「術中死、十一時三十五分、」と看護婦は諳誦《あんしょう》するように言った。

私は看護婦と一緒に、輸送車を押して手術病棟の個室へ戻った。汐見の顔は、手術後の麻酔から醒《さ》め切らないで眠っているのと、何の変りもなかった。それなのに、これはもう眠っている顔ではなかったのだ。部屋の中に、彼が今朝ほど喫《の》みおさめだと言った煙草《たばこ》の匂《におい》が、まだ微かに、香《こう》のように、立ちこめているような気がした。

私は渡り廊下を通って自分の部屋へと重い足を運んだ。廊下の片側だけ、降り込んだ雪が仄白くつもっていた。私は雪を避けて反対側を歩いたが、それでも草履《ぞうり》の裏に、時々、さくさくと雪のきしむ音がした。

病棟はどの部屋も電灯を消して静まり返っていた。ただ私の属する大部屋だけ、スタンドの灯が淡く廊下まで洩れていた。それは角さんのスタンドだった。私が戸を明けると、それまで本を読んでいたらしい角さんが、むっくりと起き直った。と同時に、良ちゃんも、窓際《まどぎわ》の青年も、小父《おじ》さんも、身体を起した。

私は自分のベッドの上に坐り、足を蒲団でくるんだ。その間にも皆の視線を痛いほど感じた。

「駄目だった、」と私はそれだけ言った。皆は一言も口を利《き》かず、雪のさらさらと降りこぼれる音のみが、沈黙を一層深くした。

「上葉はうまく取れたんだ、」と私は看護婦に聞いた通りを話した。「しかし下葉の病巣も意外に悪いので、村田さんがどうしようかと汐見に訊いた。汐見はやってくれと頼んだのだ。ところが癒着がひどくてね、途中で村田さんがもう止《よ》そうと言ったところ……。」

私は息苦しくなって口を鎖《とざ》した。皆は身動きもしないで待っていた。「……そしたら汐見が、構わないからやってくれ、と元気に頼んだって言うんだ。それで手術を続けて、とにかく下葉も取れた。で、最後に縫合にかかるというとこで、急に血圧が下り始めた。輸血も二回ほどしたらしいんだが……。」

私は黙った。すると不意に、良ちゃんが怒鳴ったのだ。

「馬鹿野郎《ばかやろう》、汐見さんの馬鹿野郎……。」それは大きな、喚くような声だった。「だからおれが止せって言ったんだ、あれほど止せって言ったんだ……。」

良ちゃんは肥った身体を蒲団の上で揺ぶって泣いた。薄暗いスタンドの灯の中で、彼はいつまでも泣きやまなかった。私たちは、誰も、重い罪を責められている者のように、首をうなだれていた。雑木林の中で、折々、音を立てて梢《こずえ》の雪がくずれ落ちた。

あくる朝はうららかな上天気で、雑木林の枝という枝が雪を戴《いただ》いてきらきらと太陽に光った。地面に雪は一尺の余も積っていた。元気な患者たちは庭へ出て、嬉《うれ》しげに声をあげて叫んだ。南側の屋根からは点滴の音が次第に烈しくなった。雀《すずめ》がしきりに啼《な》いた。

私たちは汐見の屍《しかばね》を守って霊安室へと足を運んだ。林の中を抜けて行く散歩道には、まだ人の足跡もなく、雪は純白に敷きつめられて、そこに樹々の梢から陽光が縞《しま》をなして流れ込んで来た。時々冷たい滴《しずく》が、道の真上の枝から私たちの頭に滴《したた》り落ちた。汐見の屍体《したい》は解剖に附される筈《はず》だった。今夜此所《ここ》で営まれるお通夜《つや》の時まで、私たちはもう用のない身体だった。私たちは祭壇の前に写真なぞを飾り、また病棟へ戻った。その時、私はふと汐見の話したノオトのことを思い出した。

個室の冷たい蒲団の下に中判の大学ノオトが二冊、さりげなくはいっていた。私はそれを小脇《こわき》に抱え、蒲団は取り纏《まと》めて消毒に出すように看護婦に頼んだ。郷里の兄さんがこちらに着くのは、今夜晩《おそ》くか明日の朝になるだろう。片づける荷物といっては、蒲団の他《ほか》には何ほどのものもなかった。

私はまた霊安室へ通じる散歩道を辿《たど》った。陽《ひ》はいよいよ明るく、雪はいよいよ白い。下駄の歯に食い込む雪を、私は木の幹でぽんぽんとはたいた。その乾いた音は遠くまで響き渡った。

あれは自殺ではなかったろうか、――その疑問が執拗《しつよう》に私に取り憑《つ》いて離れなかった。汐見は、自ら進んで手術を受けた。手術中にも、最後まで手術をやり抜くように医師に頼んだ。手術が危険なこと、彼の体力ぐらいでは生命の危険を伴うことを、彼は決して知らなかったわけではない。もし私が強《し》いて反対したならば。……しかしそうした後悔にもまさって、彼の強靭《きょうじん》な意志は恐らく他人のどんな反対の言葉よりも強かっただろうという想像が、僅《わず》かに私の無力感を慰めた。そしてこの悔恨に入り混って、最初の疑問、――あの手術は、基督《キリスト》教の洗礼を受けた汐見が故意に自分を殺すための方便ではなかったかという疑問が、降りそそぐ日光と燦《きらめ》き反射する雪の白さとの中で、私の心を引き裂いていた。

そして霊安室の凍りつくような畳の上で、ひっきりなしに地面を打つ雪解の音を耳にしながら、ひとり私は汐見茂思の二冊のノオトに読み耽《ふけ》った。

第一の手帳

人はすべて死ぬだろうし、僕《ぼく》もまたそのうちに死ぬだろう。そんなことは初めから分っている。ただ、人はそれがいつであるのか予《あらかじ》め知ることが出来ないから、安んじて日々の生活の中に、それが生きていることだと暁《さと》ることもなしに、空《むな》しく月日を送って行くのだ。不確かな未来というものは、恐怖でも何でもない。しかしこの僕のように、或《あ》る一定の時間が過ぎ去れば、僕の身体は冷たくなり、雨や風や自然の土塊《つちくれ》とこの僕との間に、もはや何の区別もなくなることを知っている人間には、事情はまったく別なのだ。僕は死ぬ。僕は確実に死ぬ。この一定の時間、僕の生き得る限りの時間は、恐らくは極めて短いのだ。

人は夢の中に夢を見た記憶はないだろうか。僕は子供の頃《ころ》、しばしば、悪夢におびやかされたものだ。蒲団《ふとん》を掻《か》きむしるようにして目を覚ますと、狭い鎖《とざ》された部屋の中に一人きり寝ている。空気は腥《なまぐさ》く、死臭を感ぜしめる。室内に一点の光も洩《も》れ入ることがなく、自分の手の指さえ見定められない。それなのに部屋の天井も周囲の壁も、徐々に僕の方へ傾いて来ることが感じられるのだ。天井は刻一刻と墜落して来る、壁はちょっとずつ躙《にじ》り寄って来る、やがて僕の身体を無残に押し潰《つぶ》してしまうだろう。

そして悲鳴をあげて目を覚ます。僕はいつもの通り自分の部屋の中、自分の床の上に寝ている。ところが、ほっと安心したのも束の間で、依然として天井はじりじりと僕の上に落下して来つつある、依然として壁は厚みを増しつつある。どうしたわけなのだろう、と必死になって考える。さっき夢から覚めたのが間違いのない事実だった以上、これはもう夢ではない、これが、――間もなくスルメのように押し潰される筈《はず》の自分が、紛れもない本当なのだ。この死からはもうどうしても逃れることが出来ない……。そして僕は悲鳴をあげ、今度は本当に目を覚ますのだが、しかしその時でも、果して今はもう夢を見ているのではないと、誰《だれ》が保証し得るだろうか。

僕はそうした経験を何度も持った。僕は腺病質《せんびょうしつ》の、気の小さな子供だった。そして日が経《た》つにつれ、そういう悪夢の持つ真の意味は、久しく僕から喪《うしな》われた。僕は兵隊に行って身体を悪くした。復員して暫《しばら》く働いているうちに、健康は取り返しのつかぬ程に悪化していた。しかしサナトリウムにはいって、そのことが科学的に証明されるまでは、僕は人と同じように、mortel《モルテル》である人間が、いつかは迎えるであろう死を、さして恐れてはいなかったのだ。

僕は医師の宣告を聞いて、初めはこう考えた。――これは夢だ、覚めてしまえば、何だつまらない夢を見た、と言い切ってしまえるような、そんな一時的なものだ。これは僕が、僕の場合として決定的に与えられた、ただ一度限りの人生じゃない、人生というのはもっと別のものだ、もっと明るい、もっと実のある、もっとbrillant《ブリヤン》なものだ、と。しかし、この夢は決して覚めなかった。それは僕が死ぬまで覚める筈のないこと、この悪夢のような忌《いま》わしい恐怖が、そのまま僕の現実であることを、僕は遂に認めざるを得なかった。明日の朝目が覚めてみれば、昔と同じ健康な身体に復《かえ》っていて、クレゾールのにおいも、ごつごつした病衣も、不愉快な咳《せき》も、気持の悪い微熱も、みんな掻き消すように消えてしまい、自由に、晴々と、都会の雑沓《ざっとう》に身を置くことが出来ると、——そういう無益な空想をしない病人が一人でもいるだろうか。しかしこれは夢ではない、このレントゲン写真、このガフキイ検査は夢ではない。自由に歩き廻る空想はもう決して復って来ることはない。僕のような重い病状の人間は、或る短い期間の後、確実に死ぬのだ。そういう現実、現に在《あ》るが如《ごと》くに在る以外にはもう決して在り得ない現実が、僕に与えられた唯一《ゆいいつ》の人生であることを、僕は長い迷妄《めいもう》の後に厭《いや》でも思い知らされた。僕は死ぬまでこの夢から覚めないだろうし、その時期はもうじき、間違いなくやって来るだろう。僕は生きるという名に値するほど、この人生を生きたわけではない。僕の人生の三十年は、大学を出るまでの学生生活と、そのあとの暫くの勤めと、そして兵隊の生活、サナトリウムの生活と実に平凡に、何ほどの意味もなく過ぎ去ってしまった。僕は過去をもう一度やり直すことも出来ないし、未来をこれから試みることも出来ない。僕は現在も未来もない人間で、ただ過去を持っているばかりだ。そんな僕が、一体どうしたならば、真に生きることが出来るだろうか。空《むな》しく過ぎる人生は、どうすれば真に自覚して引き留められるだろうか。

それが、僕が遂に到達した心境だった。心境という言葉は、東洋的な、水の静かに澱《よど》んだ状態を暗示するが、僕の état d'âme《エタ・ダーム》は奔流する激湍《げきたん》を思わせた。僕は言いようのない絶望に胸をさいなまれ、やり場のない憤怒《ふんぬ》と、折々の虚脱したような諦念《ていねん》との間を、為《な》すこともなく彷徨《ほうこう》した。僕は一時基督《キリスト》教に救いを求めたこともある。むかし僕の愛した一人の女性が、人を愛する以上に神を愛したことを想《おも》い起し、現世に一人の愛する者を持ち得ない以上、僕もまた神を愛し、その手にすべてを委《ゆだ》ねようかと迷った。しかし、神は僕の前に姿を現さなかった。恐らくはあまりにも求めることの多い僕の心、僕自身さえも自ら愛し得ない傲岸《ごうがん》な僕の心が、神の嘉《よみ》するところとならなかったのは当然だろう。そして暗黒が来た。僕は寧《むし》ろ、一時的にでも神に縋《すが》ろうとした自分を憐《あわれ》み、憎んだ。僕には何ものもなかった。支えとなるべき自分の心さえ、寧ろ軛《くびき》の如《ごと》く感じられた。

僕は決して死を懼《おそ》れていたわけではない、――いや、全然恐怖がなかったと言えば嘘《うそ》になるだろうが、僕の不安を主として形成していたものは、死の恐怖よりも寧ろ生への不満だった。僕は昔から孤独だった。愛する者たちは僕を去った。しかし愛している時に僕は生きていた。その時には生命の充足感があり、眩暈《げんうん》のような恍惚《こうこつ》感はしばしば僕を訪れた。そのような幸福は何処《どこ》へ去ったか、ああ今こそは生きていると、夢中になって叫び出したいような、あの燃え上る魂の歓喜は何処へ去ったか。強靭《きょうじん》な意志に貫かれた孤独、英雄の孤独、それ以外に、このめそめそした、一日一日の生の中に溺《おぼ》れつつ押し流されて行くような、こんな哀れっぽい孤独が何になろう。むかし僕は無智蒙昧《もうまい》な少年で、何も知らず人生の迷路を歩いていた。しかしその当時、僕の心は憧憬《しょうけい》に溢《あふ》れ、人生は生きるに値すると思い、魂を美しくすることをひたすらに求めていたのだ。それは何という違いだろう。僕は十八歳の僕が愛したように、今愛する者を持っていない、二十四歳の僕が求めたように、今求める者を持っていない。むかし生きたように、今僕は決して生きてはいないのだ。

果してそうだろうか、と僕は考える。果して僕は、そんなにも耀《かがや》かしく昔生きていたのだろうか。愛されることに成功しなかった僕、愛することにのみ満足すると言いながら、内心の苦悩に心を引き裂かれていた僕、果してその僕は、むかし一点の悔いることもなく生きていたか。――そして更にもう一つの疑問、僕の愛した者たちは何故に僕を去ったか、僕の中の何処が間違っていたのか、僕の歩みは誠実で決して彼等を傷つけることはなかった、ひとり僕が傷つけられたのは、ただ僕の魂がひ弱くかぼそいものにすぎなかったからだ、――と、そう言い得るだろうか。要するに、僕は間違ってはいなかったのか。

僕は、その点から、徒《いたず》らに現在の状態に苦しむことをやめて、僕の眼《め》を過去に向けることにした。僕は昔生きた足跡をもう一度歩き、そうすることによって、今、もう一度生きようと願った。追憶の世界に復ることは一つの逃避、現在からの脱出であろう。しかし、僕のようにもはや新しく生き得ない人間、束縛された日常を課せられている人間にとって、過去を再び生きることの他《ほか》にどんな僕だけの生きかたがあろう。もし僕が悔なく僕の青春を歩いて来たのならば、悔なく死に向って歩いて行くことも出来るだろう。僕が僕の生を肯定することが出来るならば、僕は僕の死を自ら肯定し、ニイチェの謂《い》わゆる自由の死を選び取ることも出来るだろう。そして僕は、今にしても尚《なお》解けない謎《なぞ》、愛するということの謎を明かにして、微笑しつつ死ぬことも出来るだろう……。

僕はそう決心した。そう決心した時に、僕の周囲でがやがやと騒いでいた患者たちの話声も聞えなくなり、看護婦の白衣も、薬くさい蒲団《ふとん》のにおいも、死の恐怖も、すべては一瞬に掻き消されてしまった。僕は一人だった。回想の世界にはいれば、僕は自由に歩き廻ることが出来るのだ。思い出すことは生きることなのだ。そして僕は、病を宣告されてから初めて、僕のそれまでの態度、内部へと閉じこもって、自らの創《つく》りあげた絶望と空《むな》しく闘っていた自分の態度が、ひどく馬鹿《ばか》くさいものに見えて来た。僕は笑った。人がおどろくほど、声をあげて笑った。

さて、僕は決心した。しかし、恣《ほしいまま》に回想することは、しばしば人を誤らせ易い。過去の曖昧《あいまい》な印象を再び捉《とら》えるためには、それを紙の上に書きしるし、自ら冷静に記憶を定着して行く他にはないだろう。そこで僕は、サナトリウムの売店から、この二冊の粗末なノオトブックを購《あがな》って来た。そして僕は此所《ここ》まで書いた。このあとに、僕は僕の過去から、十八歳の時の春と、二十四歳の時の秋との、二つの場合を選んで、各々を出来るだけ正確に再現してみたいと思う。この二つの場合に於《おい》て、僕は僕にとって可能な限り愛した。しかし愛するということの謎は、遂に僕に解くことが出来なかった。今、それが僕に解けるかどうかは分らない。僕はただこれをゆっくりと書くことによって、僕の死ぬまでの一日一日を、心おきなく生きられればそれで満足なのだ。もとより僕は物を書いた経験にも乏しいし、これを人に見せようと思って書くわけでもない。しかしどのように拙《つたな》い文章であろうとも、僕は出来るだけ丁寧に、嘗《かつ》ての僕の姿をこのノオトの上に書きしるしてみたいと思う。

頬《ほお》に当って流れて行く風には、春の朝のまだうそ寒い湿りけが残っていた。海の表には立ち昇る水蒸気がところどころ煙のように靡《なび》いていたが、船が港を出切るとそれも消え、次第に高まって行くうねりに乗って、船は青々と晴れた海を疾走した。機関室の横手に、煙管《きせる》の雁首《がんくび》のように突き出ている管の先から、白い湯気が二回ほど吐き出されると、鋭い汽笛がしずかな海の上に響き渡った。僕は魚くさい甲板の艫《とも》に腰を下し行手の方を見守っていたが、潮風がまだ少し睡気《ねむけ》の残っている眼にひりひりした。艫にいるのは僕と立花との二人だけだ。眼の前に機関室の羽目板が潮風に汚れて灰色に見える。その南向の狭い通路に、日向《ひなた》ぼっこをしながら、僕の同級生たちが先輩たちと肩を並べて凭《もた》れかかっていた。彼等の笑い声が、甲板の途中に投げ出された魚籠《びく》や、船荷や、坐《すわ》り込んだ行商人ふうの乗客などの上を飛び越えて、僕のところまで風に流れて来た。一年生たちは、みんな舳《へさき》に陣取っているらしく、此所からは見えなかった。立花も僕も、つまらぬお喋《しゃべ》りなんかする暇はないという顔をして、落ちつき払って膝《ひざ》の上に文庫本をひろげていた。しかし発動機のポンポンポンという響につれて、腰を下した身体が小刻みに揺れたから、よほど一心にならないと字が眼の前にちらちらした。時々、眼を起して、海の方を見た。

本当なら、今頃《いまごろ》はこうしてポンポンなんかに乗ってはいなかったのだ、と僕は思った。本当なら藤木と二人で、修善寺から山越をして、てくてくと歩いている筈《はず》なのだ。桂川《かつらがわ》に沿った道を暫く行って、それから狭い山道にかかると、雲雀《ひばり》の声が僕等の身体よりも下の方から聞えて来るようになるのだ。そして達磨《だるま》峠の上からは、H湾が白く光って見える筈なのだ。そういう夢、藤木と二人であの峠を越えようという夢も、他の色々な夢と同じように、みんな空《むな》しく消えて行ってしまった。それでも尚《なお》思い切れないというのは、つまり僕が馬鹿だからだ。

しかし馬鹿だっていいじゃないか、と僕は心の中で言った。僕は立ち上り、背中に立花の視線を痛いように意識した。立花はきっと僕のことを憐《あわれ》んでいるだろう。歩き出してみると、うねりは思ったより大きく、どしんどしんと船腹に打ちつけて来る。僕は鉄の手摺《てすり》にしがみつきながら、機関室の横手の通路まで進んだ。

景色なんかもう見飽きたという大人ぶった顔が並んでいる。服部と柳井とが盛んに喋っている。その横手に坐り込んで、汽車の間じゅう眠り込んでいた木下が、此所でもまだうつらうつらと船を漕《こ》いでいる。先輩の一人が、転ぶなよ、と僕に声を掛けた。

機関室の横を通り抜けると、舳と、海と、左側に伊豆《いず》の海岸とが、一眸《いちぼう》に眼にはいって来た。舳には四五人の一年生が、わざわざ風に吹かれながら、車座になって坐り込んでいる。その横には、やはり五六人、手摺に凭れて海を見ている連中がいる。藤木は車座の仲間にいた。藤木の側《そば》で、矢代が僕の方を目ざとく見つけ、腰を浮して手を振ったが、船が傾《かし》いだので危うく藤木の肩の上に倒れかかった。矢代は大きな声で笑ったが、藤木は俯《うつむ》いていたのでその表情は分らなかった。僕は不安が一層高まるのを感じながら、ゆるゆるとその側まで歩いて行った。

——此所は風が寒いね、と僕は坐りながら言った。

僕はそこに腰を下し、かじかんだ手に息を吹きかけた。矢代の真後ろだったから、首から下は風も当らず、日射《ひざし》が暖かかった。側で藤木のマントが風に膨らんではたはたと鳴った。そして藤木が僕の方を見た。

藤木の眼、——いつも僕の心を捉《とら》えて離さなかったのは、この黒い両《ふた》つの眼だ。あまりに澄み切って、冷たい水晶のように耀《かがや》く、それがいつも僕の全身を一息に貫くのだ。そして僕はその度に、僕の心が死んで行くように感じ、そしてまたより美しくなって甦《よみがえ》るように感じるのだ。その眼は確かに何かを語っている。しかし僕には、もどかしくも、それが何であるのか、語られているのが何であるのか、暁《さと》ることが出来ないのだった。藤木はまた元のように首をうなだれた。

——汐見さん、あれ三津《みと》かしらん？　と矢代が訊《き》いた。

ポンポンは沼津から大瀬崎まで、一息に乗り切ることをしないで、わざわざ沿岸に沿って行く。今はちょうど江ノ浦湾の沖合にかかっていた。

——三津はまだだろう。こうっと、去年の僕の記憶じゃ途中で一度船が着いたようにも思うんだが、あれが三津じゃなかったかな。

——Hまでは一時間ぐらい？

——そう、そんなもんだよ。

矢代が腕時計を見た。硝子《ガラス》にぴかりと日光が反射した。

——いい気持だね、藤木、と覗《のぞ》くようにして僕は言った。

藤木は黙ったまま返事をしなかった。船は烈《はげ》しく揺れ始めた。実のところ大していい気持じゃない。緑色の縞《しま》が幾重にも走った濃い群青《ぐんじょう》の水面に船首がぐいと食い込むと、船の重心が前に傾いてのめり込むようになる。と、僕等の身体まで、波の底に吸い込まれるように、視野全体に水が迫って来る。が、直に真白な波頭が左右に開き、均衡を取り戻《もど》した船の舷側《げんそく》を、白から薄い青、緑、紫、群青とさまざまの色合に染め分けられた波が、二つに割れて押し流されて行く。波の縞目を飾る幾つもの小さな渦《うず》。その絶え間ない繰返し。それは死の誘惑のように胸を締めつけた。

——うまそうな色だな、青木堂のカスタード・プディングみたいだ、と森が言った。

——何だい、あの波の色かい？　と石井が訊く。

——そうさ。

——俗なことを言いやがる。

——いい色合だ、飛び込みたくなるような色だ。

——駄目《だめ》だよ、そんなロマンチックなことを言うのは、汐見さんででもなければ似合わないよ。

森はそれを聞いてしょげたような顔をした。矢代が石井に声を合せて笑った。藤木はマントの襟《えり》を立てて俯いたままでいた。

——藤木、気持でも悪いのかい？　と僕は訊いた。

藤木は首を起し、潤《うる》んだような大きな眼で僕の顔を見た。この訴えるような、侘《わ》びしげな眼、それは相手の同情と保護とを待ち受けているようだ。しかし何の表情もない。黙って首を横に振り、そのままうなだれた。首筋の、帽子の下からはみ出した少し延びすぎた五分刈の頭に、潮風が吹きつけている。

僕は立ち上り、また機関室の横を通って、立花のところへ戻った。

——これは三津に着くんだっけ？　と僕は用もないのに立花に訊いた。

立花は本から顔を起し、ちょっと訝《いぶか》しそうに僕の方を見た。さあね、特に降りる客でもいなけりゃ寄らないいんだろう、と無愛想《ぶあいそう》に答えた。

僕はその横に腰を下した。そうすると、今迄《いままで》の緊張した、咽喉《のど》のからからするような切迫した気持が、すっと消えて行った。ポンポンはもう三津の沖合はるかを、港に近寄る気配も見せずに、まっしぐらに進んで行く。右手を見れば、のどかな春霞《はるがすみ》が水平線にたなびき、その上にぽっかりと富士が見える。ところどころ点在する汚点《しみ》は鷗《かもめ》に違いない。船尾からは、喪の花束を打ち振るように、真白い澪《みお》が絶えず生れては死んで行く。

そうだった、こうやって立花の側で一緒に本でも読んでいれば、心はいつも平和だったのだ。立花とはもう二年越し寄宿寮の同じ一室に暮して、すっかり許し合った間《あいだ》柄《がら》なのだ。何を今更、こんなおどおどした気持を抱いて、一年生の藤木に近づき、その心を求めることがあろう。何で甲板の上を足をよろめかして、藤木の顔を見に行くことがあろう。こうしていればよかったのだ。こうして、悔恨の仄《ほの》かな薫《かおり》のただよっている潮風を嗅《か》ぎながら、立花の側に腰を下していればよかったのだ……。そして僕は憂鬱《ゆううつ》な意識の中に、追憶とその追憶を色づけるロマンチックな空想とを織りまぜて、放心した。風が、忘れられた書物を、僕の膝《ひざ》からはたき落した。

甲板の上が次第に騒がしくなり始めた。大瀬崎はとうに過ぎて、赤土の間に黒い岩《いわ》肌《はだ》の露出している断崖《だんがい》のすぐ側を、船はすれすれに掠《かす》めて行く。僕もがやがや騒いでいる連中の声に誘われて、左舷の手摺に凭れに行った。断崖に打ち寄せる波の飛沫《しぶき》が、此所まで跳《は》ね返って来るような気がする。と、船は急に左に傾いた。汽笛が鋭く鳴りわたった。今迄ひろびろとした海をのみ見ていた右舷に、松林の長く続いた岬が現れ始めた。波が急に平になり、発動機の響が次第に穏かになったかと思うと、船はいまH湾の中に突入する。松林の蔭《かげ》に、見馴《みな》れた大学寮の黒い屋根、茶色っぽい桟橋《さんばし》、くすんだ家々、蜜柑《みかん》山、達磨峠、それらを指呼している間に、僕等のポンポンは港の奥深いところにある村の船著場《ふなつきば》へと、一息に水を滑って行く。

船著場から大学寮までは半道ほどある。魚のにおいのこびりついた狭い石畳の道が、ゆるいカーヴを描いて湾に沿っている。ポンポンから降りた順に、二三人ずつ組になって、この道を歩き出した。

僕は立花と連れ立って歩いて行った。心の底ではもっとゆっくりして、後の仲間と一緒になりたかったのだが、立花に例の皮肉な眼《め》で見詰められるのはかなわない。しかしつい後ろ髪を引かれるように振り返る。

——去年とまったく同じだね、と立花が言った。

——平和だね、と僕も相槌《あいづち》を打つ。

右手のみすぼらしい漁師の家の陽当《ひあた》りのよい縁側で、頭じゅうにぐるぐる繃帯《ほうたい》を巻いた男の子が、物珍しそうに僕等の姿を見詰めている。ちっぽけな庭という庭には、桜の樹が蕾《つぼみ》をふくらませている。が、花にはまだちょっと早いようだ。庭の向う端は岩を積み重ねた塀《へい》になり、その足許《あしもと》からすぐ青々とした内海が続いている。

——今年はよっぽど寒かったのかね、桜が遅いようだぜ、と僕は言った。

——そうでもないよ。去年だってこんなものさ、一年の時は冬の寒稽古《かんげいこ》で気が立っていたから、大して感じなかっただけだ。今年はちょっとずるけ気味だった。

——そうかなあ。いつまでも寒かったぜ、成績発表の日なんか霜が下りてた。

——なに落第しやしないかと思って顫《ふる》えたのさ。

立花が笑ったので、僕もその陽気さに感染した。立花が喋《しゃべ》り出した。

——君は文科だから知るまいけどね、僕等は数学の点が悪いのでとても苦労したんだ。数学の「フロー」のところへ、柳井と木下と僕と、いずれもあがるか落ちるかの境目の連中がBitte《ビッテ》に行ったのさ。暗い晩でね、その寒かったこと。一番危ないのが柳井さ、あいつは一学期も二学期も注意点なんだ。僕は一学期が注意点だった。しようがないやね。ずっと試合の連続だものね。

——木下は大したことはないんだろう？

——木下はまあどうにか出来てるから介添役さ。それで三人で恐る恐る罷《まか》り出た。何しろ寒いんで、火鉢《ひばち》の前で、まあそう遠慮しないで、と言われたので柳井が手を出したがね、何しろ寒いんで、柳井のやつ訥々《とつとつ》と弁解するんだがそれが顫え声なんだ、聞いているとおかしくなる。そのうち、先生頼みます、と言って火鉢の上に顔を乗り出した途端に、水洟《みずばな》が垂れて、真赤に熾《おこ》った炭がしゅんと音を立てたんだ。

——笑ったろう？

——そうなんだ、思わず吹き出しちまったら、おかしくておかしくて笑いがとまらないんだ。柳井の奴《やつ》、怒ったよ。

——「フロー」も笑ったかい？

——先生は笑いたいのを我慢するような変な顔をしていた。しかし随分油を搾《しぼ》られたよ、私は決して辛い点はつけない、現に一年で私が満点をつけた生徒もいる、なんてね。

——ああそれ、藤木のことか、と思わず僕は口を挟《はさ》んだ。あいつはとうとう理甲のトップだった。

——藤木は出来るさ。しかしまあ僕等もみんな落第しなくてよかったよ。柳井が落ちなかったなんて奇蹟《きせき》みたいだ。

——これはやっぱり記念祭が悪いんだね、記念祭の時に飲み癖がつくから、つい試験の時まで怠け通してしまうんだ。来年は大学の入学試験もあるし、理科の連中はみんな浪人かもしれないぜ。

——縁起の悪いことを言ってくれるな、と立花が笑った。

魚くさい石畳の道が右に曲って、人家が尽きた。右手はすぐに海、左手は赤土の露出した断崖で、工事中と見えて土砂のはいったバケツがモーター仕掛で上ったり下ったりしている。

——遅い足だなあ。

後ろから声を掛けられて、振り返ると森と石井との二人が、崖《がけ》の上の方を見ている僕等をさっさと追い抜いて行った。

——藤木はもう元気だよ、汐見さん。心配することはないよ、とその時森が早口に言った。

スーツケエスをぶらさげた背のひょろ高い石井と、半ば走るように足を急がせる小《こ》肥《ぶと》りの森と、二人の姿がどんどん遠ざかって行く。石井の声が暫《しばら》く聞えていた。

――……つまりギリシャはね、人間を信仰したんだ。まず神々を信仰し、次いで神々を創《つく》った人間を信仰し、最後には人間の創った法律や芸術や哲学などをも信仰したんだ。ギリシャ人は何よりも人間的であろうとした、彼等の神々は人間の美しさの典型なのだ。かの謹厳なプラトーンも……。

プラトーンか、あれはきっと僕への皮肉に違いない。藤木の蒼《あお》ざめた顔が、ふと浮ぶ。ポンポンが船著場の桟橋に着いて、元気な連中から次々と下船した時に、僕は桟橋の端の、ロープを巻きつけたコンクリートの台の上に、さも疲れたような顔をして腰を下し、藤木の降りて来るのを待っていた。矢代に連れられて甲板の端まで歩いて来た藤木の顔が、痛々しいほど蒼く見える。船と桟橋との間が三四尺ほど開いて、舷側の方が少しばかり丈《たけ》が高い。飛べるかい？　と矢代が訊《き》いた。藤木の顔がさっと紅潮し、その身体が宙に踊り、僕が立ち上った時にはもう桟橋の上でよろめいていた。石井が抱えるようにして僕の方へ近づいて来る。此所に掛けて休めよ、と僕は言った。藤木は感謝するように笑いかけたが、微笑が途中で凍ってしまった。がっかりしたように腰を下す。矢代が両手に荷物を下げて後から来る。僕は歩き出した。藤木は随分船に弱いんだね、汐見さん、と森が言った。ああ君みたいに頑健《がんけん》じゃないようだね、と僕は言い捨てた。僕は振り返らずに桟橋を渡って行った……。

左手の断崖がいつしか低くなり、道と同じ高さの松林になると、右側も次第に砂浜が海と道との間を隔て出す。静かな内海に、午前の太陽がきらきらと反射している。僕等は次第に急ぎ足になって松林の中を通り抜け、雨戸を下したままのしんとした建物の横手へ出た。中庭に、キャプテンの柳井が交通巡査のように両手をひろげて立っていた。

――今年は己《おれ》たちの天下だからな、うん、こっちだ、二階の南向の部屋に陣取ろう。そこのとこからはいってくれ。

僕は立花と薄暗い階段を踏んで二階にのぼった。広い八畳間の中は黴《かび》くさく、開け放した窓枠《まどわく》に服部が腰を下して海の方を見ていた。部屋の真中に、帳面をひろげているのは木下だった。

――何だい、会計委員はもう金勘定かい？　と立花が訊いた。

――なに先生腹がへって坐ったきり動けないのさ、と服部が説明した。

僕はその側に行き、上衣《うわぎ》を脱ぎ、潮気を帯びた微風に肺をふくらませた。急にひどく幸福な気がした。やっぱり来てよかった、と思った。下で柳井の怒鳴っている声が聞える。

——じきに飯にさせるから、荷物を置いたら食堂に集ってくれ。午後からは、全員アルバイト……。

僕は一番あとから、石鹸箱《せっけんばこ》を手に階段を下りて行った。隣の棟《むね》との間をつなぐコンクリートの渡り廊下の途中に、洗面所がある。僕はポンプの柄《え》を押し、古ぼけた金盥《かなだらい》の中に水を注いだ。ふと窓から、松林の間の細道を、矢代から二足三足おくれて藤木の歩いて来るのが見えた。藤木は重そうに小さな鞄《かばん》を下げていたが、その頬はもうバラ色に耀《かがや》いていた。僕はひどく胸のはずむ気持で、勢いよく、汲《く》みたての冷たい水の中に顔を浸した。

H村は伊豆《いず》西海岸の小さな漁村だ。細長い岬と荒れ果てた断崖とに入口を扼《やく》され、漣《さざなみ》に浮んだ油の汚点《しみ》がひとりでに伸び縮みしながらひろがって行くものうい内海。昼は、港の奥の船著場を中心に、火の見櫓《やぐら》、小学校、村役場、二軒の旅人宿、郵便局、そして海岸沿いの背の低い漁師の家の屋根屋根が左右に開け、赤茶けた断崖の麓《ふもと》には、徳川末期の造船所の名残である頽《くず》れかけた建物と、竜骨《りゅうこつ》ばかりの木造船の船体とが、ひっそりと内海に影を落している。夜になれば、船の航跡に、桟橋の脚柱に、渚《なぎさ》の打ち上げられた海藻に、夜光虫が銀色にきらめく。

僕はもうここ十年あまりH村を訪れたことはない。が、当時のさびれた漁村は、恐らくは今も、怠惰に、無為に、海岸線のほとりにまどろんでいることだろう。沼津からポンポンと呼ばれる発動機船で通うか、修善寺から五里の山道を達磨《だるま》越で来るか、交通も不便なら、格別旅人を誘う名所旧蹟があるわけでもない。ただ夏だけは、岬の大学寮が学生たちを集めて、男ばかりの賑《にぎ》やかな水泳場と化す。内海の漣に和船の艪《ろ》の跡がゆるい波紋をえがき、飛込台から赤い褌《ふんどし》が次々とひるがえる。村で唯《ただ》一軒の菓子屋秋月の店先では、大学生がまずそうに饅頭《まんじゅう》などを食っている。しかし夏が過ぎてしまえば、蓬髪《ほうはつ》の漁師の子供たちが、秋風の冷たい防波堤を我物顔に裸足《はだし》で歩いているばかり。冬ともなれば、村は一層しんとする。

H村の春、――僕等が知っているのは、岬に桜の花が咲き誇る三月から四月にかけてのH村の二週間だ。僕のいた高等学校の弓術部は、毎年、学年末をH村の大学寮で合宿する習慣だった。不断は試合の連続で、練習の度に、やれ射型がどうの当りがどうのと、先輩から小うるさい文句をつけられて小さくなっているのが、この春の合宿の時ばかりは、桜の花に見とれて矢がそっぽに飛んでも、文句ひとつ言われる心配もない。高等学校のスポーツは大抵は試合に追われ通しで、そのスポーツを愉《たの》しむ境地にはなかなか至らないものだろうが、この春のH村の合宿では僕等は烏滸《おこ》がましくも弓を愉しむと言うことが出来た。

それに僕等は皆若かったのだ。この年、僕は十八歳だった。高等学校の二年生で、邪魔者だった三年生も卒業し、大学の試験をパスした連中は御機嫌《ごきげん》がよかったし、落っこちた連中はすごすごとしていたから、もう天下に怖《こわ》いものはなかった。一年生は大抵おとなしいのばかりで、中には僕なんかよりずっと年を喰《く》った浪人三年などというのもいたが、上級生の威令は並び行われた。大学生の先輩まで加えて総勢二十人ばかり、午前と午後とに弓を引き、夜は遅くまでトランプやカロムに興じて、疲れることを知らなかった。僕等は議論を好んだ。あらゆるものに好奇心を持ち、納得する迄《まで》はうなずかなかった。心は常にみずみずしく、悦《よろこ》びも悲しみも、まだうす汚れてはいなかった。

午前と午後とにきまって立《たち》がある。

岬の中央に、外海からの風を防風林に遮《さえぎ》って、幾棟かの寮が中庭を囲んで散在する。立が行われるのは、僕等が到着した日の午後、皆でアルバイトをして臨時の弓場につくりあげた、寮の裏手の細長い空地だ。弓場とは言うものの、手前側には莚《むしろ》が敷いてある、向う側に築山を築いたのが曲りなりにも堋《あずち》の役目をつとめている、その幅さえ尺二の的が三つ並べられるだけ、というお粗末な代物《しろもの》だ。築山の背も極めて低かったから、ちょっとでも手許《てもと》を狂わせると、矢は軽く堋を飛び越して裏の雑草の間に紛れ込んでしまう。そら柳井のホームランだ、などと大騒ぎをして三四人で矢探しに行くが、これがなかなか時間がかかる。それでなくても一度に三人ずつの立だから、自分の番は容易に廻って来ない。外海に面した、大きな丸石を積み重ねた防波堤に倚《よ》りかかったり、その上を歩いてみたり、またそれを乗り越えて、岩の上をひろって波打際《なみうちぎわ》まで散歩に行ったりして待っている。防波堤に倚りかかっている僕等の恰好《かっこう》ときたら、動物園でオットセイが日向《ひなた》ぼっこをしているのとまず似たりよったりだった。立の時は、僕等は大抵、和服に袴《はかま》すがただったから、鳥のようにも見えた。

そこは風を遮って、日射は柔かく睡気《ねむけ》を催させた。松林を背景に、桜の花が漸《ようや》く綻《ほころ》び始めている。袷《あわせ》の飛白《かすり》模様や、黒い小倉の袴や、片肌脱ぎの白い背中や、弓などが眼にちらちらする。矢音のぶうんという音さえ、蜜蜂《みつばち》の羽音のようにものうい。

ふと影が動いた。

——汐見さん、ひとりで何を考えているんだい？

からかうような声、ちょっとひとを小馬鹿《こばか》にしたような猫撫声《ねこなでごえ》ですり寄って来るのは、いつでも矢代にきまっている。浪人一年だから、僕よりは年上だ。しかし僕の方が上級生だから、多少の敬語は使っている。

——何も考えてやしないさ、と僕はものうそうに答える。

——汐見さんは逃げてばかりいるようだ、こんな端っこにいないで、向うに来ればいいのに。藤木だって、……

——僕はこれでいいんだよ、と急いで答えた。

——実際、汐見さんは臆病《おくびょう》だからなあ。もっとどんどん藤木と話をしたり、一緒に附き合ったりしなきゃ駄目《だめ》だ。遠くでこそこそしてるから、かえって藤木だって気にするんですよ、しょっちゅう汐見さんに監視されてるみたいだと、この前言ってた。

僕は黙って横向になり、今迄凭《もた》れていた大きな丸石の表を掌で撫でた。石の表はすべすべしてほんのりと暖かい。

——本当に臆病だ、と口惜《くや》しそうに口を尖《とが》らせた。それに藤木の方はもっと臆病なんだから。だいたい僕の経験では、……

——君の経験なんか聞きたくないよ。

矢代は歯を見せて笑った。笑うと大人びて如何《いか》にも狡《ずる》そうに見える。熱心に言い足した。

——とにかく藤木はまだ子供なんですよ、何にも分らないんだ。

僕は知らん顔をした。それでも僕の眼は、藤木が防波堤のずっと先の方で、俯《うつむ》き加減にして歩いたり、立ち止ったりしている、そのちょっとした動きさえも決して見落してはいない。藤木の近くにいる限り、見るまいと思ってもどうしても眼をそらすことが出来ないのだ。藤木の存在そのものが、いつでも熱気を帯びた季節風のように、僕の心を酔わせていた。矢代が、不意に声を低めたので、僕は意識を取り戻《もど》した。

——一体、例の達磨越の話はどうなったんです？　僕、東京駅に集ってみたら藤木も汐見さんも一緒にいるので、どうなったものか訊《き》きたいと思っていた。

——あれはやめた。

——なぜなんです？　だって汐見さんあんなに熱心に計画していたんでしょう？

僕にだって嬉《うれ》しそうに話してくれたくらいだもの。

——あれは、藤木がポンポンで皆と一緒に行くって言ったから止めたんだよ。

——でもなぜなんです、分らないな、と矢代が執拗《しつよう》に言った。藤木に訊いても何とも答えないし。

藤木は矢代に理由を話さなかったのか、——せめてそれだけが、藤木の好意のように思われた。しかし考えてみれば、理由らしい理由というのは何だろう、藤木が僕と一緒に達磨越をしようと言わなかった理由は何だろう……。

僕はつと倚りかかっていた防波堤を離れた。もうこれ以上、矢代が僕の秘密に嘴《くちばし》を突込むことに耐えられなかった。秘密、――しかしそれはもう誰《だれ》でも知っていることかもしれない。それでも僕はそれを大事にしておきたかった。藤木に寄せるこの秘かな想《おも》いを、誰にも容喙《ようかい》されずに、そっとしておいてもらいたかった。あの達磨越の計画をつい矢代に洩《も》らしたというのが、何としても軽はずみだった。要するに僕は一人でいればいいのだ。

――僕は一人でいたいんだ、と追い縋《すが》って来た矢代に言った。

僕は桜の樹の間を抜けて、立を見ながら帳づけをやっている木下の側へ行った。矢代は諦《あきら》めたようにオットセイの仲間へ帰った。

どの樹の幹にも弓が三四本ずつ立て掛けてあるし、枝からは䪊《ゆがけ》がぶら下っている。僕は端から素引《すびき》して、手頃《てごろ》な弓を選び、それを小脇《こわき》に抱えたまま、自分の䪊を取って右手に附けた。僕の順番はもうすぐだった。僕は矢立の中から自分の矢を四本択《よ》り取って準備を整えた。左の肩を肌脱ぎにした。名前を呼ばれて、他《ほか》の二人と共に、下駄を脱いで地面の上に敷いてある筵《むしろ》の上にあがった。木下の側に、先輩の大学生がぶらぶらやって来て、煙草《たばこ》を喫《の》みながら僕等の動作を見ていた。

筵の上に片膝《かたひざ》を立てて坐《すわ》りながら、的の方を見る。心が次第に晴れ晴れとして来る。自分の前に横に並べて置いた矢の中から一本を選び、弓に番《つが》え、それからゆっくりと立ち上る。的を見、牒の親指を薬指に当てて暫《しばら》くきしきしと軋《きし》ませる。正面に向き直り、ゆっくりと弓を起し、顔の向きを変えてじっと的を睨《にら》む。押手《おしで》に力を入れ、ゆっくりと引いて来る。あたりがしんとする。切る。弦音。……矢は的の少し後ろに逸れた。

――汐見は相変らず早気《はやけ》が直らないな、と見ていた大学生の春日《かすが》さんが側から言った。

僕は残心《ざんしん》を終って弓を前に廻し、元のように片膝を立てて坐った。春日さんが温厚な微笑を湛《たた》えて、僕を見ている。

――駄目なんですよ、どうしても会《かい》まで持たないんです。

春日さんの煙草の煙が、うっすらと桜の枝の間に吸い込まれて行く。僕はまた矢を番える。立ち上る。的を見る。引き起す。早く離してはいけないと自分に言い聞かせる。理窟《りくつ》はよく承知している、――充分に弓を引きしぼり、いつでも切れば切れるだけのエネルギイを保ちながら、それが自《おのずか》ら高まり、爆発するまでじっと待っている、それが三昧《さんまい》の境地なのだ。が、あっと思った時には、耳には弦音が響いている。と同時に、的に矢の突き刺さるぷすっという音。染山の蔭から、間延びのした当りと呼ぶ声……。

——駄目だね、と春日さんが引導を渡した。

——これでも当るんですよ、と僕。

——どうも君の弓は荒《すさ》んでいる、当りなんか問題じゃない。今度は三年だから責任も重いし、その当りがいつまで続くか。

——神経衰弱なんですかね、早気てのは。

——そうだ、と春日さんは急に医学生らしいもっともそうな表情をした。病気だ、精神の病気だ。

——それでいてなぜ当るんですか、当らなけりゃ直ると思うんだけど。

——弓は当るために引くんじゃないよ、引くことそれ自体が愉《たの》しみでなくちゃ駄目だ。早気になると、引き起しから会までのプロセスの間じゅう、愉しむ前に、まず、今離せば必ず当るという意識が先行する、この意識が曲者《くせもの》だ。つまり君の魂が、君の手許にいないで、引き起しに掛るとふらふらと的の方に行っちまうんだな。弓に魂がはいっていない証拠だ。

番が来て、僕はまた魂のはいっていない弓を引いた。矢は黒星の真中に当った。――要するにだね、と春日さんは言葉を継いだ。神経衰弱《ノイローゼ》というのは魂がとかく遊びに行きたがる状態を言うのだ。君の身体は此所《ここ》にあるが、君の魂は此所にはない。まあそう心配するな、誰だってそういう時期はあるものだ。

僕は四本目を義務的に引き終った。お辞儀をして筵から下り、側の桜の樹に弓を立て掛け、襟の帯をくるくるとほどいた。それを枝からぶら下げると、他の二人や春日さんと一緒に防波堤の連中の方へ戻った。僕の魂は此所にはない、と僕は心の中で呟《つぶや》いた。

郊外電車の駅を下り、商店街のきらきらする灯火を後ろに見て踏切を越すと、道は急に暗くなり人通りも途絶えていた。僕は片手に読みさしの本を一冊と畳み込んだ地図とを持ち、少し急ぎ足にその道を歩いて行った。ふと沈丁花《じんちょうげ》の甘い豊かな薫《かおり》を感じた。それは何処《どこ》からともなく匂《にお》って来、僕に明るい希望を空想させた。急に何もかもがうまく行きそうな気がして、溢《あふ》れ出る幸福感が胸をふくらませた。僕の歩いて行く一足一足に、跫音《あしおと》が高く響いた。

藤木の家は駅からさして遠くはない。軒灯の薄ぼんやりした明りに照されて、藤木忍《しのぶ》という彼の名刺が表札代りに玄関の横に貼《は》ってある。僕はそこまで行ってちょっとためらい、それから勢いよく格子《こうし》を明けた。いつものように格子に附《つ》いているベルがりりりりりんと鳴った。

暗い玄関に立って声を出すか出さないうちに、次の間の襖《ふすま》が開いて明りがさっと玄関に流れ込んだ。逆光線を浴びて、セーラー服の上に赤いスェーターを着た少女が、踊るような足取で飛び出して来た。

——あら、汐見さん、と嬉《うれ》しそうな声で叫んだ。兄ちゃん、汐見さんがいらした、と振り向いて声を張り上げたかと思うと、今度は、さ早くお上んなさいな、と催促した。

八畳間の真中に小型の机が、その上に教科書や雑記帳を並べて据《す》えてある。もう一つ、床の間を背に、廊下に面した欞子窓《れんじまど》と直角に、やや大きめな机があり、そこに藤木がむずかしそうな顔をして、字のぎっしり詰った横文字の本をひろげていた。僕を見てちょっと会釈《えしゃく》をしたが、そこから動きそうな気配はなかった。

少女はさっきから含み笑いをしていたが、押入から座蒲団《ざぶとん》を取り出すと、中央の机の前にぽんと置いて僕をそこに坐《すわ》らせた。それから手をついて、いらっしゃいませ、とお辞儀を一つした。

――お母さんは？　と僕は訊《き》いた。

――御免なさい、汐見さん、と若々しいはずんだ声がお勝手の方から聞えて来た。ちょっと片づけ物を済ませて、……

――いいのよ、お母さんは、と少女が横から引き取って、ねえ汐見さん、あたし是非お願いがあるの。

――いけませんよ、千枝ちゃん。

――いいのよ、お母さんは黙っていらっしゃい。ねえいいでしょう。汐見さん？

――何のことだかさっぱり分らない。とにかく千枝ちゃんの頼みなら引き受けますよ。

少女は少し甘えるような、眼《め》を大きく見開いた表情で、僕の方を見た。

――もうじき学年末の試験でしょう、あたし英語を教えていただきたいの。

――何だ、そんなことか。英語なら藤木に教われればいいのに。

――兄ちゃんは駄目《だめ》、とても親切気がないのよ。ちょっと教えてくれたかと思うと、もう怒るんだもの。

――千枝子が馬鹿《ばか》だからだよ、と藤木が首を起して言った。女学校の英語なんて、人に訊くまでもないじゃないか。

――どうせあたしは馬鹿よ、兄ちゃんなんかに訊かないわ、ねえ汐見さん？

僕は苦笑して、机の上にひろげられたリイダーに眼を通した。それを読んだり訳したり し始めた。少女は僕の横から覗《のぞ》き込むように教科書の上に首を垂れ、かぶさって来る断髪の髪をときどき面倒くさそうに揺《ゆす》りあげた。その白い横顔を見ていると、千枝ちゃんは藤木ほどに綺麗《きれい》じゃない、などと埒《らち》もないことが思い浮ぶ。この二人は兄妹でも、顔立は随分違っていた。藤木の冷たい、整った目鼻立は、恐らくは亡《な》くなった彼の父親似で、千枝ちゃんの愛敬《あいきょう》のある容貌《ようぼう》はお母さんに似たものだろう……。

――あたたかくなりましたわね。

そう言ってお勝手から、藤木の母親が盆の上に紅茶茶碗《ぢゃわん》を載せて現れた時、僕はその顔があんまり千枝ちゃんにそっくりなので、思わずくすっと笑った。僕はひどく幸福な気持がした。

――千枝ちゃん、もうおしまいになさいな、汐見さんだってそう苛《いじ》められてはお気の毒よ。

少女は母親の方を脣《くちびる》を尖《とが》らせて見ていたが、じゃまあこの位にしておくわ、と諦《あきら》めて、机の上を片づけ始めた。母親は、ちょっと此所を借りましょう、と言いながら、少女の勉強机の上に茶碗を並べた。忍さんもいらっしゃい、と誘った。

黙って机の側へ来て坐った藤木に、何を読んでいた？　と僕は訊いた。言われた本の名前は全然知らなかった。それから暫《しばら》く、千枝ちゃんの試験のことが皆の話題にのぼった。

——時に、君は合宿に行くことにきめた？　と僕は藤木に尋ねた。急に胸がどきどきし始めた。

——ええ、行くつもりですが。そう言って藤木は母親の方を見た。

——行ってらっしゃいな、わたしは構いませんよ。汐見さんもいらっしゃるんでしょう？

——僕は勿論《もちろん》行きます。……それでこの前ちょっと話した山越のことなんだが。

僕は携えて来た参謀本部の地図を畳の上に開いた。地図は電灯の光を吸って白く光った。僕がいちいち地名を指して、此所が沼津、此所が修善寺、と説明するにつれ、皆の視線がそこに集注した。

——H村に行くコースには二つあるんだ、これが船のコース。それから、この道、修善寺から達磨《だるま》峠を越える、このコースなんだよ、僕が誘ったのは。

——そうですね、と藤木が言った。

もし承知をするのなら、言ったら直に承知をする筈《はず》だ、と僕は思っていた。藤木は一度きめたことを考え直すような人間ではなかった。考える時間は今迄《いままで》に充分あった。そして今は、無表情な、端正な表情で、俯《うつむ》いているばかりだった。

——僕がこんなに山越のコースをすすめるというのも、君が船には弱いって聞いたことがあるものだから……たしかそうだったね？　と僕は熱心に言葉を続けた。

——そうなのよ、とても弱いのよ、と少女が側から叫んだ。中学の修学旅行で大島に行った時なんか、兄ちゃんすっかり弱っちまって、……

——つまんないこと言うんじゃないよ、千枝ちゃん。

——あら、だって本当だもの。

——見たわけでもないくせに。

——それはそうだけど、でも本当は本当よ、と言ったなり、急におかしくてたまらないように吹き出した。あのね汐見さん、兄ちゃん船が着いたら、元村の宿屋で二時間ばかり寝かされていたんですって。

——あれは運が悪かったんだよ。時化《しけ》のあとで船がひどく揺れたものだから。

——それからね汐見さん、やっと平気になって、三原山に行く途中の沙漠《さばく》で駱駝《らくだ》に乗せられたら、また船酔がぶりかえしたんですってさ。

少女はけたたましく笑い、母親も仲間入りし、藤木もしょうことなしに笑った。僕は少し困ったように笑った。こういうふうにしている藤木と、僕だけが知っているあの情の冷たい藤木とは、何という違いだろう。なぜ僕には、いつも素気《そっけ》ない仮面でしか応対してくれないのか。

——どうだろうね、と僕は訊いた。

藤木は黙って、紅茶茶碗のスプーンを玩具《おもちゃ》にしていた。俯いたまま僕に尋ねた。

——みんなはどうするんですか？

——皆は、前にも言ったように、沼津からポンポンで行くのさ。しかし歩いても午後には着くから、いっこう構わないんだよ。

——汐見さんはそのコースで行くんですか？

——僕だって一人じゃ行く気はしないけど。

——僕……、と言ったなり黙っていた。

答は分っていた。僕はその顔をじっと見た。

——僕やっぱしみんなと一緒に行きます。

——船で？

——ええ、そうします。

沈黙が落ちた。藤木はスプーンを皿《さら》に返すと、畳に片手を突いて地図を眺《なが》め始めた。その地図が、僕の視野の中に、とてつもなく大きな蛾《が》の翅《はね》のように見えた。なぜなのだろう、と僕は心の中で訊いていた。皆と一緒に行動するという、ただ単純にそれだけのことなのか、それとも僕が厭《いや》なのか。僕の意識の中を、白々と褪《さ》めた失意の記憶が素早く過ぎて行った。藤木を識《し》ってからまだ一年にしかならない。初めのうちは汐見さん、汐見さんと言って、何かにつけて僕に親しく縋《すが》り寄って来たものだ。それが秋になり、僕が藤木の家庭に時々遊びに行き、お母さんや千枝ちゃんとも口を利《き》くようになってから、藤木は少しずつ僕から遠ざかった。僕に会うことを避け、僕と話をすることを避ける。それは一体なぜなのか。なぜ僕に対してそんなに冷たくなってしまったのか。

——じゃ、僕帰ります。

言葉に出してそう言ってしまえば、それですべて終った。千枝ちゃんがびっくりしたように眼をみはっている。藤木は黙って開いた地図を折り畳んでくれた。僕は立ち上った。

——わたしも駅のところまで御一緒しましょう、買物があるから、とお母さんが言った。わたしは裏から出ます。

薄暗い玄関まで、藤木は寂しそうないつもの表情で、見送って来てくれた。千枝ちゃんがおぶさるようにその肩につかまりながら、首だけ覗かせてさよならと言った。相変らず暗い道を僕は藤木の母親と肩を並べて歩いた。お母さんは修学旅行の時のことなどを物語った。藤木はそれまで外で泊ったことがなかったから、その晩は心配で夜も眠られなかったそうだ。僕はそういう話を聞きながら、ぼんやりとした悲しみに打たれていた。僕は幼い頃《ころ》母親を亡《な》くしたから、自分の母親のようにこの人に甘えたくてしかたがなかった。この人なら何でも分ってくれるだろうと思った。僕はしかし、今迄に一度も甘えた言葉を言ったことがなかった。折から、暗闇《くらやみ》の中をまた沈丁花が匂って来た。僕はさっき来がけに、どんなにか幸福な気持を感じていた自分を思い出した。あ、沈丁花、とそれだけ僕は小さな声で注意した。

眩《まぶ》しいように明るい駅の改札口で、僕は藤木のお母さんと別れた。忍はほんとに我《わが》儘《まま》ですのよ、どうぞ宜《よろ》しくお願いしますわ、と丁寧に言われた。僕は困ったように少し笑った。

別れたあとは孤独だった。電車はすぐに来た。中はがらんと空《す》いていて、明けっ放しの窓からまだ肌《はだ》寒い風が吹き込んだ。僕は暗い窓の外の、流星のように流れ去って行く街の灯《ひ》を見詰めていた。屈辱の想《おも》いが胸を激しく締めつけた。あんなに愉《たの》しみにしていたH村の合宿、しかしその空想も、今は早く流れ去った。藤木が僕を嫌《きら》っている以上、H村に行ったって何にもなりはしない。くそ、誰《だれ》が行くものか、誰が行くものか。僕はじっと眼をつぶると、電車の振動に合せて、心の中でいつまでもそう思い続けていた。

昼食のドラが鳴り渡った。

午前の立《たち》が終ってから、思い思いに碁や、カロムや、読書や、お喋《しゃべ》りなどに耽《ふけ》っていた連中が、一斉《いっせい》に思い切りよく立ち上り、食堂に駆けつけた。半日に二十本の弓は程よい運動だったし、空気は塩辛くオゾーンに富んでいた。育ち盛りの年頃にとって、この食慾《しょくよく》を妨げるものは何もなかった。

食堂の中では、先輩も部員も入り乱れて横に細長い食卓に席を占めた。しかし先を争うほどの御馳走《ごちそう》が嘗《かつ》て一度も出たためしはない。朝はきまって若布《わかめ》の味噌汁《みそしる》、昼は油揚とひじきの煮附、晩はたいてい煮肴《にざかな》で、たまにブリの刺身が出ても、ぶった切りの切身の横に食えもしない海藻《かいそう》が山ほど盛ってあった。僕等はてんでに悪口を言い、持参の缶詰《かんづめ》をそこここで明けて、喋った分だけ余計にお櫃《ひつ》を空にした。

食堂の隅《すみ》にピンポン台が置いてあって、早く食事を済ませた連中からそこを囲んだ。食堂を出ると、向う側の娯楽室からはカロムの玉のはじける音、それに安物の蓄音器で掛けているダンス音楽が、変に nostalgique《ノスタルジック》に響いていた。

僕はそこを通り抜けて、内海に面した砂浜の方へ出た。砂は白く傾いて、疎《まば》らに生えた松の樹が、真昼の陽《ひ》を受けて短い影を足許《あしもと》に落していた。内海が一枚の鏡のように光った。僕は小さな貝殻《かいがら》の散らばった砂浜を、渚《なぎさ》のところまで下りて行った。

沖、といっても桟橋《さんばし》の少し先に、小さな和船が二艘《そう》、浮んでいた。一艘の方は真直に澪《みお》を引いて沖合に出て行くらしいが、もう一艘はとかく同じところをくるくる廻って、中腰になって艪《ろ》を操っている森の危なっかしい恰好《かっこう》が、此所《ここ》からもよく見えた。遠くの方の和船を漕《こ》いでいるのは木下で、盛んに森をからかっている声が、水の上を伝って、こちら側の笑い声に呼応した。舳《へさき》に寝転んで笑っているのは、誰の声なのか分らなかった。僕は暫く見ていたが、やがて渚に沿って歩き出した。少し先に、大型の漁船が、砂の上に引き上げられている。僕はその舷側《げんそく》に手を掛け、袴《はかま》の裾《すそ》をたくしあげて中へ躍り込んだ。湿った木材と少しばかり生臭い魚のにおいがした。僕は艫に近い板張の上に腰を下し、懐《ふところ》から文庫本を取り出して漫然と頁《ページ》を繰り始めた。

僕は少し睡《ねむ》くなった。日射はあたたかく、微風もない。僕は窮屈な恰好でそこに仰向に寝、綿毛のような白い小さな雲の出ている空を見上げた。やがて顔の上に開いたままの本を載せ、暫くうつらうつらとした。レコードのぎすぎすしたダンス音楽が、波の上の笑い声と入り混って、あたりは一層しずかだった。平和で、幸福で、一切の煩《わずら》わしいことがひどく遠くに感じられた。

——藤木は……。

ふと耳に落ちた木下の声に、神経が思わず集注した。

——どうって、奴《やつ》はいつでも同じでさあ。

のびのびと遠慮のない声で森が答えている。艪の音が次第に近づいて来るところを見ると、木下と森とが同じ和船で帰って来るのだろう。いつのまに同じ船に乗り移ったのだろう、とその瞬間に考えた。

——憂鬱《ゆううつ》そうじゃないか、と木下の声。

——藤木はね、きっと難しい数学の問題でも考えているんですよ。また「フロー」をあっと言わすかな。

——「フロー」？

——ええ、藤木がこの前ね、教室で七面倒な質問をしましてね、「フロー」の奴、それこそ蚤《のみ》みたいに教壇で一時間立往生。藤木が困って先生もういいんですって断ったんだが、「フロー」がむきになって……。何のことだか僕には問題の意味さえつかめなかった。

——森じゃね、森の専門は……。

そのあとは森のけたたましい笑い声で消された。艪の音は一層近づいて来た。

——そんなことならいいんだけど……。

——どうして、何か？

——いやね、汐見が近頃ばかに消耗してるから、それと関係があるのかと思って。

——あの二人は……。

声が低くて聞き取れなかった。僕は、しかし頰《ほお》のほてりを感じた。立ち上って、此所に自分がいることをしらせた方がいいかどうか。

——そのことではね、柳井がとても心配してるんだ。汐見があんなになった原因が藤木にあるのなら、藤木に部をやめてもらうなんて言ってね。しかしこれは此所だけの話だよ、いいかい？

——柳井さんには人情の機微は分るまいよ。

——柳井はキャプテンだからね。

——放っときゃいいんですよ。

——僕は藤木が憂鬱そうにしているのは、汐見のせいだとばかり思っていた。じゃ、そんなことはないんだね？

——もう着きますよ。

どすんと和船が砂に乗り上げた音がした。艪の始末をしながら、砂を踏んで二人が尚《なお》も話している。

——H村の合宿も悪くないが、どうも女気《おんなけ》がなさすぎますね。

——生意気言いやがる。寮と同じじゃないか。

——寮なら表へ出て行きさえすればね。此所は村まで行ったって、ろくなメッチェン一人いないんだから。

——当り前だ。そう言えば藤木は女性的な感じがするね、男ばかり見ているせいかしらん。

——あれは子供なんですよ、まだおっぱいの匂がしている。けれど不思議だな、どうしてああ頭ばっかし発達しちゃったのかな。

——森はどうだい、色気の方ばっかしか？

そして二人の笑い声が砂の上を遠ざかって行った。

僕は暫くじっとしていた。日射は一層暖かくなり、魚くさいにおいは前よりも強くなった。顔の上の本を取って船腹から首を出すと、二人の姿はもう何処《どこ》にも見えず、内海の沖に漕ぎ出して行ったもう一艘の和船の行方も知れなかった。村の向うに、達磨山が霞《かす》んでいた。

僕は船から出て、砂浜を寮の方へと戻《もど》って行った。

午後の立《たち》の間、藤木と会って話をしようと考え続けていた。此所《ここ》へ来てから、まだ一度も藤木と話をしていなかった。立が終り、部屋で和服をズボンにはきかえていると、その心持が矢も楯《たて》もたまらないほど燃え始めた。それでも娯楽室で、何ごともないような顔つきで立花と碁を二局囲んだ。碁は他愛なく負けてしまった。廻りでカロムをやっている連中の中に藤木はいなかった。

渡り廊下を通って、藤木や矢代に割り当てられている部屋の戸を明ける時には、たまらなく厭《いや》な、屈辱的な気持がした。それでも勇を鼓して明けてみると、中は鞄《かばん》や蒲《ふ》団《とん》が雑然と置いてあるばかりで人影はなかった。ついでに隣の部屋も覗《のぞ》いたが、振り向いた顔の中に藤木はいなかった。矢代もいないのだから、或《ある》いは二人で散歩に行ったのかもしれない。しかし二人が一緒にいるのなら、藤木にだけ話をするわけにも行かないだろうし……。僕は下駄《げた》を突掛け、中庭へ出た。

夕食前だからさして遠くまで行った筈《はず》もない。ちょっとした散歩にはコースが四つある。第一は村へ行く途中の小さな公園、そこからはH湾を隔てて達磨山が真向いに見える。第二は風呂場《ふろば》の裏手を占める松林で、そこを抜けて行くと外海に面した蜜柑《みかん》山に出る。第三は内海に面した砂浜で、和船の稽古《けいこ》や相撲《すもう》などが出来るからとかく足が向き易い。第四は岬《みさき》の突端だが、防波堤を踏んで行くか雑草の中を抜けて行くか、どっちにしても寂しいところであまり行く者はいない。

桜の樹の下で考えていると、寮歌の声が近づいて一年生が三人ほどぶらぶら歩いて来た。先頭にいるのは木村といって、何年も浪人をしてからはいって来たのだからもう豪傑気取だ。ステッキで桜の枝を叩《たた》きながら、センチメンタルな節廻しで寮歌をがなっている。あとの二人は驢馬《ろば》のように満足し切った表情で、後ろにくっついている。

――一緒に散歩しませんか、と木村が言った。

僕は反射的に歩き出した。真直に、人のいない弓場を通り抜け、防波堤にぶつかると、下駄ばきのままその上に這《は》いあがった。僕は君たちのように幸福じゃないんだ、と思った。そんな幸福なんか欲しくないんだ。

海は夕暮に近い斜の光線を受けて、色の褪《さ》めた鈍い光沢を放っている。水平線には雲が澱《よど》み、それらの雲が固まり合いながら少しずつ東へ流れて行く。防波堤の上から海を見た風景は、H湾の内海とは打って変って、荒涼とした物寂しさだ。石づくりの堤防の断立《きりた》った足許《あしもと》から、ごろごろした岩が連なり合って次第に傾斜を低くし、最後に波打際のあたりでは打ちつけて来る波の飛沫《しぶき》に絶え間もなく洗われている。防波堤の上に立っていると、潮風が頰《ほお》に冷たい。僕はゆっくりと石の上を伝って、堤防の突端の方へと歩いて行った。心は悔を感じていた。こんな方面に散歩に来るものなんか誰《だれ》もいはしないのだ。あの連中の獣じみた満足気な表情を見たからといって、僕が逃げ出さなければならない理由なんか、何ひとつなかったのに……。

下駄ばきで岩の上を歩くのは所詮《しょせん》無理だったから、僕は何度も足をとめて休んだ。その間に、幾重にも横に刷毛《はけ》で掃《は》いたような薄雲の襞《ひだ》を、夕陽が次第に赤く爛《ただ》れさせた。僕は足許を見定めて暫《しばら》く歩き、くたびれたので堤防の内側に下りた。そこは薄暗くて、ひょろひょろした松の若木の間に灌木《かんぼく》や雑草が隙間《すきま》もなく叢《むらが》っていた。僕は苦心して草の間を踏み分けて進んで行ったが、ふと眼を起すと、岬ももう突端に近い堤防の外れの岩の上に、向うむきになって腰を下している藤木の姿が見えた。

一瞬、僕は息を吞《の》んだ。赤々と焼けた薄雲を背景に、その背中は一種の寂しげな表情を湛《たた》えていた。僕は手をメガフォンにして嗄《しゃが》れた声で呼んだ。藤木は振り返らなかった。

ひょっとしたら間違いかもしれない。僕は大急ぎで灌木の茂みを押し分けて進んだ。土地が窪《くぼ》み、視野が鎖《とざ》され、僕はもう自分の焦躁《しょうそう》をしか見なかった。さんざ苦労をして林を抜け切ると、そこはもう岬の外れに近く、足許に大きな岩がごろごろしていた。防波堤も次第に背が低くなって、海岸を埋めた岩の群と見境がつかなくなっていた。藤木の姿は何処にもなかった。

僕はきょろきょろとあたりを見廻した。すぐ前が海で、黝《くろ》ずんだ波濤《はとう》が意外な速さで湾の中へ流れ込んで来た。きっと満潮なのだろう、烈《はげ》しく渚《なぎさ》の岩の群にぶつかる度に、沈鬱《ちんうつ》な響と、白々とした飛沫《しぶき》とをあげた。湾口を扼《やく》している対岸の赤茶けた断崖《だんがい》の裾《すそ》でも、押し寄せる波がゆっくりと宙に散った。陽はだいぶ傾いて、岩という岩が、赤斑《あかまだら》に影を刻んでいた。波の音に耳が馴《な》れてしまうと、薄気味の悪いほどあたりはしんとした。

その時、ポンポンの鈍い発動機の音が、次第に湾の中から近づいて来た。汽笛が尾を引いて木霊《こだま》した。最後の沼津行のポンポンだな、と僕は思った。対岸との狭いはざまを通る時に、僕は灰色の甲板と、黒い煙突と、そして甲板に疎《まば》らに立っている乗客の姿とを見た。外海に出きると船は急に揺れ始め、進路を右に取って見る見るうちに遠ざかってしまった。僕はもう一度あたりを見廻したが、荒涼とした磯《いそ》の香と、無気味な静けさと、ただそれだけだった。あんまり思い詰めて幻影でも見たのかもしれない、そう考え考え、内海の側から戻り出した。こちら側には、林の間に細い道がついていた。

とうに夕食の時間になっている筈だと思い、寮の入口のところで暫く考えていたが、一度部屋へ戻ってみる気になってそこから上った。薄暗い廊下に差掛ると、人気《ひとけ》がない筈の横手の部屋の中で愉快そうな笑い声が聞えて来る。どうも悪戯《いたずら》者の森の声らしかった。僕は好奇心に駆られて襖《ふすま》を明けた。

ぷんと黴《かび》のにおい。雨戸が二枚ばかり開かれて黄昏《たそがれ》の光がぼんやりとたゆたっている。影がうごめいた。よく見ると、石井が仰向に寝て、森がその上に馬乗になったまま笑っている。長身の石井が足をばたばたさせると、その長い臑《すね》を包んだズボンが黒い蝙蝠《こうもり》のように踊った。

——何だい、喧嘩《けんか》でもなさそうだが……。

石井まで、もうおかしくてならないように吹き出した。

——Normallage《ノルマルラーゲ》だよ、と森が遠慮のない顔で得意そうに言った。汐見さん、Normallage《ノルマルラーゲ》に何種類あるか知ってるかい？

――おい、もう止《よ》そうや、ちょっとのいとくれ、と石井が下から言った。

森が立ち上ると、石井がやれやれという恰好《かっこう》で坐《すわ》り込んだ。いつのまにか手に黒いカヴァーのかかった本を持っている。それを僕の方に差出した。

――僕たちはね、と言ってくすっと笑った。言っときますが主謀者は森ですよ、僕は助手をつとめただけですよ……。

――本を見りゃ分る、と森が言った。もっとも汐見さんなんて、何にも知らねえんだろうな。

僕はかっと赧《あか》くなった。見るともなく本の頁《ページ》をめくった。ぎっしり詰ったドイツ文字の間に、ところどころ奇妙な挿絵《さしえ》がはいっていた。

――何しろ字引も引かなきゃならないし、実技の方もやってみなくちゃならないんだから、大変なんですよ。

――相手が石井じゃどうも物足りないよ、と森が言った。

僕はまた赧くなった。急いで石井の手に本を突返すと、もう飯なんじゃないか、と曖昧《あいまい》に呟《つぶや》いて部屋を出た。あとから二人はまだげらげらと笑っていた。

二階の部屋にはいると、立花が一人、窓に倚《よ》りかかって夕明りをたよりに本を読んでいた。僕はその側へ行って、窓から生唾《なまつば》を吐き出した。

――何処へ行ってたんだ？　と立花が訊《き》いた。

――うん……、飯は？

――僕はもう済んだ。早く行って来いよ。

僕は生返事をしたまま畳の上に大の字に寝転んだ。ああくたびれた、と言った。僕の意識に、今さっき見た男女の絡《から》み合った姿態が写象となって浮んで来た。あんなに藤木に会いたかったのに、何だか自分が堕落して別の世界に追いやられたような、そんな気持がした。

立花があきれたように僕を見下した。


いつまでも寝苦しい晩だった。電灯を消しても硝子《ガラス》戸を越して月影が朧《おぼろ》に畳の上に射し込んだ。空気は生暖かく、桜の花の香《かぐ》わしい匂《におい》が部屋の中にまで立ち罩《こ》めていた。立花はとうに寝息を立てていたが、僕はさっきまで木下と議論をしたので、眼《め》が冴《さ》えていっこうに寝つかれなかった。明日帰る筈《はず》の先輩たちに誘われて、柳井と服部とが村まで飲みに行ったまま、まだ帰って来ていなかった。

娯楽室の方向から、デカンショを歌う野蛮な合唱が聞えて来たのは、もう十一時を過ぎた時刻だったろう。歌声と共に硝子の割れる音が生ぬるい空気を顫《ふる》わせた。

――ちょ、しょうがないな、と木下が舌打した。また柳井の奴《やつ》……。

木下は起きて電灯を点《つ》け、手早くズボンにはきかえると部屋を出て行った。僕は柳井と服部との床を取ってやり、それから窓へ行って硝子ごしに外を覗《のぞ》いて見た。一面の朧な月明りに隣の棟《むね》の建物が森閑と控えているばかり、人影は見えなかった。階段に乱れた跫音《あしおと》がして、柳井が木下と服部とに両方から肩を支えられ、ふらふらした足取で部屋へはいって来た。手を放されると自分の蒲団《ふとん》の上に、へたへたと坐り込んだ。後から大学生が一人、真赤な顔に照れたような微笑を浮べてついて来たが、済まんなどうも、と言って早々に消え去った。

――何の済まんことがあるものか、と柳井が掌《てのひら》の背で口を撫《な》でながら言った。服部はさっさと寝衣《ねまき》に着替えると、ひでえ目にあった、とこぼした。

――飲みすぎたんだろう？　と僕が訊《き》いた。

――柳井は弱いくせにやたら飲みたがるんだから。

――己《おれ》は、己はまだ飲み足りねえぞ、と柳井が怒鳴った。

――さあもう寝ろよ、と木下が言って上衣《うわぎ》を脱がせにかかったが、柳井は身体をぐにゃぐにゃさせてそれを拒んだ。

——汐見、と不意に言った。己は汐見にちょっと言いてえことがあるんだ。

柳井が気味の悪いほど充血した眼で僕の方を睨《にら》んだ。そうか、そのために酔って来たのか、と僕は思った。柳井は不断はひどく気が弱かったから。

——何だ？　と僕は訊いた。

——己は、己は、と吃《ども》って、柳井は大きな息を吐いた。それから少ししゃんとなって急込《せきこ》みながら喋《しゃべ》り始めた。……己は汐見の料簡がよく分らねえんだ。己たちも今度はいよいよ三年だ、己たちの責任は重いんだ、ところがだ、ところが己たちはわずか七人しかいねえ、明後日あたり、宮沢と中川とが来るだろう、それに汐見と木下と服部と、立花は寝てやがるな、都合、……

指を折りながら変な顔をした。

——馬鹿《ばか》、自分を忘れる奴があるか、と服部が笑った。

——そうだ、不肖柳井繁雄、キャプテンに選ばれた以上は責任をもってやる。

——もういいから寝ろ、明日の立《たち》もあるし、と木下が言った。

——会計は黙ってろ。とにかく、己たちは七人こっきりだ。え、十人の立にはどうしても三人不足なんだ。こんな人数の尠《すくな》かった年度も珍しいが、いまさらぼやいても始らねえ。今度の二年生をうんとしこむとしても、だな、己たちがよっぽどしっかりしねえと、夏の試合は負けるぞ、え、負けてもいいのか。

——そうぼやくな、と木下が言った。矢代や石井は立派に使えるし、藤木だって木村だってぐんぐんうまくなるよ。

——己はだな、己たち七人が大事だと思うんだ、己たちはみんな良い弓を引いて、今度の二年生の模範とならねばならん。ところが汐見の弓はあれは何だ、ちっとも気合が乗っとらん。

——僕は今スランプなんだ、と僕は答えた。

——汐見は、スランプならスランプでも、か、勝手にしやがれと言ったもんだ。服部が笑って、なるほど、と言った。

——そういうわけじゃない、と僕は弁解した。

——己はな、己にしたって言いにくいけど、汐見、お前が藤木のことなんかでくよくよしてるのがたまらねえんだ。

——君は分らないから、……

——分る、分るとも、己たちはみんな分っている、なあ？　汐見が苦しんでいるのはよく分る。しかしそんな苦しみはつまらねえって言うんだ。

僕は自分の頬から血の気の引いて行くのを感じた。

——余計なことだ、と僕は言った。僕の苦しみは僕のものだ。

柳井は顔をあげ、血走った眼で僕を睨んだ。

——そんな勝手なことがどうして言えるんだ？　己たちは一緒に弓にはいって、それから一緒に蠟勉《ろうべん》もした、一緒にBitte《ビッテ》にも行った、試合に勝つも負けるも共同責任だ、それなのにお前一人がそう消耗してれば、己たちだって心持がよくなかろうじゃねえか。藤木なんかくそくらえだ。己たちに大事なのは、汐見、お前だよ。

僕はこの前、和船の上で木下が森に話していたことを思い出した。藤木に部をやめさせるなんてことが出来る筈はない。もし柳井がそのことを口にするようなら、絶対に頑張《がんば》ってやろう、とそう思って待っていた。しかし柳井は黙ったまま口を利《き》かなかった。

——僕なんかも、と木下が言った。藤木のことなんぞで君が苦しむのは愚だと思うよ。それは友情とは違うんだろうからね。

——違わない、と僕は強く言った。

——しかし友情というものは相互的なものだよ、柳井が落第しかけたら君が心配する、藤木のことで柳井が心配する。それが友情だろう、君のは……一人で盲滅法に駆けてるようなものだ。

——そうじゃない、と僕は熱して叫んだ。本当の友情というのは、相手の魂が深い谷底の泉のように、その人間の内部で眠っている、その泉を見つけ出してやることだ、それを汲《く》み取ることだ。それは普通に、理解するという言葉の表すものとはまったく別の、もっと神秘的な、魂の共鳴のようなものだ。僕は藤木にそれを求めているんだ、それが本当の友情だと思うんだ。

——なるほど、それが汐見茂思のプラトーン的瞑想《めいそう》の産物だね、と服部がからかうように言った。そりゃ藤木は可愛《かわい》い少年だよ、ギリシャ語のephebos《エフェボス》っていうのはあいうんだろう。しかし魂なんてのは大袈裟《おおげさ》だ。

——だから君たちには分らないって言うんだ。

——僕も魂なんか持ち出すことはないと思うね、と木下がおだやかに言った。好きだというのはphysique《フィジック》な要素だからね。

——違う、絶対にそうじゃない、と僕は叫んだ。

しかしそれをどう説明すればいいのか、僕には分らなかった。柳井は酒の酔も醒《さ》めたように横にごろんとなっていた。かすかに波の音がした。

——遅いんだからもう寝ろよ、と隣の蒲団で眠っていた筈《はず》の立花が、その時不意に声を掛けた。柳井ももう寝ろよ、風邪《かぜ》引くぜ。

柳井が上衣を脱ぎ出したので、木下も自分の蒲団の中にもぐり込んだ。立花が立って電灯をぱちんと消した。

——汐見だって考えているさ、と立花が立ったまま言った。人の傷口をそうつつくもんじゃない。

僕は月影のやわらかく落ちる暗闇《くらやみ》の中で、じっと眼を開いて天井を見ていた。部屋は仄《ほの》かに明るく、花の匂《におい》が人を慰めるように甘かった。波の音を聞きながら、君たちには分らないんだ、と僕は口の中でまた繰返した。

physique《フィジック》な要素とは何だろう、と僕は防波堤に倚《よ》り掛って考えるともなく考えていた。

桜は見る限り華かに咲き誇った。暖かい日射を浴びて花は幾重にも花を重ね、弦音に誘われるように花片がはらはらと散りかかった。今さっき、僕は藤木が弓を引いているのを傍に立って見ていたが、着物の片袖《かたそで》を脱いだ裸の白い肩に、花片の散りかかるのが美しかった。しかし僕は何か息苦しいものを感じて、立の終るのを待たずに此《こ》所《こ》へ逃げて来てしまった。

村の小さな子供たちが毎日のように遊びに来た。空地を縫って、紺飛白《こんがすり》の筒っぽが輪廻しをする。藤木や森がそのいい友達になって、一緒に輪廻しをやっている。黒い鉄の輪を、尖端《せんたん》を折り曲げた長火箸《ひばし》のような鉄棒で操りながら進むと、りんりんという気持のいい響を発した。今も松林の向うから聞えて来るこのかすかな響が、耳に涼しかった。

藤木は着物の袖をたくして、身軽に走っているだろう。色の白い頰《ほお》が紅潮し、鉄棒を摑《つか》んだ花車《きゃしゃ》な手先を、つぶらな眼《め》で見詰めて、勾配《こうばい》の多い空地を巧みに登ったり降《くだ》ったりしているだろう。五分刈の頭に、花片が散りかかっているだろう。……そうした空想は、果して physique《フィジック》 ではないのだろうか。藤木と一緒には風呂《ふろ》へもはいれないというような僕のはにかみかた、それは physique《フィジック》 ではないのだろうか。

——汐見さん、何を考えてる？

側《そば》へ来たのは、小悪魔のような矢代だった。内密そうな微笑が頰の肉を歪《ゆが》めていた。僕はそっぽを向いた。

——汐見さん、ちょっと聞かせてあげることがある。但《ただ》し、秘密ですよ。

どうして矢代が側へ来ると、こうも変に屈辱的な気持になるのだろう。どんなに僕が厭《いや》だと思っても、僕の心理を見抜いたようなその狡猾《こうかつ》な微笑。

——藤木がね、と言って間《ま》を計算するように僕の横顔を見た。
——何だい？
——藤木がね、ひょっとすると部をやめるかもしれませんよ。
——誰《だれ》がそんなことを言った？
——勿論《もちろん》、藤木ですよ。真偽は保証しませんがね。

それだけ言って、口笛を吹きながら向うへ歩いて行ってしまった。そんなことはない、と僕は口の中で言った。輪廻しのりんりんいう響が尚も聞えて来る。それに混って陽気な笑い声。藤木が部をやめるなんて、そんな馬鹿《ばか》なことはない。しかし僕はH村に来てから、まだ一度も藤木に会って話をしたことがないのだ。まさか柳井がつまらない干渉をした筈《はず》もないのだが。

僕は息苦しい気持で防波堤の上に攀《よ》じ登った。外海が蒼《あお》く晴れわたって、眼の中に飛び込んで来た。ひとりきり、何処《どこ》か遠くへ行きたいものだ、と僕は海を見詰めて思い続けた。

村祭の日に、大学生の先輩が三人、山越で帰ることになった。この日は岬《みさき》の方へまで村人の人出が多かったから、毎年、立《たち》を休んで遊びに行く習慣になっていた。今年はあとを一年生に頼んで、峠まで先輩たちを見送って行こうと言い出したのは木下で、僕等五人は大学生と打連立って朝のうちに出発した。合宿参加のおくれている宮沢と中川とが、それに今日あたり、山越のコースでやって来る筈になっていた。

うっすらと朝靄《あさもや》の消え残っている海沿いの石甃《いしだたみ》の道を歩いて行く頃《ころ》は、一かたまりにかたまっていたが、祭の景気で賑《にぎわ》い始めた村の中心部を、菓子屋の秋月から右に逸《そ》れると、いつとはなく足並が先後した。段々畑の間を歩いて行くと、光の粉を掃いた空に雲雀《ひばり》が啼《な》き、太鼓の音が単調に僕等のあとを追い掛けた。道は次第に登りになり、振り返る度に、視野の中に海の部分が次第にひろがりを増した。

僕は大学生の春日さんと二人並んで歩いていた。春日さんは煙草《たばこ》をくゆらせながら、時々背中を二つに折って、道端から菫《すみれ》の花などを器用に摘《つ》み取った。手品師のような花車な手つきで、花弁をむしり取っては僕に植物学の講義をしてくれた。山の中はしんとして、物悲しいほど空は明るく晴れていた。それなのに仄《ほの》暗い虚無感が、鏡の上の曇《くもり》のように僕の意識に影を落した。

藤木は今頃、矢代や森や石井などと一緒に、何をしているだろうか。いつでも藤木の側にいて、彼と話したり笑ったり出来る矢代に、僕は胸の痛くなるような嫉妬《しっと》を覚えた。僕なんか、人目を憚《はばか》って、たまに藤木と短い会話を交すにすぎない。それももし藤木が部をやめるようなことがあれば、僕と彼との間を繋《つな》ぐ糸はぷつんと切れてしまうだろう。年度も違い、科も違い、寮でも教室でも顔を合す筈はないのだから。しかし……ひょっとしたらその方がいいのかもしれない、こんな無益な執着に一日一日を見送って、それが何になるというのだろう。

——僕ね、と思い切ったように春日さんに話し掛けた。いっそ部をやめようかとも思うんですが。

——部をやめるって。春日さんは手に残った菫の萼《がく》を見詰めながら、ゆっくりと言った。

——ええ。

——そいつは急な話だね、どうしたんだい？　柳井とでもまずいのかい、何か議論をしたっていうけど……。

——あんなこと、何でもありませんよ。

——柳井も悪気じゃないさ、と言って春日さんは手にした菫を捨て、促すように僕の顔を見た。

——僕はどうも弓もスランプだし、と僕は考え考え説明した。もともと僕はスポーツに熱中するたちじゃないんです。だから、部の中で僕だけが異分子で、みんなにも迷惑を掛けるようなら、……

――それは君の思い過しさ。迷惑なんてことはあり得ないよ。

――でも、僕はどこにいても、自分の存在が余計なような気がするんです。自分の孤独はしかたがないけど、ひとにまで迷惑を掛けようとは思わないから。

――君の言うことはよく分らないね。

春日さんは煙草の箱をポケットから出すと、自分でも一本を抜いて僕にすすめた。僕はその年の二月の記念祭にやっと喫《の》みかたを覚えた位で、まだ喫煙の習慣はなかったが、お辞儀をして一本貰《もら》い受けた。春日さんはマッチを摩《す》って火を点《つ》けてくれた。煙はゆるやかに流れ、僕等はまた歩き出した。

――君が孤独だというのは分るよ、と春日さんは言った。孤独であるというのは大事なことだ。しかしそのことと、運動部の部員であることとは、決して矛盾はしないと思うね。運動部のような、共通の目的と訓練とを持った共同生活、その中で耐えられるような孤独でなくちゃ、本物じゃないんだ。卵の殻《から》で自分を包んでいるようなひ弱な孤独じゃ、君、何ひとつ出来やしないぜ。

――僕もそう思います。しかし、もし僕の孤独が人を傷つけるようなら、……

——君はそう思うのかい、君の孤独は人を傷つけるような種類のものだと？

——いいえ、僕は寧《むし》ろ傷つけられているんです。

——何で？

——それは……愛することでじゃないんですか？

——愛することでね、僕はね、真の孤独というものは、もう何によっても傷つけられることのないぎりぎりのもの、どんな苦しい愛にでも耐えられるものだと思うね。それは魂の力強い、積極的な状態だと思う。それは、例えば祈っている人間の状態だ。祈りは神の前にあっては葦《あし》のように弱い人間の姿だが、人間どうしの間では、これ以上何一つ奪われることのないぎりぎりの靭《つよ》さを示しているんだ。孤独とはそういうものじゃないだろうかね。

——そんなに靭いものですかね、僕なんかしょっちゅう傷ついてばかりいるけど。

——それは愛し合う人間の間では、二人の愛が不均衡でその間に調和がなければ、当然痛手も受けようじゃないか。

——そうでしょう、と僕は言った。

——しかしそういう場合に、愛することの靭さと孤独の靭さとは正比例しないのさ。相手をより強く愛している方が、かえって自分の愛に満足できないで相手から傷つけられてしまうことが多いのだ。しかしそれでも、たとえ傷ついていても、常に相手より靭く愛する立場に立つべきなのだ。人から愛されるということは、生ぬるい日向水《ひなたみず》に涵《ひた》っているようなもので、そこには何の孤独もないのだ。靭く人を愛することは自分の孤独を賭けることだ。たとえ傷つく懼《おそれ》があっても、それが本当の生きかたじゃないだろうか。孤独はそういうふうにして鍛えられ成長して行くのじゃないだろうかね。

僕は聞いているうちに、何だか自分のことを言われているような気がした。春日さんは暫《しばら》く黙っていたあとで、穏和な微笑を浮べながら言葉を継いだ。

——君が苦しんでいるというのは、一年の藤木のことじゃないのかい?

僕は頰《ほお》のほてりを感じた。困ったように、手にした煙草を捨てた。

——君はいま夢中になっているから分らないだろうけれどね、そういう時期は誰《だれ》でも一度は経験するのだ。つまり麻疹《はしか》のようなものだろうと僕は思うよ。一体、子供の時代には人間は asexuel《アセクシュエル》 だ、少し大きくなると bisexuel《ビセクシュエル》 になる、つまり男女両性的なんだね、そのあとに homosexuel《ホモセクシュエル》 な時期が来る。そうして大人になるんだ。だから君の今の状態は過渡的なもので、いずれは麻疹のように癒《なお》ってしまうさ。

——僕にはそんな一時的なものとは思えないんです、と僕は少し声を大きくして言った。僕はこれが本当の愛、決して二度と繰返されることのない愛だと思うんです。

だからこそ僕は苦しんでいるんです。そんな、過渡的だなんて……。

——そう、言い過ぎだったら御免よ。それじゃ君の藤木に対する気持の中に、やましいものは何にもないわけなんだね？

やましいもの、physique《フィジック》な要素、……僕の心の奥深いところで、異質的な紘《げん》が鳴り渡り、何かが微妙に反撥《はんぱつ》した。

——やましいものなんかありません。

——そうかい、と春日さんは頷《うなず》いた。友情だと言うんだね？

——そうです、これが本当の友情だと思うんです。

——うん、僕の考えでは homosexuel《ホモセクシュエル》 な人間どうしでは、互いに二人きりの共通の孤独を求める、この共通の孤独の廻りに秘密の壁をつくる。この壁のあるなしで abnormal《アブノーマル》 かどうかがきまるんだ。彼等は当然自分等をやましく思う、そして自ら好んで隔離されている。彼等は壁の外側の、健全な社会に出て行こうとはしないんだからね。友情というのは壁を持たない、それは同胞愛、隣人愛として、何処までもひろがって行けるものだ。

——そうなんです、僕の考えているのもそういうことなんです。美しい魂がある、その魂の認識のしかたがある。だって当の本人は、自分が美しい魂の持主だなんて考えてやしませんからね。僕は藤木のそういう謙虚なところがたまらなく好きなんです。藤木の魂を理解しているのは僕だけです。僕は人間の中にあるそういう美しいもの、純粋なものを、一度発見した以上、僕自身の魂、この汚れた魂をも美しくし、また他人をも美しい眼で見て行くことが出来ると思うんです。美しい魂の錬金術、と僕は名づけたんですが、僕自身がこの魂を発見したということから出発して、みんながもっと美しく、もっと幸福に、暮して行けるようになれると思うんです……。

喋《しゃべ》っているうちに、歓喜が怒濤《どとう》のように僕の内部に打ちつけた。僕だけが知っているのだ、無垢《むく》の魂に誘われるこの思慕、愛するというこの陶酔、意識の全領域を照し出すこの明智、天使の方へと僕を引き上げるこの飛翔《ひしょう》感……。

――それで藤木の方はどうなのだい？　と穏かに春日さんが訊《き》いた。

何の悪意もないその言葉、しかしそれが呪文《じゅもん》のように魔法を解いた。熱狂はみるみる潮のように引いて、岩蔭にしがみついて押し流されて行く海藻《かいそう》の後悔と、ぶよぶよの水母《くらげ》の無力感とが後に残った。真昼の明るい山道で、僕は眼かくしでもされたように両手で前方をさぐった。

――藤木には分らないんです、と僕は言った。

春日さんは新しい煙草に火を点けた。僕等はもうかなり高くまで登っていた。

——どうして愛することで相手を傷つけたりするんでしょうね？　と僕は訊いた。

——傷ついているのは君の方だろう、と春日さんは答えた。藤木はただ愛されるだけなら、傷つくもつかないもないさ。しかし君は、汐見、自分で自分を傷つけちゃいけないよ。君が本当に成長し、君の孤独が真に靭いものになれば、君は自分をも他人をも傷つけなくなるのだ。自分が傷つくような愛しかたはまだ若いのだ。

——春日さんはそういうことはないんですか？

——僕？　僕だって傷ついているよ、そう見えないかい？

春日さんは一瞬暗い顔をしたが、直に気を取り直したように僕に言った。

——脱線したけど、とにかく部をやめるのはよしたがいい。君は弓にはいってもう二年も一緒に暮したんだから、君の存在が与える責任というものもあるのだ。与えられた場所で生きられない人間は、何処《どこ》に行ったって生きられないよ。

それなりに僕等は黙って歩いた。やがて植林された杉の木立が終り、見晴らしの利《き》く峠のスロープに、先に着いた連中が腰を下して僕等を待っていた。間もなく全員が揃《そろ》い、僕等は弁当をひろげて談笑した。若草の褥《しとね》に吹いて来る山巓《さんてん》の風は、汗ばんだ頰に心地よかった。H湾は蒼《あお》い水たまりのように見え、外海は陽光にきらめいて白っぽい河のように見えた。湾を囲む村も岬も、一面の花の雲で、眼を起せば真向いに富士がぽっかり春霞《はるがすみ》に浮んでいた。僕等はそれがあまりにも絵葉書の通りだったので、口々に月並だと罵倒《ばとう》した。待ち兼ねていた宮沢と中川とが、先輩たちが出発する直前に姿を見せたので、僕等の興奮は一層大きくなった。僕等はお別れに写真を撮り、去って行く先輩たちにいつまでも手を振って別れを惜しんだ。一番あとからのんびりとついて行く春日さんの後ろ姿が、山道を曲ってやがて見えなくなった。

麓《ふもと》へ下りても時間がまだ早かったから、僕等は河っぷちの大行寺《だいぎょうじ》に寄道することにした。河岸に桜の並木が連なり、橋を渡って古びた山門をくぐり抜けると、境内もまた桜に埋まっていた。僕等は掘抜井戸の冷たい水で顔を洗い、梯子《はしご》を伝って鐘楼に登ると、その欄干に腰を下した。井戸の側の桜の老樹が、片側の二枝だけ血のように紅《あか》い変り花を咲かせていた。

新顔の二人を加えて、皆は熱心にお喋《しゃべ》りを交した。宮沢が見て来たばかりの封切映画の筋を語って羨《うらや》ましがらせ、服部が半畳を入れ、木下が造詣《ぞうけい》のあるとこを見せ、柳井が活動なんかつまらねえやと言った。皆は思い思いに喋り、時々僕を話の中に誘った。そういう仲間の親切が僕には痛いほど意識された。去年一緒に此所に遊んで、色々の都合で部をやめて行った連中のことが思い起された。そして今いる七人の中で僕が一番年少者であり、また一昨日の晩のようなことがあっただけに、僕のような者さえもが仲間の中で占めている立場を、感じないわけには行かなかった。僕は部をやめることは出来ないだろう。僕は仲間と一緒にあって、一人苦しみ、その苦しみを表に見せないようにしなければならないだろう。H村の合宿には行かないと誓った僕、その僕に、合宿の暦は既に半ば以上をめくり取られ、桜は漸《ようや》く花盛りを過ぎつつある。僕は藤木と話一つ交すことも出来ず、自ら好んで自分の廻りに夢想と孤独との壁を置いている。僕に大事なのは、考えることではなく行動すること、沈黙することではなく説得すること、待つことではなく進んで愛することだ。自分というものを藤木に分らせ、愛をして豊かに実らせることだ。藤木はまだ子供かもしれない、しかし彼が何を考え何の故に沈黙しているかを知りもしないで、遠くから僕が一人苦しんでいたとて何になろう。僕の愛しているのは偶像ではなく人間、夢ではなく現実、未来ではなく今なのだ。もし僕の藤木に対する愛が間違っているのなら、僕は自分に、一層厳しい孤独を課すだけだ。しかしこれ以上孤独になったとしても、自分を欺《あざむ》いて空《むな》しく待っているよりはよっぽどましだろう……。

僕等は一緒に寮歌を歌いながら、春祭に賑《にぎわ》っている村の間を抜けて岬《みさき》へと戻《もど》った。威勢のいい若い衆たちが、白い揃いの鉢巻《はちまき》で御輿《みこし》を担いでいた。僕等は時々立ち止って物珍しげに見物したが、太鼓の音は寮に帰り着くまで、ひっきりなしに聞えていた。

その晩、僕は藤木に会って話をした。

決意はそれが尚《なお》も揺れ、ためらい、少しずつ凝固して遂に決意として定着されてしまうまでは、意識の全域にわたって重くるしく主人公を苦しめているが、一度決意が完了してしまえば、かえって意識の中から身軽に逃げ出してしまうことがある。今迄《いままで》藤木に会えなかったのは、ちゃんとした決意が僕になかったからだと思い、会おうとさえ思えばいつだって会える（狭い岬の大学寮に一緒に暮しているのだから）、もう逡巡《しゅんじゅん》はしない、もう臆病《おくびょう》ではいないと覚悟をきめてしまうや否《いな》や、今度はそのことを綺麗《きれい》さっぱり忘れて、僕がその晩娯楽室で酒を飲んでいたとしても、大して不思議ではなかっただろう。

大行寺の帰りに、空のビール瓶《びん》に柳井が地酒を詰めて来た。宮沢と中川との歓迎会を兼ね、此所《ここ》でこっそり飲もうというわけ。合宿中だから一年生の手前大っぴらには飲めないし、めったに先輩に飛入されては酒の量が尠《すくな》いから迷惑する。そこで二年生の仲間だけ、裸電球の下で車座になり、湯呑茶碗《ゆのみぢゃわん》を廻して酒盛を始めた。

——おい、これじゃ全然酔わないよ、と服部が言って吹き出した。まるでお通夜《つや》だよ、これじゃ。

——誰《だれ》か名案はないか、と木下が訊《き》いた。

——こう酒が尠くちゃなあ、と宮沢が嘆息した。どうだい、飲んだ分だけあとに水を差して行くのは？

——水っぽい酒なんか御免だ、と柳井が一喝《いっかつ》した。ひとつ寮歌を歌ってぐるぐる廻ろうじゃないか。一廻りしたら一杯ずつ飲む。どうだ？

——騒いだらばれやしないか。

——構わん。やろう。

そこで皆は立ち上り、手をつないで合唱を始めた。歌の終ったところで活潑《かっぱつ》に茶碗が廻された。こいつはいいや、と宮沢が頓狂《とんきょう》な声をあげた。それから僕等は、感傷的なのや荒っぽいのや、取りまぜて幾つかの寮歌を歌い、間《あい》だに、くたくたになって一杯ずつ頂戴《ちょうだい》した。僕はあまり強くなかったので暫《しばら》くすると頭痛がして来た。おい逃げちゃいかんよ、と留める服部の手を振り払って、僕は表へ出た。

僕は夜露にしめった砂を踏んで、内海の方向へ歩いて行った。月はまだ上らず、達《だる》磨《ま》山が黒い輪郭を星空に刻んでいた。湾の向う側には漁火《いさりび》が点々とし、太鼓の音がまだ単調に鳴り響いていた。僕は波打際《なみうちぎわ》まで行って砂の上にしゃがみ込み、波の寄せる度に夜光虫が蒼《あお》白く光るのを見詰めた。そうすると、忘れている決意と、味苦い後悔とが返って来た。僕にとって大事なのは、決して、酔って浮かれることではなかった筈《はず》だ。

僕が藤木に会ったのはその時だった。

――汐見さん、気分でも悪いの？

僕はその声に反射的に立ち上った。足許《あしもと》がよろめいたのは、まだ酔の残っているせいか、それともこのような偶然への感動なのか、自分でも分らなかった。

――藤木、と言ったなり声が詰ってしまった。そして渚《なぎさ》に沿ってすぐ側に来た黒い人影を、確かめるように眼《め》で見守った。藤木はマントの襟《えり》を開いて、僕の顔を覗《のぞ》き込むようにした。

――汐見さん、お酒を飲んだんでしょう？　と藤木が言った。

――ねえ藤木、僕は君に話したいことがあるんだ。

――どうしてお酒なんか飲むんです？　と優しい声で咎《とが》めるように言った。娯楽室の方向から、寮歌の合唱が絶え間なく聞えて来た。松の梢《こずえ》からぽたぽたと滴《しずく》が垂れた。

――僕は君と話がしたかった。君に誤解されてるかと思うと、……

——誤解なんかしてやしません。

僕は少し身顫《みぶる》いした。風が冷たく感じられた。歩かないか、と言って誘うように藤木の顔を見た。あたりは暗く、その表情は分らなかったが、藤木は黙って僕と並んで歩き出した。何から話したらいいのだろう、一番大事なことは何だったのだろう。頭の芯《しん》が尚もずきずきと痛んだ。

——僕は苦しくてしかたがない。

——そんなに飲んだの、汐見さん？

藤木は僕と肩を並べ、僕等が初めて識《し》り合った頃《ころ》のような、甘えるような声で僕の方を見た。僕は首を横に振った。

——僕はどうすればいいんだろうね、君は部をやめるそうじゃないか。

——僕が？

——僕の存在がそんなに君に、……

——待って下さい。僕そんな、部をやめるなんて。ひょっとしたら通学するかもしれないだけですよ。

——そうか、柳井は何とも言わなかった？

——柳井さん？

藤木がびっくりしたように訊《き》き直した。

――いいんだ。僕ただ矢代からそんなことを聞いたものだから。きっと余計な心配をしたんだね。

僕はほっと溜息《ためいき》を吐《つ》いた。僕等は松林の中を歩いていた。あたりは暗く、海の上で漁火が水にきらきらと光った。僕は藤木と一緒にいるこの瞬間を、永遠のように愛した。こうして二人きり向き合ってさえいれば、それで僕の幸福はすべて充《みた》されるのだ。僕は再び溜息を吐いた。が、藤木はそれを別の意味に取ったらしい。

――そうなんです。みんな余計な心配なんです。僕はそんな、汐見さんが苦しんでいるのなんか厭《いや》だ。

――だってしかたがないじゃないか、藤木。僕は苦しむように生れついているんだ。

――それでも、僕のことでは苦しんでほしくはないんです。

――愛していれば苦しくもなるよ、と僕は言った。

愛するという言葉、それが藤木の気に障《さわ》りはしなかったろうか。僕は一瞬言いすぎたように黙ったが、藤木は沈黙の中で動かなかった。

――どうして苦しむことがあるんでしょうね、と暫くして低く呟《つぶや》いた。汐見さんはただ、苦しんでいることを僕に見せつけようとするだけじゃないんですか？

――そんなことはないよ。

――そうやってお酒を飲んで、こんなに苦しんでいると言って僕をおどかして、それで汐見さんは満足なんだ。それが僕は厭なんです。

――それは君の誤解だ。君は物の表面だけを見ているんだ。

――そうかもしれません。しかし汐見さんが本当に苦しんでいるかどうか、表面以外にどうして分るんですか？　僕なんか何の価値もない人間なのに、汐見さんにはもっと別のように僕が見えるんでしょう。僕たちはそうした、表面だけの、眼に見えるものの中に住んでいるんです。そこからは抜け出せないんです。

――そんなことはないよ、藤木、そうした見える世界から見えない世界にはいって行く、それが愛なんだよ。愛するということは世界を創《つく》り変えてしまうんだ。もし君が愛したら、……いいかい、その時には人間の経験を絶したイデアの世界に僕等の魂が飛翔《ひしょう》して行くんだ、時間もなく、空間もなく、そこには永遠の悦《よろこ》びがあるんだ……。

――汐見さんの好きなプラトーン……。

――分らないかなあ。

――分りません。

僕たちは黙り合った。風が少し出て、松の梢が夜空に星を動かし、潮のしめりが濃くなった。眼が馴《な》れるにつれ、藤木の横顔が仄《ほの》白く輪郭をえがいた。さあ早く話さなければ、何でも全部、藤木に分らせなければ――意識の声がそう熱狂的に叫んでいた。――どうして分らないのかなあ。愛することによってのみ、僕たちは地上の孤独からイデアの世界に飛翔することが出来るんだ。その中でこそ真に生きられるんだ。それなのに君は、……

――でも僕はこのままでいいんです、と低い声で藤木が言った。汐見さんの言うのは言葉だけ、空《むな》しい言葉だけの……。

――ねえ藤木、僕は真面目《まじめ》なんだよ、不純な気持なんて全然ないんだよ。

――不純てどういうことなんですか？

――うん、と言ったなり、僕は詰ってしまった。

この上どういうふうに言い表したらいいものか、僕にはもう分らなかった。僕は溜息を吐き、どんなにか君を愛しているのに、と独り言のように呟いた。

――僕は愛してなんかほしくないんです。とはっきり藤木が答えた。

――え、どうして？　僕にその資格がないと言うの？

――そうじゃありません、僕に資格がないんです。

――そんなことが……。君の魂がどんなに純潔で美しいか……。

——僕は下らない、平凡な人間です。自分のことは自分がよく知っています。それに……。

——それに何？

——それに愛するということは……。

藤木はそこで少したじろいだ。僕は藤木が顔を赧《あか》らめているような気がした。

——言いたまえ、何だい？

——愛するというのは、つまり愛されることを求めるということじゃないんですか？　汐見さんが僕を愛してくれるのも、僕が汐見さんを好きになるのを待っているからなんでしょう？

——僕はただ愛してさえいればいいんだ。

——違うと思う。それだったら汐見さんは何もそう苦しむことはない筈《はず》じゃありませんか？

——僕が苦しむのは……。

僕は言い澱《よど》んだ。藤木がこんなに鋭く詰め寄って来るとは思ってもいなかった。果して相手の愛を待ち望まない愛しかたというものがあるだろうか。僕だって結局は、藤木が僕を愛するようになり、二人の愛の結びつきの上にイデアの世界を夢みていたのではなかったろうか。僕は藤木に嘘《うそ》を吐きたくはなかった。が、それを口にすれば、藤木にさげすまれるだけだと思った。月が出たらしく、藤木の顔が蒼白く松の樹蔭に浮んだ。

——汐見さん、と呼び掛けて来た。僕は汐見さんが苦しむのを見たくないんです。ね、分って下さい。どんなに汐見さんが苦しんでも、僕には愛することが出来ないんです。

——そんなに君は僕が嫌《きら》いなのかい？　と嗄《しゃが》れた声で訊いた。

——そうじゃない、……僕は誰も愛し得ないんです。僕は愛するということの出来ない人間なんです。

——そんな馬鹿《ばか》な、……

——僕には怖《こわ》いんです。

その声が魂をふりしぼるように吐き出されたので、僕は思わず藤木の方に腕を延した。僕はマントの蔭に彼の手を捉《とら》えた。その手はぞっとするほど冷たかった。

——それは君がまだ若いからだよ、と僕は言った。

——いいや、そういうことじゃなくて、愛するというのは自分に責任を持つことなんでしょう、僕にはその責任が持てないんです。

——責任……か。

——愛するというのは選ぶこと、そして選んだ以上は、一生を賭《か》けて責任を持たなければならないのでしょう?

——それは勿論《もちろん》だよ。

——僕にはとても怖くて……。それでなくったって、僕等は先天的に愛すべき人を与えられているんです、両親とか兄弟とか……、僕なんか子供の時に父親を亡《な》くして、お母さん一人に育ててもらって来たんです。そうしたお母さんの愛情を感じれば感じるほど、それをお母さんに返すことの責任の大きさに、僕は息が詰りそうな気がします。僕が点取虫みたいに勉強するのも、お母さんを悦《よろこ》ばせてあげたい気持ばっかりでです。千枝子というものもいるし。ね、僕は与えられたものだけでも荷が勝ちすぎているんです。この上、何も自分から進んで人を選ぶなんてことが出来る筈もないでしょう……。

——それはしかし、君はあんまり難しく考えすぎてるんじゃないか。責任を持つと言ったって、……

——僕はそっとしておいてほしいんです。

藤木は僕に取られた手をやわらかく払うと、疲れたようにその場にしゃがんだ。僕はその前にじっと立っていたが、そうするとやがて眩暈《げんうん》のような陶酔が僕の意識のすみずみにまで行き渡った。可哀《かわい》そうな藤木、小心で、臆病で、まだ本当に子供の藤木、君は何も知らないのだ、愛することのこの熱情も、神秘も、責任を持つ故《ゆえ》の一層の歓喜も、君は何も知らないのだ……。

――僕はね、君に愛されたいなんて、そんなことまで望みはしないよ。僕はただこうして愛していればいいんだ。

――でも僕はやっぱり厭なんです。と月影さえ落ちない松の根本にしゃがみ込んだまま、藤木はかすかに言った。

――どうして、君には何の責任もないんだぜ。

――だって汐見さんには責任があるんでしょう？

――それはそうさ、僕が君を友人として選んだ以上は……。

――でも僕にはそれが重荷なんです。いつでも汐見さんが、そんな、真剣すぎるような気持で僕のことを考えているのかと思うと、僕はとても息苦しくなる。僕は一人きり、そっとしておいてほしいんです。

――君には友情が信じられないの？

――何のために信じるんです？

——だって藤木、僕等は人を信じることによって世界を美しく感じるんじゃないか。愛がなかったら、どんなに人間が惨《みじ》めになるだろう、そう思わないのかい？

——汐見さんの言うのは観念の世界でしょう。

——どうして？　高等学校の寮生活なんて、友情の上に立たなかったら何があるって言うんだい？

——僕には分らない。高等学校の友情なんて、もっとconventional《コンヴェンショナル》なものじゃないかしら。お互いを尊重し、お互いに傷つけ合わない、それだけのもの……。

——それじゃ味もそっけもありゃしない、精神的な悦びなんか、何にも感じられないじゃないか。

——僕にはそれでいいんです。矢代君や石井君のような友達があればそれでいいんです。僕には特別の友情なんか要らない、汐見さんの言うそんな美しい愛なんか、僕には余計なものです。僕等に何が出来るでしょう、僕等は生れながらにもう極《きま》った道を歩いています。僕等に出来るのは、足許《あしもと》を見て道に迷わないようにすることだけです。

——そんな悲しいことを……。どうして星を見ないんだ？

——僕には出来ないんです。

藤木は立ち上った。朧《おぼろ》に松の枝を通して射し込む月光が、その顔を照し出した。もう帰りませんか、と言った。

僕たちは砂浜に出た。太鼓の音はまだ鈍く水の上を渡って来たが、寮歌の合唱はもう終った。藤木はマントの襟を立て、首をうなだれて僕の傍《かたわ》らを歩いて行く。その一足一足に、機会は不可避的に失われて行くのだ。藤木は僕を愛することを拒絶したのではない、僕に愛されることを拒絶したのだ。そうしたら僕に、一体何が残るだろうか。

——ねえ藤木、と沈黙に耐えられなくなって僕は呼び掛けた。それじゃ君は一人きりで誰《だれ》の助けも藉《か》りないで、歩いて行こうって言うのかい?

——ええ、藤木は呟《つぶや》いた。

——だけど人間なんて無力なものだよ、そんなに君みたいに言ったたって、……

——それは無力です、僕なんかそれにとりわけ弱虫なんだから。でも僕の孤独と汐見さんの孤独と重ね合せたところで、何が出来るでしょう? 零《ゼロ》に零を足すようなものじゃありませんか?

——孤独だからこそ愛が必要なのじゃないだろうか?

——僕はそっとしておいてほしいんです、と弱々しく繰返した。

僕は足を停《と》めた。砂浜の上に引き上げられた漁船が、月光に照されて奇怪な恰好《かっこう》で寝そべっている。僕は悪夢の中にでもいるみたいに、遠ざかって行く藤木の後ろ姿を眺《なが》めていた。失われて行く、失われて行く。執着と絶望、寄せては返す波のように、執着と絶望……。

——厭だ。

僕は叫び、走り出した。藤木は蒼白い顔を振り向かせた。

——僕は厭だ。ね、藤木、僕は遠くから君を愛している、君はただ君であればいいんだ、僕が苦しもうと苦しむまいと、君には何の責任もないんだ。僕だって苦しまないようにする、君の気持に負担を掛けないようにする、ね、だからこの愛を咎《とが》めないでくれ、ね、藤木？

——何にもならないのに、何にもならないのに、と藤木は悲しげに繰返した。

——ね、頼むから。僕は、僕が生きているのは、この愛のためなんだ、観念的でもいい、夢を見ているんでもいい、ただ咎めないでほしい。ね、も一度考え直してくれないか。

藤木は弱々しく、風に吹かれて花が花冠を垂れるように、頷《うなず》いた。

——いいね、それじゃ……そうだ、明日の晩は秋月でみんなでコンパをやる筈なんだ。その時一緒に行こう、行く道でもう一度よく話をしよう？

藤木は頷いて、歩き出した。僕はそこに立ちどまり、藤木の姿が見えなくなってから、海の方に降《くだ》って行った。粗い丸太を組み合せた桟橋《さんばし》が、水の中に突き出ている。僕は危なっかしい足取で、その端まで行き、そこに腰を下して足許に寄せる波の動きをぼんやりと見詰めていた。

桟橋の脚柱を波が洗うたびに、夜光虫が波を銀色に染めた。月光の下では光は冴《さ》えなかったが、桟橋の裙《すそ》の蔭になったところでは、妖《あや》しいように蒼い燐光《りんこう》がうごめき揺れた。その蒼ざめたものは僕の心にも投影した。愛とは無益な、空しい、絵空事《えそらごと》にすぎないのか、このような苦しみよりは、ひと思いに死を選んだ方がましなのではないか、と僕は思った。

僕は夜露に濡《ぬ》れていつまでも動かなかった。この海に、肉眼に見えない原生動物が幾百万となく浮游《ふゆう》して蒼白い光を放つように、あきらめ切れぬ心と死の誘惑とはさまざまの模様をえがいて僕の精神に発光した。僕は強《し》いて考えた。明日の晩までには藤木も考え直すだろう、希望はまだすべて空しいわけではないだろう、と。しかしもう一つの声が、波が波のあとを追うように、僕の心の中にささやき続けていた。——すべてはもう終った、今晩藤木と会って駄目《だめ》なことが分った以上、明日の晩に希望がまた甦《よみがえ》るなんてことがある筈もない、たとえどのような奇蹟《きせき》が起ろうとも……。
明日の晩、しかしその晩に椿事《ちんじ》が出来《しゅったい》した。

僕《ぼく》はここまで書いた。毎日少しずつ書き続けて行く間、時間は失われた過去へ帰り、僕は十八歳の僕の苦しみをまざまざと思い起した。現在の苦しみと過去の苦しみとの間に、しかし、何という違いがあることだろう。昔、僕は幾度も自ら生命を断ちたいという誘惑を感じ、死の深淵《しんえん》の魅力の前に戦慄《せんりつ》したものだ。しかし死は僕から遠いところにあり、どのような誘惑も、最後の一瞬を決意させるまでには至らなかった。僕は盲目的に、本能的に、無意志的に生きていた。生きることは易しく、生の香気はかぐわしかった。どのような愛の苦しみも、遂に僕を殺すことはなかった。

今、僕は死臭に包まれて生きている。生きることが努力であり、義務である中に、自らの胎内に死を孕《はら》みつつ、多くの人々の次々に死んで行くのを、この眼《め》で見詰めながら生きている。このサナトリウムで死んで行く患者たちは、皆、年若いのだ。彼等の経験したものは、戦争と貧困と疾病《しっぺい》とにすぎなかった。彼等はみな惨《みじ》めな死にかたをした。どのような青春を、彼等は愉《たの》しむことが出来ただろうか、どのような生きる悦《よろこ》びを、彼等が知っていたと言えるだろうか。

彼等は、——いや僕等はと言うべきだろう、僕等は常に死と共に暮しているが、しかし僕はそれを特にヒロイックに考えたくはない。一人の例外もなく、人は皆、死の影の谷を歩いているのだ。昔、僕の青春が、H村の春の日射《ひざし》に照され、桜の匂《におい》に包まれていた時でさえ、思えば死は僕等を見張り、僕等の前途に待ち構えていたのだ。しかし人はそれを知らない。死の翼は常に、昨日も今日も、羽ばたいてやまないのに、人はそれを知らず、日々を幸福に暮しているのだ。戦争が終り、死の忌《いま》わしい影が日常から消え、これからは平和に暮せると思ったその瞬間にも、死が僕等を待ち受けていることに変りはない。そして癩《らい》も、結核も、癌《がん》も、多くの疾病が医学の手の届かぬところにあり、依然として兇暴《きょうぼう》な爪《つめ》を磨《と》ぎつつある間に、人間は文明の名に於《お》て、尚《なお》も飽きることなく、新しい武器を製造しつつある。喪《うしな》われたただ一つの生命でさえ比類もなく尊いのに、人間の大量の虐殺《ぎゃくさつ》がこの上尚も許されるとしたなら、そのような詛《のろ》われた文明が何の役に立とう。人間の智慧《ちえ》が、新しい戦争と、戦争の新しい武器とを考え出すためにあるのならば、そのような智慧が何になろう。

僕は戦場で多くの戦友たちが、一杯の水を求めて死ぬのを見た。サナトリウムにはいって、多くの患者たちが一本のストレプトマイシンをも購《あがな》い得ないで死ぬのを見た。僕は彼等の顔を想《おも》い起し、また昔、H村に一緒に遊んだ友人たちのうち、既にこの世にはない幾人かの顔を想い起す。会計委員の木下は、大学に在学中、結核に罹《かか》って暫《しばら》くの療養の後に死んだ。その頃《ころ》は外科療法もなく安静にして寝ているほかはなかった。今度の戦争では、森が死んだ。あの快活で悪戯《いたずら》好きの森は、駆逐艦に乗り込んで、比島附近で艦と運命を共にした。春日先輩も死んだ。春日さんは軍医として応召し、南方で戦病死された。達磨《だるま》峠の登り道で、僕だって傷ついているよ、と言われた春日さんの心の中に、どのような苦しみがあったものか僕は知らない。しかし人は皆苦しんで生き、苦しんで死んで行くのだ。僕は昔の友人たちと今は何の交渉もないから、まだ他《ほか》にも、戦争の犠牲となって、或《ある》いは病気や災害のために、死んだ人たちも多いのかもしれない。彼等は皆、それぞれの死を死んだだろう。

しかし、僕が今でも最もしばしば、眠られぬ夜に想い起すのは藤木の死だ。藤木忍《しのぶ》は高等学校の三年の冬休みに、敗血症で死んだ。優秀な成績を続けて、大学は物理を志望することにきめ、その年の冬休みを、東京から一時間半ばかりのところにあるK村の伯父さんの家に勉強がてら泊りに行っていた。この伯父さんは村で代々の医者の家柄《いえがら》で、近隣の人望を集めていたが、藤木忍はそこで扁桃腺《へんとうせん》炎から敗血症を併発し、三日の間苦しみ抜いて死んだ。医者の家にいながら、何一つ手を施すことも出来なかった。今ならサルファ剤があって生命に関《かかわ》ることもないのだろうが、当時、敗血症は必死の病だった。恐らく医学は一日一日と進歩するのだろうが、その一日一日に、どれほど貴重な生命が喪われて行くことか。

藤木忍は十九歳で死んだ。その死に対する遣り場のない憤《いきどお》りは、今も、僕の心に焔《ほのお》のように燃えさかっている。何故に人はそのように若く死ぬのか。神もその才を妬《ねた》むという言葉があるが、神はこの美しい魂を、ただその記憶を純美に保たしめんがために、地上から奪い去ったのだろうか。美しい魂、それは恐らくは架空であり、今の僕には信じられぬ。しかし当時、藤木に寄せた僕の思慕は、鏡のように彼の美しさを映していた。思えば、後悔はすべて返らない、――彼も孤独であり、僕も孤独であり、しかも僕等は愛し合うことが出来なかった。それはなぜだったろう。僕に残るのは空《むな》しい疑問ばかりだ。

その年の四月、H村から帰って新学年が始った。しかし藤木は通学し、僕は寮にいて、二人の間は次第に遠ざかった。僕は時々彼の家を訪れ、彼のお母さんや千枝ちゃんと遊んだ。が、藤木とうちとけて話をすることももうなかった。僕は一人、夢をえがいては消した。次の年の春、藤木はH村の合宿へは来なかった。僕は岬《みさき》の砂浜を散歩し、煙草《たばこ》ばかりふかしていた。僕は卒業して大学の言語学科にはいり、藤木との間は一層疎《うと》くなった。そして次の冬には、一切の可能性が終っていた。

僕が藤木を識《し》っていたのは僅《わず》かに三年に充《み》たず、しかも親しく交ったのは最初の一年にすぎない。彼が死んでから既に十年以上の歳月が過ぎ去ってしまった。しかし僕等が、存在することによって他者に働きかけるように、既に存在した者も、依然として生者に働きかけるのだ。一人の人間は、彼が灰となり塵《ちり》に帰ってしまった後に於《お》いても、誰《だれ》かが彼の動作、彼の話しぶり、彼の癖、彼の感じかた、彼の考え、そのようなものを明かに覚えている限り、なお生きている。そして彼を識る人々が一人ずつ死んで行くにつれて、彼の生きる幽明界は次第に狭くなり、最後の一人が死ぬと共に、彼は二度目の、決定的な死を死ぬ。この死と共に、彼はもはや生者の間に甦《よみがえ》ることはない。

しかしこのような死者の生命は、それが生者の記憶に属しているだけに、いつでも微弱で心許《こころもと》ないのだ。従って生者は、必ずや死者の記憶を常に新たにし、死者と共に生きなければならない。死者を嘆き悲しむばかりでなく、泯《ほろ》び去った生命を呼び戻《もど》そうとすることは、生者の当然の義務でなければならない。蛇《へび》に嚙《か》まれて死んだ妻 Eurydike《エウリディケー》を追って、黄泉《よみ》の国にくだった楽人 Orpheus《オルフェウス》のように。

しかし年若く死ぬことの意味は何だろうか。このような不幸な、偶然の損失は、何によって償われ得るだろうか。僕は藤木忍の死後、しばしばこの疑問の前に空しい焦《しょう》躁《そう》と返らない悔恨とを感じた。もし彼が人生に多少の足跡をでも残していれば、せめても為《な》し遂げた業を想って嘆きを軽くすることも出来る。しかし彼は、未《いま》だ何ごとをも為し得なかった。彼は殆《ほと》ん《ヽ》ど《ヽ》生きたと言うことも出来ないくらいだった。しかし、そのためにこそかえって、彼の魂は永遠に無垢《むく》のまま記憶の中にとどまっている。彼は美しい魂を持った少年で、その記憶を新たにするたびに、僕の心まで清々《すがすが》しく洗われるのを感じる。僕の心がArcadia《アルカジア》に帰る度に、僕は藤木が、純美な音楽のように、僕の内部に今も生きているのを感じる。

死者は遂に戻らない。そして僕もまた遠からず死ぬだろう。僕は死後に生命があることをも信じないし、死後に藤木の霊魂と再会するとも思わない。僕の死は、僕にとって世界の終りであると共に、僕の裡《うち》なる記憶と共に藤木をもまた殺すだろう。僕の死と共に藤木は二度目の死を死ぬだろう。しかしそれまでは、僕の死までは、――藤木は僕と共にあり、快い音楽のように、僕の魂の中に鳴りひびいているだろう。音楽として印象づけられた人生、それはたとえ短くとも、類《たぐ》いない価値を持つものではないだろうか。

それは松飾りのとれたばかりの、北風の荒々しく吹きつける日だった。無限に遠い空の中で、凧《たこ》が凧糸の唸《うなり》を蒔《ま》き散らしながら踊っていた。僕は朝早く上野駅から汽車に乗った。前の晩おそく藤木の危篤《きとく》の旨《むね》の電報を受け取ったが、短い電文では事の仔細《しさい》がよく分らなかった。汽車は枯れた野面《のづら》をゆっくりと走り、僕の不安を次第に大きくした。

この昏迷《こんめい》した一日の印象を僕は正確に思い出し得ない。僕がK村の彼の伯父さんの家に駆けつけた時には、万事がもう終っていた。それは広々とした敷地を持った旧家で、飛び飛びに幾棟《いくむね》もの建物が散らばっていたが、僕が案内されたのは隠居所のように見える離れの二階で、階段を登り終った瞬間に線香のにおいがぷんと鼻を衝《つ》いた。六畳ほどの部屋に蒲団《ふとん》がいっぱいに敷かれ、顔の上に白い布が掛けられていた。蒲団の向うに、藤木のお母さんが泣き頽《くず》れているのを僕は見た。僕は部屋の入口に両手を突き、おばさん、と一声言った。

何とその時に、死が一切の物の象《かたち》をそれ迄《まで》と変えてしまったことだろう。藤木のお母さんは、まるで僕の識らない人としか見えなかった。諦《あきら》め得ない本能的な執着と、恐怖に近い悲しみとが、その脣《くちびる》をわななかせた。そして僕は何ごとをも理解できず、痴呆《ちほう》のようにその話を聞いていた。三日の間苦しみ抜いたあげく、僅かにお母さんと呼んだだけだったという藤木、咽喉《のど》から血を吐いたというその苦しみ。一体そういうことが、そんなに簡単に人が（それも藤木が）死ぬということがあり得るだろうか。僕には一切が渾沌《こんとん》とした。わたしも一緒に死んでしまいたい、と言って身も世もないように嘆き悲しんでいるお母さんを慰めながら（そういう時でも、人間はともかく何等かの言葉を口にすることが出来るのだ）、僕は一体何を考えていただろう。容貌《ようぼう》があまりにも変ってしまったと言われて、顔に載せた白い布を取って、その顔を見ることさえもしなかった僕。（僕は遠慮深かったのだろうか、臆病《おくびょう》だったのだろうか、それともあまりの衝撃に手足が動かなかったのだろうか。藤木に別れの言葉ひとつ述べられなかったという後悔が、長く僕の心を噛《か》んだ。）そして蒲団の花模様と、その上に置かれた短刀の紫色の総《ふさ》とを、為すこともなく見詰めていた。

その日の午後の印象は一層不確かだ。亡骸《なきがら》は母屋《おもや》に移され、そこで読経《どきょう》があった。しかし僕は何も覚えていない。そこに誰がいたかも知らない。悲しみのようなものも感じなかった。

夕刻になって、亡骸を収めた棺は車に載せられ、それを人が引いて村外れの火葬場に向った。空は夕映に照り返り、燃え上る焔《ほのお》は雲を焦《こが》した。身に沁《し》みる木枯《こがらし》の吹き過ぎる野中の石ころ道を、車はごろごろと引かれて行った。車といっても、不断は野菜などを運搬する大八車なのだ。その上に棺を載せてゆっくりと引いて行くのだ。道は長く、行列の影が漣《さざなみ》の立っている水田の上に黒々と落ちた。車に沿って、お母さんと千枝ちゃんとが歩いていた。二人とも、いつもよりひどく小さく見えた。

火葬場は木立に包まれ、炭焼小舎《ごや》に似ていた。僕は少し離れたところにいて、隠坊《おんぼう》が棺を運ぶのを見ていた。そして放心しているうちに時間が経《た》ったらしい。低い煙突から煙が上ると、それは既に夕星の点々とする空に昇った。その煙は、人間のはかなさといったものなのだろう。が、僕の神経には、ぴりぴりした生理的な不安をしか与えなかった。

行列は、その煙を後ろに見て、空車を引いて元の道を戻《もど》った。亡骸を焼く煙は、夜もすがら、絶え間もなく立ち昇る筈《はず》だった。振り返れば、煙は次第に濃くなりつつある夜の空に紛れ、オリオンの星座が今にも風に吹き飛ばされそうに、中空に懸っていた。星影が既に薄氷《うすらひ》の張った田圃《たんぼ》の水に映り、ちらちらと明滅した。

その時だった、僕はふと思い出した。H村の岬《みさき》の桟橋《さんばし》に妖《あや》しく燦《きらめ》いていた夜光虫の仄蒼《ほのあお》い光を。それをじっと見詰めていた僕と、何にもならないのに、何にもならないのに、と繰返した藤木の言葉を。その記憶が、不意と落ちかかって僕の心を貫き、僕の足をよろめかせた。

何にもならないのに、――僕の藤木に寄せた愛がどんなに大きかったとしても、それは何にもならなかったし、愛を拒んだ藤木も、空しく死んでしまった。愛も、孤独も、執着も、拒絶も、遂《つい》には何にもならなかった。愛することも生きることも、みんな空しいことにすぎなかった。誰も愛することの出来なかった藤木、きめられた道をしか歩けなかった藤木、そしてその藤木をあんなにも愛していた僕。

オリオンの星座が、その時、水に溶けたように、僕の目蓋《まぶた》から滴《したた》り落ちた。

晩に秋月でコンパをやる筈の日は、朝から生暖かい南風がしきりに松籟《しょうらい》をひびかせた。皆は立《たち》をやりながら、今年の桜もこれでお終いだなどと話し合った。僕は気持が落ちつかず、弓の方はさっぱり当らなかった。花吹雪が僕の心の中へまで降り乱れて来るようだった。

秋月のコンパは七時頃《ごろ》に始る予定で、そこまでの行動は各人の自由だったから、親しい者どうし、早いのは夕食もそこそこに、春宵の一刻を惜しんでぶらぶらと出掛けて行った。僕は一緒に行く気でいる立花をやり過すために、中庭へ出て時間を測っていた。藤木と落ち合うのに格別相談もしていなかったので、果してうまく一緒になれるかどうか心許なかった。桜の幹に倚《よ》りかかっていると、不安が次第に胸を締めつけた。寮の玄関で人影がちらちらしたが、その中に藤木の姿はなかった。思い切って寮に戻《もど》り、藤木の部屋を覗《のぞ》いてみると、中はがらんとしてもう誰《だれ》もいない。他《ほか》の部屋も、もう人のいる気配はなかった。僕は慌《あわ》てて玄関を飛び出すと、急いで見通しの利《き》く砂浜の方へ走って行った。黄昏《たそがれ》が濃くなり始めていた。

松林にはいると、渚《なぎさ》の方で話声がした。桟橋《さんばし》を少し離れたところに、和船が一艘《そう》、残照を浴びて光っていた。僕が松林を抜け切ろうとした時に、不意に少し先の樹の蔭《かげ》に、藤木が同じ方向に向って歩いているのが見えた。僕が藤木の名前を呼ぶと、桟橋の上でやはり藤木を呼んでいる矢代の声が、木霊《こだま》のようにそれに重なった。

——どうしたんだい、藤木？　と駆け寄って、ほっと安心しながら訊《き》いた。

——汐見さんこそどうしたんです？　何処《どこ》にいたんです？　僕困っちまった。

——中庭で待っていたんだよ。さあ行こうや。

——森君たちが和船で行こうってすすめるんですよ。だもんだから……。

——構わない、二人で歩いて行こう。

しかし藤木の足は渚の方へと砂浜を下りて行った。僕もしかたなしに肩を並べながら、次第に失意の気持が強くなるのを禁じ得なかった。他の連中と一緒に和船で行くのなら、とても二人きりの話なんか出来やしない……。

——どうしても船にするのかい？

——だってさっき、森君や石井君に約束させられたものだから。

——だって僕とだって約束したんだろう？　と少し怒ったような声で言った。藤木はしょげたように僕を見た。

——だから汐見さんがいつまでも来ないんだもの、僕どんなに困ったか……。

僕たちはその間にもう桟橋に近づいていた。藤木早くしろよう、と今度は森が呼んだ。桟橋の中ほどで、杭《くい》にゆわえた纜《ともづな》を解いている矢代と、和船の中に突立ってゆらゆらしている森との、二人の姿が夕焼雲を背景に浮び上った。

——藤木、どうしても和船にするのかい？　君、舟に弱いんだろう？　こんなに風もあるし。

——大丈夫です、と言ったなり、桟橋をどんどん歩いて行く。

その後ろ姿の示している意志が何であるのか、僕には分りすぎるほど分っていた。たとえ村まで二人きりで歩いて行ったところで、藤木の返事が昨日と変る筈もないのだ。

——何だい、汐見さんを探しに行ってたのか？　と矢代が皮肉そうに言った。

——汐見さん？　と森が舟の中から、桟橋の上の僕の方を眩《まぶ》しそうに見上げた。こいつはありがたいや、と附け足した。

——なぜだい？　と僕は訊いた。

森が桟橋に手を掛けて舟を近寄せている間に、藤木、僕、矢代の順で舟に乗り移った。矢代が艫《とも》に陣取って艪《ろ》をおろすと、森が及び腰になって桟橋の杭をとんと押した。一揺《ひとゆれ》して、舟は桟橋を離れた。

——弱音を吐くわけじゃありませんがね、と舳《へさき》に突立ったまま森が言った。どうも矢代が、僕等二人じゃ少々心細いと言うんでね。何しろ藤木はまるで漕《こ》げないし。

——僕だってちっとは漕げるよ、とマントの襟《えり》を立てながら藤木が言った。森が馬鹿《ばか》にしたように笑った。

——森、そう笑うなよ。君と矢代じゃ、真直に村に着くかどうか確かに怪しいよ。今日の風はちょっとしたもんだぜ。

——なあに、腕はくろがね男は度胸でさ。

——どうだか。いつか見てたら、くるくると同じとこばかり廻っていたじゃないか。

——まさか、それはよっぽど前のことでしょう、一日一日と腕があがって師匠も驚いてるくらいでさあ。

——誰だい、師匠てのは?

——木下さん。

——木下のお仕込か。まあとにかくしっかり頼むよ。

——汐見さんはどのくらいうまい? と藤木が訊いた。

——まあ木下ぐらいには漕げる。しかしこの風ではどうかなあ。波のある日はまるで手応《てごた》えが違うからね。

矢代は黙々と艪を押していた。暫《しばら》くの間は、外海から烈《はげ》しく吹きつける西風を岬《みさき》の防風林が遮《さえぎ》っていたから、舟は軽々と滑っていたが、そのうちに波が舷側《げんそく》をびしゃびしゃと叩《たた》くようになった。岬の松林がどっと響を立てて、不吉な合図のように揺れざわめいている。空はどんよりと曇り、残照は次第に消え、意外に早く陸地が夕闇《ゆうやみ》の中に吸い込まれて行った。

——見えないなあ、と森が言った。

——何？

——先に行った舟ですよ。

森は舳から波の上を透《すか》し見るようにした。村の方角に灯《ひ》が点々と瞬《またた》いていたが、港じゅうにただ一艘の舟の姿もなかった。廻りの波の上だけがまだ仄《ほの》明るく、泡《あわ》立った波が次から次へと、危うく舷《ふなばた》を越しそうになっては舟の底に吸い込まれた。

——石井の奴《やつ》、ふてえ奴だ、と森が独り言を言った。

——何をぼやいているんだ？　と僕は訊いた。

——僕等を置いてきぼりにして行っちまいやがった。木下さんなんかも一緒なんですよ。本当はあの一艘にみんな乗って行くつもりだったんです。ところが藤木はいなくなるし、矢代も見えなくなるし。

——僕は藤木を探しに行ったんだ、と矢代が初めて口を利《き》いた。

——僕は……。藤木は僕の方を向いて悲しそうな顔をした。

その瞬間、矢代の漕いでいた艪が艪べそから外れた。慌てて矢代が艪を抱えている間に、舟はみるみる向きを変えた。

——おいしっかり漕げよ、と僕は声を掛けた。

——へばったよ、汐見さん、こいつは骨だよ。

——弱音を吐きやがったな、と森が躍り上った。よし己《おれ》が代ってやる。

ほんの暫く漕がないでいるうちに、もう随分と風に流された。舟は、岬と目的地の村の船著場《ふなつきば》とを結ぶ一直線よりも、湾の中心部の方にはるかに偏《かたよ》っていた。西風だとばかり思っていたのに（それだったら追風《おいて》になる筈だ）どうやら南に変ったらしい。僕も立ちかけた。

舟はぐらぐらと揺れた。森は矢代から艪を受け取ると、僕の方に首を振ってみせた。

——汐見さんは取っときだ。真打《しんうち》はあとにして下さい。

坐《すわ》りかけた僕の頰《ほお》に、舷に当って砕けた波の飛沫《しぶき》がぴしゃっと掛った。僕の前に、矢代がくたびれ込んだようにへたへたと坐った。僕は腰にぶら下げた手拭《てぬぐい》を取って、顔の飛沫を拭《ふ》いた。風が異様に生暖かく感じられた。

——藤木、どうだい？　と僕は訊いた。

——どうって？

藤木は首を起してじっと僕の眼《め》を見た。矢代の方が寧《むし》ろ心配そうに、凄《すご》い風だな、と呟《つぶや》いた。彼も手拭で顔を拭いていたが、それが飛沫なのか汗なのかよく分らなかった。

艪べそが二度三度外れた。舟はその度に傾《かし》ぎ、向きを変えた。

——もっと腰に力を入れて、と僕は言った。びくびくしないで、充分に上半身を前に乗り出すようにしなくちゃ駄目《だめ》だぜ。

——よし来た。

森は乱暴とも思えるほど力漕《りきそう》した。しかし舟はいっこうに進まなかった。寧ろ村の灯の見えるあたりから次第に遠ざかって行きつつある印象を受けた。不安が暗闇《くらやみ》と共に濃くなった。敵意を含んだ風がびゅうびゅうと空に鳴り、舟は押し潰《つぶ》されそうな悲鳴をあげた。

さすがお喋《しゃべ》りの森も、黙々と、一心になって艪を押した。いかにも漕ぎにくそうに見えた。それもその筈《はず》だった。本来この辺は湾口から流れ込む潮と、南風の吹き起す三角波とがぶつかり合い、複雑な潮道をつくっている。これで干潮時になれば、風に追われて外海まで舟が押し流されないとも限らなかった。不吉な予想が幾つも重なり合った。

――よし、一つ代ろう。くたびれただろう？

――まだ大丈夫。もう少し……。

僕が腰を浮した時、森が鋭く、あ、と叫んだ。よろめいた僕の眼の前に、まるで大きな鳥が翼を羽ばたかせたように、森のズボンが空中に舞い上り、続いて水音、飛沫、そしてがくんと揺れた舟の上に、森のあげた叫びだけが無気味に残った。

――どうした？

三人が殆《ほとん》ど同時に舷側に身体を傾けたから、舟は更にぐらぐらした。飛沫がざざっと降り込んだ。

――駄目駄目、しゃがんで、立っちゃ駄目だ、と僕は夢中になって叫んだ。

森は直に浮き上った。僕は這《は》うようにして艫へ行き、そこから手を差延べた。その手を波が一息に洗った。

――こっちへ廻って。横からは上れないよ。

びしょびしょの手が艫の船板を摑《つか》んだ。矢代と藤木とが片側の舷に倚《よ》って覗《のぞ》き込んでいたので、舟はぎりぎりまで波の上に傾いた。僕は森の片手を取って引き上げたが、濡《ぬ》れた身体は重たくてなかなか上って来なかった。矢代が加勢に来た。

——ひでえ目にあった。

それでも快活に、森は海坊主《うみぼうず》みたいに這い上って来た。ずぶ濡れの洋服からぽたぽたと滴《しずく》が垂れた。

——さあ早く脱げよ、風邪《かぜ》を引くぜ。

——失敗しちまった。艪綱《ろづな》が切れやがった。

——早くしろよ。

——済みません。

小さくなりながら、森は手早く裸になった。僕等は手拭でせっせとその身体をこすってやった。とその時、矢代が喘《あえ》ぐように叫んだのだ。

——艪はどうした？

あたりはもうすっかり暗く、僅《わず》かに空明りが漂っているだけだった。僕等は皆、きっと蒼《あお》ざめた顔をしていたに違いない。森は歯をがちがちと噛《か》み合せた。一瞬、誰もが透すように波間を見たが、艪らしいものの姿は何処《どこ》にもなかった。

——そうだよ、己はまったく馬鹿《ばか》だよ。

森は手にした手拭を足許《あしもと》に抛《ほう》り投げた。そして僕等が留める間もなく、猿股《さるまた》ひとつの身体を舷側からすとんと水の中に沈ませた。器用に身をくねらせて一つ二つ抜手を切ると、その姿はもう暗闇の中に紛れてしまった。

——こりゃ一大事だ。こうしちゃいられないや。

振り返ってみると、矢代が慌てて上衣《うわぎ》を脱ぎ始めていた。問いかけた僕にかぶせるように言った。

——汐見さん、藤木と一緒に此所《ここ》で見張っていて下さい。時々声を掛けてもらわなくちゃ舟が分らなくなる。

——何だ、それじゃ僕が行こう。

——いや、僕の方がいい、僕は水泳はうまいんです。掛値なしにうまいんだから。

矢代は有無を言わせず手早く裸になると、それでも落ちついて腕時計を僕の手に渡し、小指の先で耳をしめすと、艫から一息に水に飛び込んだ。森とは反対の方向に、みるみる視野から遠ざかった。舟を中心に、暗闇が一寸先ごとに次第に濃く、波の上に垂れ込めている。波の牙《きば》だけが、間歇《かんけつ》的に、仄《ほの》白く闇の中に出没した。舟はどんどん流されて行くようだった。

——月が出ないかなあ。

僕はあずけられた腕時計に眼をくっつけるようにしたが、針の角度は分らなかった。

時刻はもう随分経《た》っている筈だ。藤木が僕の手を探りながら、側《そば》へ寄って来た。

——月？　月の出は昨日より遅くなるから八時過ぎでしょう。

——うん、それにこう曇っていちゃね。弱ったな、うまく見つかるかしらん。

——石井君たちの舟はもう着いたかしら？

——もうとうに着いてる筈だ。

それでも僕は手をメガフォンにして、おおいおおい、と二度ほど声を張り上げた。その方向に村の灯が点々と光り、舟の揺れるたびに灯影《ほかげ》が波の間に沈んだり浮いたりした。声は暗闇に吸い込まれて直に消えてしまった。風の音が強く、繰返して呼ぶ気にはならなかった。僕は向きを変え、森と矢代との名を交互に呼んだ。このくらい沖に出てしまうと、夜光虫は全然光らず、波は黒々と舟の廻りを埋めつくした。

——もし見つからなかったら……。

藤木の冷たい手が僕の手を握りしめた。僕は、大丈夫だよ、と力づけるように呟《つぶや》いたが、しかしどうすれば大丈夫なのか自分でも分らなかった。冷静に、冷静に、と自分に呼び掛けた。風が空中で鳴り渡っているのか、意識の中で騒いでいるのか、もう見分けもつかなかった。せめて月でも出たら、と祈るように思い続けた。

水音がして、すぐ眼の前の舷を手が摑《つか》んだ。

——どうだった？

——ない、と森の声だった。

——ちょっと上って休めよ、矢代も探しているし。今度は僕が代る。

——だけど汐見さん、と森が波の間から首だけ出して言葉を続けた。こうやって探してもし見つかりゃいいけど、見つからなきゃ何にもならない。いっそね、どうせ泳ぐんなら戻《もど》った方がましだと思いませんかね？

——戻る？

——桟橋《さんばし》にはまだ和船が残っていたしさ、賄《まかない》のじいさんもいることだし。ね、あの船を漕《こ》ぎ直して来た方が早いんじゃないか。

——しかしそりゃ駄目《だめ》だ。桟橋までとなりゃ……。

僕は暗い波の上を透して岬《みさき》の方を見た。雲が千切れ西空が僅《わず》かばかり明るくなって、岬の松林がほんのりと見分けられた。大学寮の方向に、灯《ひ》が一つまたたいている。

——随分あるぜ。それに波だって……。

——いや泳いでみると大したことはない。何より早くしなくっちゃ流されるばかりでさ。それにこれは僕の責任だから。

——馬鹿、何を言うんだ。

その時、矢代の声が艫《とも》の方でした。

——戻るって？　その方がいいかな。それじゃ僕が行く。

——己《おれ》にまかせろ、と森が乱暴に言った。

——森じゃ心細い。僕はこう見えても中学では水泳部にいたんだ。だいいち森じゃ、向うに着いたらそれっきりになっちまうかもしれないからな。

——殴《なぐ》るぞこの野郎。

そして僕の顔を見上げ、汐見さん待ってて下さい、と一声言って、舷を摑んだ手をとんと離した。そのまま岬の方向を目指して素早く姿を消した。

——待て待て、と矢代が叫んだ。ちょ、行っちまいやがった。汐見さん、僕も行きます、その方が安心だ。森一人じゃ和船で戻るったって漕げるものじゃない。その間待っていられますね、藤木も大丈夫だね？　汐見さん、藤木をたのみます。

そして僕に一言も喋《しゃべ》らせないで、搔《か》き消すように闇《やみ》の中に紛れ込んだ。僕はその方向に向って叫んだ。

——大学寮の灯が見えているからね、その左、左と向うんだぞ。絶対に湾の方に流されないように用心しろよ。二人で並んで泳いで行けよ……。

返事は返って来なかった。気がつくと藤木が強く僕の腕を摑んでいた。

——行っちまった、と僕は呟《つぶや》いた。

風の勢いが次第に収りつつあるようだった。波は相変らず荒れ狂っていたが前ほどのことはなかった。それでも僕等二人を乗せた小舟は、気味の悪い蠕動《ぜんどう》を繰返した。空は少しずつ霽《は》れて来た。東の空全体に一種の薄明りがみなぎっているところを見ると、月の出ももう間近いに違いない。

僕と藤木とは、手と手とを取り合って、船の艫に蹲《うずくま》っていた。不吉な予想が幾つも渦《うず》を巻いて心の中を去来した。こうやって次第に流され、舟が湾口から外海へ押し出されてしまったら、こんな小っぽけな和船なんかひとたまりもないだろう。森と矢代とがうまく泳ぎついていても、間に合うまでに戻って来られるだろうか。僕はあの二人をむざむざ行かせたことに、たまらない悔を感じた。僕が真先に行くべきだったのだ。

——大丈夫だろうなあ、あの二人。

夜の海には、二人の残した澪《みお》さえもなかった。まさか鱶《ふか》に喰《く》われもしまい、と僕は呟いた。しかし考えてみれば、あの二人はとにかく陸地に着きさえすれば救われるのだ。しかし僕たち、残された僕たちは、ただ待つことの他《ほか》に何の目的もなかった。救われるか否《いな》かは、他人の力に懸っていた。

——藤木、僕ひとつ艪を探してみるよ。こうして待っていても始らないから。

――いや、行かないで下さい。

意外に強い、切迫した声で、藤木が僕の腕をしっかと掴んだ。

――どうして？　ひょっとしたら探し出せるかもしれないよ。

――でも……やっぱりこうしていましょう、ね。

藤木は一層倚《よ》り添って来、僕はその体温を感じた。その手はいつか汗ばんでいた。

――怖《こわ》い？　と僕はやさしく訊《き》いた。

――僕は怖くない。汐見さんのことが怖いんです。

藤木は僕の顔にその顔を近づけた。一種の甘い、仄《ほの》かな匂《におい》がした。

――済みません、汐見さん。

――何が？　どうして？

――だって僕が誘ったから。もし僕が誘わなければ……。

――いいんだよ、そんなこと。気にすることないさ。僕は寧《むし》ろ……。

僕は寧ろ幸福なんだ、――その想《おも》いが、オーケストラの fortissimo《フォルティシモ》の演奏のように、僕の内部で反響した。不安がすっかり消え、藤木とただ二人、こうして術《すべ》もなく漂っていることが、嘗《かつ》て夢想もしなかった幸福の実現のような気がした。

――汐見さんに悪い、と藤木は繰返した。

——ね、一つ艪を探してみようや。その方が、……

——いいんです、今更どうにもなりやしません。それよりこうしていましょう、こうして待っていましょう。

——君がその方がいいのなら……。

それは藤木が僕を愛していることではないだろうか。こうしていたいということ、艪のなくなった舟の上で、為《な》すこともなく、二人手を取り合って待っていたいということ、それは藤木が僕を愛している証拠ではないだろうか。いつまでもこうして、不安の重みを量っていたいということは。僕は藤木のかぼそい身体を抱き寄せるようにした。

そして僕の意識の全領域を、あのいつもの眩惑《げんわく》、気の遠くなるような恍惚《こうこつ》感が占めた。もう森のことも矢代のことも考えなかった。もう誰《だれ》もいなかった、藤木と僕と、ただこの二人だけ。僕等を囲んで、天もなく海もなく、場所もなく時間もなかった。風が吹こうと波が荒れようと、この夜は永遠であり、この愛は永遠だった。もう不安もなく絶望もなかった。僕の腕の中のこの肉体を愛しているという、皮膚のぴりぴりする緊張と、愛されているという嘗て知らなかった異常な感覚、気の遠くなるような飛翔《ひしょう》感、藤木を抱いていながら何等やましさを感じないこの精神と肉体との統一、ただこの陶酔が永遠にはてしないように……。

——ああ月が出ます。

藤木の声が僕の内部を爽《さわや》かに突き抜ける。僕は眼を開く。すると村の方角に点々とする灯影の背後、黒々とした山の端から今しも満月をやや過ぎたほどの月が昇って来る。中空の雲はあらかた吹き飛ばされ、千切れ千切れの細雲が、白く月に照されて山の麓《ふもと》を流れている。

そして僕等は、更に夢の境界を漂って行った。月の光に見ると、僕等の舟は泡《あわ》立った波に囲まれて、湾の中心を村とは反対の方角にやや押し流されて、ぽつんと孤立していた。湾の周囲の村や岬《みさき》や断崖《だんがい》や、そんな遠くの風景が滲《にじ》み出るように眼にはいり、それらはすべて凪の中にしずまりかえっていた。それはもう何処《どこ》でもなく、何時《いつ》でもない風景だった。月明下の海の上で、僕等は魂そのものに化していた。

これが愛しているということなのだ、——僕はそれを藤木に言いたかった。今なら、きっと藤木に分ってもらえるだろう、僕はそう確信した。それなのに、言葉は僕の脣《くちびる》までは昇って来ず、僕は放心したように藤木の顔を見詰めるばかりだった。——月の光に蒼《あお》ざめて見えるその顔、長い睫《まつげ》毛の森の蔭に湖のように湛《たた》えられた黒い眼、真珠の orient《オリヤン》 のように光っている瞳《ひとみ》、ギリシャ型の細くすらりとした鼻梁《びりょう》、少し受口ぎみに開いている薄い脣、そしてすべてを一つに包む造物主の微妙な調和を。

しかし、愛というこの言葉がいつでも僕に与える一種の不安が、今、少しずつ僕の陶酔を掻《か》き消し、耳馴《な》れぬ絃《げん》をひびかせる。あまりにも美しいもの、あまりにも純潔なもの、それと共にあることの切ないような苦しさ。ふと気がつけば、舷《ふなべり》を打つ波の音に混って、すぐ足許《あしもと》でぴちゃぴちゃいう水音。舟の底に溜《たま》った淦《あか》が舟と共に揺れ動いているのだ。まさか浸水し始めたわけでもないだろうに。眼もまた、見なくてもよいものを見る、森と矢代との脱ぎ捨てて行った、黒々と蟠《わだかま》った衣類。そしてさっきの矢代の言葉が返って来る、汐見さん、藤木をたのみます……、その意味。

いつしか舟が向きを変えて、月光が今迄《いままで》と違った方から射し込んで来た。藤木がぶるっと身を顫《ふる》わせた。

——どうしたの？　怖くない？

藤木が真直に僕の顔を見た。月光が明暗二つの部分にその顔を縦に断ち切っている。

——どうして？

少し笑った。脣の間から白い歯がきらきらと光った。僕の不安などとはまるで縁の遠い、信頼し切った、うっとりした表情。あらゆる感情の楽器が、異質の絃を打消して、tutti《トゥッティ》に高まり、鳴り響く。愛することは信じることだ、この一瞬を悔なく生きることだ。不安が何だろう、死が何だろう、この魂のしずけさ、この浄福、この音楽、この月の光……。僕はいま死んでもいい、こうやって、君を愛しながら、いま、――そう思い、あとはただそれを口に出して言うことだけが残った。

――汐見さん、あれは何かしら？

そのはずんだ声が僕を現実に引き戻す。藤木の手が波の間を指している。月はもうだいぶ昇った。

――ほら、あれさっきの艪じゃないかしら？

僕は眼を凝《こら》した。それは間違いなく艪のように見えた。僕は直に上衣《うわぎ》から脱ぎ始めた。

――汐見さん、行く？

――行くよ、勿論《もちろん》。よかった、本当に運がよかった。

――大丈夫かしら？

――大丈夫さ、すぐそこじゃないか。

藤木は心配そうに眉間《みけん》に皺《しわ》を寄せた。僕は思い切りよく水の中にはいった。冷たさが一息にショックを与えて通りすぎると、水の中は寧ろ暖かだった。波もこうして飛び込んでみると、もう大して荒くもなかった。僕は大体の方向に向けて抜手を切り始めた。藤木が、右、もっと右、と声を掛けた。僕は艪を押すようにして舟まで戻って来た。藤木が半身を乗り出して艪を抱え上げた。

——濡《ぬ》れるぜ。僕があとから上げる。

——構やしません、と真剣な顔つきで言った。マントをいつのまにか脱いでいた。

僕は艫から這《は》い上ると、思わずぶるぶると身顫いした。寒い？　と訊《き》きながら、藤木が手拭《てぬぐい》で背中を拭《ふ》き始めた。念入りに、いつまでも擦《こす》っていた。

——よかった、心配だった。

——何だい、大袈裟《おおげさ》な。ほんのそこまでじゃないか。

——だって鱶が出たらどうしようかと思った。

——まさか。君はこんなところに鱶がいるとでも思っているのかい？

——だって、さっき汐見さん、鱶に喰われなきゃいいって言ったでしょう？

——そんなこと言うものか。

僕等は陽気な気分になっていた。しかし魅惑の時がもう過ぎてしまったことを、僕は暁《さと》らないわけには行かなかった。僕は一種の我儘《わがまま》な残り惜しさを感じていた。

もと通り服を着ると、手拭を裂いてつなぎ合せ、艪綱の代りにした。艪を水に入れ、足場をたしかめてから勢いよく艪を押した。舟は急に生き返ったように声をあげて半廻転した。僕は小刻みに艪を漕ぎ始めた。

今まで水浸しになっていたために、艪の手応《てごた》えは重かった。僕は直に額の汗ばんで来るのを感じたが、その代り舟は意外に滑かに波の上を進んだ。月の光が明るくなり、白い千切れ雲が北の空を目指して飛ぶように空を掠《かす》めていた。腕が次第に重くなると、泳いで帰った森と矢代とのことが、不吉な予感となって心の中を占めた。厭《いや》な空想が浮ぶたびに僕は疲れた腕に一層の力を入れた。藤木が岬に向って呼んだ。幾つもの声がそれに木霊《こだま》した。

桟橋《さんばし》の上に人影がちらちらするのが見えた時に、僕も手を休めて呼んだ。

——森と、矢代はそこにいるかい?

答がすぐ側《そば》でした。

——安心しろ、無事だぞ……。

今迄《いままで》見えなかった和船が一艘《そう》、ほんの側まで来ていた。木下の声だな、と思った瞬間に、どしんと舷と舷とがぶつかり合い、よかったな、よかったな、と少し吃《ども》りながら、柳井が僕等の舟の中に飛び込んで来た。

——さ、己《おれ》が代る、と柳井が言った。

——心配かけて済まなかった。

——な、なあに。もっと早く舟を出せりゃよかったんだが。

舟は直に桟橋に着いた。藤木が一年生たちに囲まれて、森と矢代との待っている焚《たき》火《び》のところへ連れて行かれたあと、僕は舟の後始末を木下に任せて、仲間たちと今晩の顚末《てんまつ》を語り合いながら、砂浜を歩いて行った。でも君は何だか嬉《うれ》しそうにしてるじゃないか、と冷かすように服部が僕に言った。

合宿を閉じる最後の日を明日に控えて、僕等は午後の立《たち》をやめて荷づくりなどをし、そのあと夕食までの数時間を一同蜜柑《みかん》山に遊んだ。

蜜柑山は寮の裏手の、外海に面した陽当《ひあた》りのよい南斜面にある。狭い山道をくねくねと登って行くと、緑の葉がくれに金色の夏蜜柑が枝もたわわに実っている。食い放題に食えるといっても、相手が夏蜜柑ではそうそうは食慾《しょくよく》が起らない。口の中が直に酸っぱくなって、百面相の稽古《けいこ》みたいになる。が、大きな木の実を枝から捥《も》ぎ取ると、葉という葉がさわさわと鳴るし、黄色く熟れた皮に爪《つめ》を立てると、水気が霧を吹いて顔にかかる、——その新鮮な感覚は、春の日射と爽《さわや》かな海の微風との中で、いつまでも僕たちを飽きさせなかった。

僕は藤木と二人、見晴らしのよい樹蔭に腰を下していた。頭の上には蜜柑の木が枝を延し、睡《ねむ》たげな人声が遠くでするばかり、陽はだいぶ西に傾いて、水平線にたたずむ雲が逆光を浴びて白いカーテンのように見える。眼《め》の下は断崖《だんがい》になって、そこから海が一面にひろがり、平べったい波は亀《かめ》の子模様をつくって陽にきらきらと光っている。藤木が、ベンゾール核の次々とくっついた構造式みたいだ、と独り言を言う。僕等はゆっくりと夏蜜柑の袋を剥《む》き、ゆっくりとその実を口に入れた。

——この前の晩ね、と僕は訊《き》いた。君、怖《こわ》くなかった?

——そうだなあ、と考えて、格別怖くはなかったなあ。

——一体どのくらい泳げるんだい、君?

——泳げないんですよ、と言って笑っている。

——へえ、泳げないの? 呆《あき》れた、いい度胸だな。

——全然駄目《だめ》なんです。

——じゃ怖かったろう、死ぬかもしれないと思わなかった?

——それは思いました、けど、怖くはなかった。

——でもね、と僕は親密さの齎《もたら》す一種の皮肉な気持で訊いた。ほら僕が艪《ろ》を探しに行こうって言ったら、君、僕を留めたじゃないか？

——あの時は一緒にいてほしかった。

——どうしてだろう？

——あの時は何だか死ぬんじゃないかと考えていた。もしああして死んで行くんなら、汐見さんを愛することが出来るような気がしていました。

——じゃ今は駄目みたいじゃないか。

——今？　今は生きてるから愛する人なんか要らないと思う。

——じゃあの晩だけのこと？

——ええ、きっと死にそうな気がしていたからなんでしょうね？　だって一人きりで死ぬのはあんまり寂しいもの。

そして藤木は、持前の憂《うる》わしげな表情で、眼の下の海をじっと眺《なが》めていた。恐らくその時には、Cupidon《キュピドン》の小さな翼は既に飛び去ってしまっていたのだろう。しかし僕はそれに気がつかなかった。僕はその横顔を見詰め、それを美しいと感じ、このような美しさの感覚が、なお physique《フィジック》ではなく霊的な要素であることを信じた。月明下の海を漂っていた時のように、死を乗り越えた愛は、もはや何等の異質的な絃《げん》をひびかせない。その魂を愛することは、この横顔を、この小柄《こがら》な肉体を愛することだ。そこには何の矛盾もない。僕が藤木を愛しているように、藤木が、藤木もまた、僕を愛してくれる、——ただそのことの中に、この限りない幸福感があるのだ。

明日、合宿の一行は土肥《とい》から南無妙峠を越えて湯ヶ島まで歩き、そこで一泊して帰京する予定だった。僕は藤木と共に山を越えて行くその空想を愉《たの》しんだ。僕はその旅程を藤木に説明し、藤木は時々頷《うなず》きながら、僕の話に耳を傾けていた。

僕等が寮に帰り着いた時には、食堂の中はもうだいぶ人影が尠《すくな》くなって、特別の御《ご》馳走《ちそう》という薩摩《さつま》汁もつめたくなりかけていた。僕は裸電球の乏しい光の下で、藤木と向き合って食事を認《したた》め始めた。その時、矢代が慌《あわただ》しく食堂の中に駆け込んで来た。

——藤木、電報だ、いま来た。

藤木は心もち顔色を蒼《あお》くして、矢代の渡した電報用紙を開いた。息をはずませながら、矢代が側《そば》から覗《のぞ》き込んでいた。

——何？　と僕は箸《はし》を手にしたまま訊いた。

——お母さんが病気だから帰ってくれって、千枝子から。

——どうしたんだろう、急な病気かしら？

——なに風邪《かぜ》ぐらいのところですよ、と藤木はさして動じた色も見せなかった。千枝子が寂しいものだから、それで呼んだんですよ。

——それならいいけど。

——千枝子ときたら、何でも兄ちゃん、兄ちゃんだから、とちょっと悪口を言った。しかし顔色は冴《さ》えなかった。

——でもすぐ帰るだろう？　と矢代が訊いた。

——うん。

——間に合うかな？

矢代が腕時計を見たが、沼津行の最後のポンポンはもう出たあとだった。明日の一番だね、と僕は言った。気のないような返事をして、藤木は食事を取り始めた。

——一番というと六時半だね？　どうする、歩いて行く、村まで？

——ええ、荷物一つだから。

——和船で送ってもいいぜ。

——和船は御免だ、と言って少し笑った。それに送ってくれなくてもいいですよ。明日は相当歩くんでしょう？　くたびれるから。

——うん。

——一緒に山越する筈《はず》なのが、これで駄目になりましたね、悪いな。

——いいよ。そんなの。それより本当にどうしたんだろう、明後日の晩は帰るって分っているんだからね。

——千枝子が臆病《おくびょう》なんですよ。お母さんはいつも丈夫だから大して心配は要らない。

食事が終っても僕等二人はまだ少しそこで話をしていた。村まで送って行かない代りに、岬《みさき》の外れで見送ることにきめた。そんなことをしたってつまらないのに、と藤木は真実つまらなさそうな顔をした。

——そう言えばね、あの岬の外れのところ、あそこにいたことはなかったかい？

——岬の外れ？　と不思議そうに僕を見た。あそこへはよく行ったから。

——よくだって？　あんな誰《だれ》も行かないところに？

——あそこでよく考えごとをしていた。汐見さんどうして知ってるの？

——僕は一度あそこに散歩に行った。君を見掛けて呼んだけど聞えなかった。何だかひどく荒涼として、気のめいるような場所だねえ。

——そうかなあ、そうも思わないけど。

——どうして？

——どうしてって何処《どこ》にいても同じだもの、何処にいたって寂しいもの。

そう言って藤木は、眼に見えない遠いところのものを追うような、うつろな眼つきで僕を見詰めていた。


夢の中で点滴の音を聞いていたが、眼を明けると硝子《ガラス》窓が濡《ぬ》れて雨脚が煙っていた。黴《かび》くさい部屋の中で、柳井と木下とが寝たまましきりにひそひそ話をしていた。

——何も選《よ》りに選って今日降らなくともいいのになあ。

——柳井は風流を解しないからな、哀れな奴《やつ》だ。春雨や小磯《こいそ》の小貝濡るるほど、誰の句だか知ってるか？

——そんなものは知らんよ。しかし濡れ濡れ歩くのは楽じゃないぞ。

——そのうち歇《や》むさ。照る照る坊主《ぼうず》でもつくっておくんだった。

僕は時計を見て起き上った。急いで服を着始めた。蒲団《ふとん》を二つ折にし、帽子を手づかみにして部屋の襖《ふすま》を開いた時に、寝ているとばかり思っていた立花が、不意に声を掛けた。

——汐見、マントを忘れるなよ、濡れるぜ。

僕は黙って壁に懸ったマントを取ると、背中に三人の重たい視線を感じながら部屋を出て行った。立花が余計なことを言うものだから、柳井と木下にまで、僕が藤木を見送りに行くのが分ってしまった。立花のいつもの親切がかえって一種の腹立たしさになって、目的地に着くまで僕の心を重くるしく覆《おお》っていた。

岬の外れまで来ると、濡れた岩の上に腰を下した。雨は小止みなく降っていたが、さして強い雨脚ではない。海は穏かで一面に煙っていた。あたりはしんとして、どこかで鳥が啼《な》いた。

僕はそして待っていた。耳を澄ますうち、波の繰返しにまじって発動機の活潑《かっぱつ》な響が次第に近づいた。汽笛が朝凪《あさなぎ》をつんざき、と思う間に、ポンポンが視野の中に滑り込んだ。波を切って行く黒い船腹、甲板の手摺《てすり》に凭《もた》れている藤木、その後ろに船荷が投げ出され、ゴム合羽《がっぱ》を纏《まと》った男が二人ばかりしゃがんでいる。機関室の横の管から白い湯気がぱっと上り、汽笛がもう一度鳴り渡った。

藤木はじっと僕を見ていた。あのいつもの、整いすぎた寂しげな眼指《まなざし》、その瞳《ひとみ》にかすかな光が動いたと思う間に、船は眼の前の海峡を走り過ぎた。直に舵《かじ》を右に取り、藤木の着ている黒いマントが見る見るうちに小さくなった。

それだけだった。この早い、短い別離が僕に与えたものは、藤木のあの一瞥《いちべつ》、瞬間の瞳の耀《かがや》き、それだけだった。僕は雨に濡れた手をおろした。そうすると、溢《あふ》れるような幸福感が、胸をいっぱいにふくらませた。磯の香と、新芽の匂《におい》と、そして無数の水滴の間をゆるやかに吹き寄せる潮風と、それらが僕の幸福感をいやが上にも大きくした。藤木は行ってしまった、しかし藤木は此所《ここ》にいる、僕の中にいる、いつでも僕と共にいる……。

僕は岩の上から一息に飛び下りた。船は水平線の彼方《かなた》に、今はもう小さな点となって、それさえ次第に見えなくなる。僕はもう一度眼を凝《こら》し、それからマントの襟《えり》を立てて、元気よく雨の中を歩き出した。

第二の手帳

藤木千枝子、——僕《ぼく》が青春に於《お》いて愛したのはこの少女だった。

今、僕は眼《め》を閉じ、僕が最も親しくしていた頃《ころ》の、つまり二十歳の藤木千枝子の肖像を思い浮べようとする。しかしその面影《おもかげ》が鮮明に一つの像を結ぶことが出来ず、ともすれば朧《おぼろ》げに幾つも重なり合うというのは、これは僕の記憶力が衰えてしまったせいだろうか。僕は今日までに、ただこの少女一人の他《ほか》に愛した女はいない。それにも拘《かかわ》らず、彼女の顔かたちを正確に思い出し得ないというのは、そこに何等かの理由がなければならないだろう。

藤木千枝子は決して際立《きわだ》って美しい少女ではなかった。僕は彼女の兄と親しくしていた頃、しばしば千枝ちゃんがもう少し藤木忍と似ていたらなあ、と考えたものだ。彼女は平凡な、そこらへんに幾らでもいそうな女学生だったが、ただその瞳《ひとみ》はいつも澄んでいて、そこに知的な光を宿していた。しかし彼女の表情は感情に従ってしょっちゅう変り、殆《ほとん》ど停止した、定着された、ただ一種の情緒のみを示すということがなかった。性質が明るく、無邪気で、殆ど快活といってもいい位で、僕が知的な瞳などというのも、ひょっとしたら彼女が或《あ》る女子大学の数学科の学生だったからそう感じたのかもしれない。しかし人は愛するために、必ずしも美人を選ぶ必要はない。僕のようにいつも憂鬱《ゆううつ》にふさぎ込んでいて、交際もすくなく、家庭的にもめぐまれていない人間にとって、この健康でよく笑う少女は、当時の僕の夢をつくりあげていた。僕は僕の空想癖から、或いは彼女をBeatrice《ベアトリーチェ》と思い、或いはLaura《ラウラ》と思った。彼女の表情が刻々に変って捉《とら》えようがなかったように、僕は彼女を空想の美人にいちいち当てはめ、Chloë《クロエ》の如《ごと》くIsolde《イゾルデ》の如く愛した。つまり彼女は、僕に一つの顔としてではなく、その時々の芸術的憧憬《しょうけい》を具現した、幾人かの女性の代表として印象づけられた。しかしもし若年のAnna de Noailles《アンナ・ド・ノアイユ》伯爵《はくしゃく》夫人の肖像を思い浮べれば、そこに一種の相似が汲《く》み取られるだろう。真丸い顔とつぶらな瞳、やさしげな薄い脣《くちびる》とふくよかな頰《ほお》、――恐らく藤木千枝子が僕に与えた印象は、僕がその頃抱いていた心象の中の女性像と、微妙に交流していたのだろう。

僕が彼女の顔立を正確に思い出し得ないもう一つの理由は、彼女の成長の早さ、そしてまた過去に生きた時間の早さとも関係があるに違いない。僕が初めて藤木忍の家を訪れ、千枝ちゃんに紹介された時に、兄は高等学校にはいったばかりで、妹は女学校にはいったばかりだった。従って藤木忍が不意の病にみまかった当時、彼女は女学校の三年生にすぎなかった。母親と娘きりの寂しい家庭を、僕がしげしげ訪れるようになったのも、謂《い》わば亡《な》くなった兄の代りに、この小さな妹を見てやらなければならないという義務感が、僕の底にあったからかもしれない。藤木忍の同級生たち、矢代や森や石井なども、代る代るこの家庭を訪問したが、僕は中でも最も足繁《あししげ》く訪れた一人だった。それにはこの家庭のもつ暖かさが、僕のような孤独な大学生に何よりの慰めになったことも原因している。もともと藤木の母親は明朗な性質の人で、最愛の息子を喪《うしな》った心の傷は容易に癒《いや》されることはなかったとしても、常に愛想《あいそう》よく客をもてなした。千枝ちゃんもそのお母さん似で、決してはにかんだり、無口であったりはしなかった。僕等は三人で愉快に時を送った。僕は子供の頃母親を亡くしていたし、郷里に年のひどく違った兄が一人いたものの、女の同胞《きょうだい》というものを知らなかったから、このような母親とこのような妹とは、僕にとって最も親しい存在ということが出来た。

その間に、藤木千枝子は次第に成長した。女子大学の入学試験には僕が附き添って行ったものだが、その頃から、今迄《いままで》のただ子供っぽい、無邪気なだけの少女に、女性としての自我が次第に目覚めて来た。僕等は遠慮のない議論を交し、彼女が言い負かされて泣き出したりすると、その顫《ふる》えている脣はもう子供の脣ではなかった。僕等は必ずしも仲がよかったわけではない。彼女は基督教《キリスト》を信仰していた。それには矢代や石井などがこの頃、無教会基督教の沢田先生の門を叩《たた》いていて、彼等の誘いによって次第に興味を惹《ひ》かされて行ったということもあるのだろうが、僕のように芸術家を志望しつつ、古代語などを研究している人間とは、意見の合わない点も多かった。僕には信ずべき信仰もなく、神もなかった。僕は数学を専攻しつつ神を信じているのは滑稽《こっけい》だと悪口を言い、彼女は、科学の窮極は神の世界を認めることにあるのよ、などと口を尖《とが》らせた。そういう時の彼女の言いっぷりは、真剣そのもので瞳をきらきら光らせていた。負けた、と僕が言うと、その瞳に急に子供っぽい茶目な光が浮び、えへん、と咳払《せきばら》いなどをして母親と二人でげらげら笑った。

僕は大学を卒業し、思わしい就職口もなかったから、多少イタリア語が出来るのを取柄《とりえ》に、或るイタリア関係の文化団体に勤務し始めた。兵隊検査は郷里に帰って受け、第二乙種の第一補充兵と言い渡された。一年後に戦争が始り、僕の友人たちも次第に兵隊に取られる者が多くなった。いつ召集の赤紙が来るかもしれないという不安が、次第に藤木千枝子に対する僕の気持を一つの方向へ固定して行った。

僕は安全地帯の上で、合オーヴァのポケットに両手を突込んだまま、本郷の方へ行く市電をもう三台もやり過した。此所《ここ》に立ってあたりを見廻していれば、人々は戦争なんぞどこの国のことかと言いたげな表情で、銀座の歩道の上をゆっくりと歩いている。灯《あかり》は眩《まばゆ》く店々の飾窓に光り、自動車のヘッドライトが僕の身体を洗うように次々に走り抜ける。服部《はっとり》の時計が九時を指しているのを仰ぎ見ながら、どうにも決心がつきかねるままに、ふらふらする身体を再び雑沓《ざっとう》の中にまぎれ込んで有楽町の方へ歩いて行った。

ミュンヘンで友人たちとさっきまで一緒に飲んでいたが、僕は帰ると言って一人先に出た。四丁目の角で電車を待っている間、下宿の机の上に開きっ放しにして置いてあるペトラルカの詩集のことなどを思い出していた。毎日の日課に定めてあるソネットの、今日の分を読まなければならない。それから、書こう書こうと思っている小説も、早く筆を執り始めなければ。しかしそうした意志の命令とは別に、千枝ちゃんに会いに行こうという気持が、心の底に次第に根強く芽生えて行った。多少は晩春の肌《はだ》寒い空気に、程よく廻った酒の酔が作用していたのかもしれない。有楽町で省線電車に乗りながら、死んだLaura《ラウラ》に何の用があろう、と僕は呟《つぶや》いた。

藤木忍の死後、親子は大森駅の近くの、海を見下す高台にあるアパートに部屋を借りて住んでいた。省線を下り、広い大通りから山の手へ登る坂道を辿《たど》って行くと、心がいつものように期待にはずんで来た。道は暗く、あたりはひっそり閑としずまり、コンクリートの塀《へい》を越して樹々が道の方へまで枝を差延べている。僕はゆっくりと歩き、街路灯の淡い光に腕時計の時間をたしかめた。こんなに晩《おそ》く、と思い、こんな晩い時刻にまでその顔を見に行こうとしている自分の気持を、わざと酒の酔のせいにした。

アパートの二階に登り、入口のドアに附いている呼鈴を、短く二度鳴らした。ドアはすぐ明いた。

——なあんだ、汐見さんか。お母さんにしちゃ変だと思った。

——お母さんはいないの？　と訊《き》いた。

——早くお上んなさいな。お母さんは近所に油を売りに行ってるの、もう帰るわ。

僕は靴《くつ》を脱ぐと、立ったまま、水を一杯くれないかなあ、と註文《ちゅうもん》して、二部屋あるうちの南向の六畳間の方へ通った。

——いまお茶を入れますから。

——いいんだよ、水で。

——変ね。さては、と言って含み笑いをした。

——さては何さ？　普通だよ。

——普通じゃありません。

千枝子はお勝手へ立って行った。部屋の隅《すみ》の半間の袋戸棚《ふくろとだな》の上に骨箱が置かれ、額にはいった藤木忍の学生姿の写真が飾ってある。僕は合オーヴァを畳の上に脱ぐと、その前に坐《すわ》ってお辞儀を一つした。

——お待ち遠さま。

千枝子が硝子《ガラス》のコップに汲《く》んで来てくれた冷たい水を、一息に飲んだ。

——そんなに人の顔を見るんじゃないよ。

——どのくらい飲んだの？　沢山飲んだの？

——すこうしだよ。もう醒《さ》めちまった。

——それでどう、いいインスピレーションが湧《わ》いて？

——うん、千枝ちゃんに会いたいっていうね。

——厭《いや》な人。

千枝子はつんと拗《す》ねたように机に凭《もた》れたが、開きっ放しの本を読むでもなくまた問い掛けた。

——一体どういうわけなんでしょうね、お酒を飲めばお仕事が進むものなの？

——僕はそんなに飲まないよ、仕事とは無関係だよ。

——でも、小説家ってみんなお酒飲むんじゃない？　この前汐見さんが読めって言った本、とても堕落した人のことが書いてあった。

——あれか、と僕は笑った。あれはたまたま、あの小説家がああしたケエスに興味を持って書いたまでのことさ。僕は何もあの人の真似《まね》をするつもりはないよ。

——だって尊敬する作家だって言ったでしょう?

——それは言った。あの人は妥協のない、自分というものを大事にする、独創的な作家だ。僕はああした生活を真似して玉の井を歩いてみようという気はない、だいたい自分の私生活を作品に書くつもりは全然ないんだ。けれどもあの人の書くものは、自分の存在を étranger《エトランジェ》 みたいに見ている文明批評と、逆に最も日本的な季節感を持った抒情的な文章とが、奇妙にまじりあっていて、とにかくどんな点でもずば抜けて偉いんだ。際物《きわもの》なんか書いてる連中とは一緒にならない。

——そりゃあたしだって、際物を書く人よりは偉いと思ってよ。けれどね、生活があるから作品があるのでしょう?

——それはそうさ。

——その生活があんなに堕落してなくちゃいい作品が生れないんだとすると、……

——そんなことはないよ。

——どうして?　汐見さんはああいう生活まで尊敬するの?

——僕の言う意味はね、いい作品を書くためにああいう生活が必要だったのじゃなく、どんな生活からでも、真にすぐれた作品を書き得るということさ。

——そうかしら？ あたしには、好きこのんでああいう生活をしているとしか思えないわ。おじいさんになってもまだ独身で、それこそ平気で遊びにも行くんでしょう？ 汐見さんも独身で、……あらお湯が沸いている。

千枝子は身軽にさっと立ち上ると、お勝手に走り込んだ。僕は苦い顔をして、どういうふうに論証したらいいだろうかと首をひねっていた。千枝子は小説家というものを信用しない、小説家になることは堕落することだと思い込んでいる。

千枝子が紅茶の支度をして戻《もど》って来た。

——汐見さんはいつ傑作をお書きになるの？ と今度は別のことを訊《き》いた。

——僕？ そのうちにね、と言って笑った。

——汐見さんはどんな小説をお書きになるんでしょうね？ 恋愛小説？

——まあね、きっと千枝ちゃんみたいな少女が出て来るだろうよ。

——あら、さっき私生活を書くつもりはないって言ったばっかしのくせに。

——それは、……それは違うんだよ。僕は何も千枝ちゃんをモデルにして、そっくりそのままを書くつもりはないさ。けれども僕には、千枝ちゃんをもとにした僕だけのイメージがある。それは普遍的なものにまでたかまった、青春の美しさのようなものだ、僕はそのイメージが書きたいんだ。

——そんなこと言ったって、……それじゃまるで夢よ。

——夢だっていいじゃないか。僕はそういうふうに生きているんだ。僕は毎日勤めに行って、俗なイタリア語の手紙かなんか書いてるけど、それよりは下宿へ帰ってペトラルカでも読んでる方がよっぽど本当の僕だ。僕はペトラルカの中に僕の夢を見ているんだ。テオクリトスやカトゥルスを読んでいる方が、よっぽど生き甲斐《がい》を感じるんだ。僕には現実というものが分らない、僕は今やっている戦争なんか、これっぽっちも感激しない。いつ兵隊に取られるのかと思うと、厭で厭でしようがない。しかし、僕にはこの戦争に反対する力も、やめさせる力もない。それだったら僕の方から逃げ出して行く、せめて僕の内部だけは、戦争に拘束されずに自由である他《ほか》にしようがないじゃないか。つまり夢だけは僕のものだ、僕は古典の世界にはいり込んで、そこに詩人たちの夢みたものをこの眼でもう一度見たいと思うのだ。

——そんなの、でも卑怯《ひきょう》じゃないかしら？　と千枝子は紅茶茶碗《ぢゃわん》の中をスプーンでゆっくり掻《か》きまぜながら、顔を伏せて言った。

——卑怯？　なぜ？

——だってあたしたち、古典の中に生きてるんじゃないもの。

——それはそうさ。だから僕は、何も古典学者になるつもりで黴《かび》くさい本と取り組んでいるんじゃない、僕は小説を書きたいんだよ。

——だってその小説も、やっぱし夢みたいなものでしょう？

——僕は僕一人のために書くんだ、文学の流派とか時代の傾向とか、そんなものとは一切無関係なんだ。勿論《もちろん》僕には発表するあてもないけど、自分に気の済むものが書けさえすれば満足なんだ。

——戦争のことは？

——僕には外側の現実なんて問題じゃない、内側の現実だけが問題なんだ。そりゃ僕だって、兵隊に行けばこんなことを言ってはいられないさ、おまけにいつ行くか分らないし。だからそれまでの時間は、最も僕らしく、悔のないように使いたいと思うんだ。

——それは分っているけど……。

千枝子はスプーンを玩具《おもちゃ》にしていたが（その動作がどんなにか彼女の兄に似ていると、さっきからぼんやり感じていた）、不意に立って窓のところに行った。硝子窓を明け、張出縁の上に腰を掛けて外を見ていた。

僕はその側《そば》に行った。空は暗くて、遠くの海の方は見えなかったが、鉄道線路のあたりに繁華街の灯が眩く光っていた。空気は澄んで、樹々の匂《におい》が立ち罩《こ》めていた。

——どうしたの？　と僕は訊いた。

千枝子は口の中で、どうもしない、と答えた。それから暫《しばら》く黙っていた。僕はその肩にそっと手を掛けた。

——汐見さんは結局、呑気《のんき》な人ね、と千枝子が言った。

——どうしてそんなことを言うんだい？

——だってあなたの頭の中にあるのは、そうした古典とか文学とか、あたしたちと縁のないものばかりでしょう。

——一番頭にあるのは千枝ちゃんのことだよ。

——だってあなたの言う千枝ちゃんは、あなたの頭の中にだけ住んでいる人よ、このあたしのことじゃない。

——そんな馬鹿《ばか》な。

下り列車が、窓々に明りを閃《ひらめ》かせながら、轟音《ごうおん》を響かせて線路を駆け抜けて行った。

——汐見さん、あなたはきっと偉い小説家にでも何でもなれると思うわ。でも、あたしは駄目《だめ》よ。

——駄目ってどういう意味なんだい？

千枝子はゆっくりと顔を僕の方に向けた。その顔は沈んで、いつも快活なだけに一層悲しげに見えた。

——あたしは汐見さんの言うようにはなれないわ。

——どうして？　僕は千枝ちゃんに何も註文なんか出してやしないぜ。千枝ちゃんは今のままで結構なんだ、僕はそういう君が好きなんだ。

——あなたは夢を見ている人なのよ。ええそうよ。昔あなたは、兄ちゃんを好きだった頃《ころ》にも夢を見ていらした。あたし兄ちゃんの言った言葉が忘れられないわ、汐見さんは夢を見てる、けれど僕には見られないって。あたしもそうなのよ。同胞《きょうだい》ってそういうものなのね。

——そんなことは、千枝ちゃん、僕は何も夢を見てくれなんて頼みはしないよ、分らないかなあ？

——でもねえ、夢はいつか覚めるでしょう、あたしは惨《みじ》めにはなりたくないの。

千枝子は薄い脣《くちびる》をわななかせ、また暗い夜の方を向いた。僕はその横顔が、ふと、不思議なほど、藤木忍の横顔に似ていると感じた。そんなに僕は夢ばかり見ている人間だろうか、夢を見ることは悪いことだろうか。

——昔と今とは違うんだよ、と僕はゆっくり、その肩に手を置いたまま話し出した。昔は僕だって若かったし、世の中のことは何にも分らなかった。僕は夢中になって生きていたし、世界というのはそういうもの、憎悪《ぞうお》も残酷も無慈悲もなくて、愛さえあれば足りるものと、そう思っていたんだ。今は違う、今は、僕の世界と外部の現実とはまったく別のものだということが、僕にははっきり分っている。僕たちは戦争に追いやられたが、僕たちの誰《だれ》が戦争なんかしたいと思ったものか。こんな野蛮な、無智な、非人間的な戦争なんて、誰が悦《よろこ》んで参加するものか。しかし僕等はまったく惨めなほど無力で、赤紙が来たらもう否《いや》も応もないのだ。僕はそれがたまらない。だからせめて今だけは、僕は僕でいたい、僕の夢を描いていたい。いま僕が夢を見るのは、謂《い》わば作為的に見るのだ、昔のように、夢を見る以外に生きかたを知らないのじゃない。色んな生きかたがあるのは分っている、ただこういう生きかたを自分で選んだだけだよ、分る？

——分るわ、と低い声で言った。でも……。

——何？　……言って御覧よ。

——でもそれは不幸になるだけじゃないかしら？

——不幸？　それでなくったって不幸なんだよ。一体どこに幸福なんてものがあるんだい？　大学を出たら待ってたものは戦争だ、戦争のあとには死が待ってるかもしれない。毎日毎日びくびくして、本当の自分というものをどこかに抛《ほう》り投げて、虚勢で生きていてそれで何になる？　千枝ちゃんはそうは思わないかい？

——でもあたしには信仰があるもの、とごくかすかな声で言った。

上りの省線電車が、じき続いて下りの電車が、スパークの赤い火花と窓々の明りとを、ぶちまけるように左右に流しながら通り過ぎた。僕等は黙ってそれを見ていた。ふと肩をよじらせるようにして千枝子が立ち上った。ただいま、という声が入口でした。

——お帰んなさい、汐見さんが来ていらっしゃる。

——すっかりお喋《しゃべ》りをしちまってね。あら汐見さん、今晩は。

僕は千枝子が立って行ったあとの縁先に腰を下して、渋い顔をしながら、親子がにこにこして座敷にはいって来るのを見ていた。千枝子の顔にさっきの憂愁《ゆうしゅう》の影はなかった。

——こちらへいらっしゃいな、窓を明けていたら寒いでしょう？

——そんなでもない、と言って僕は窓に倚《よ》りかかるようにして畳の上に胡坐《あぐら》をかいた。おばさん、お元気ですか？　と訊いた。

——ええお蔭さまでね、千枝ちゃんと喧嘩《けんか》ばかりしていますよ。

——あたしお湯を沸かして来るわね、と千枝子が立ち上った。

——あ、僕はもう遅くなるから帰るよ。

——まあいいでしょう、と母親は言って、少女に、何かなかったかしら？　と訊いた。

——本当にいいんですよ、僕。ときにその喧嘩ってのは何ですか？

母親はおだやかな顔で微笑した。

——千枝ちゃんがわたしに聖書を読めと言ったり、お講義に連れて行くと言ったり、それはうるさいの。でもねえ、今更どうでしょう？

——何だ、そんなことか、と僕は笑った。

襖《ふすま》を明けて、千枝子がお皿《さら》にネーヴルを一つ載せて戻って来た。これ一つしかなかった、と言った。それから僕に、何がおかしいの？　と訊いた。

——千枝ちゃん。お母さんを改宗させるんだって？

——あら笑いごとじゃないわよ。

——おばさんは本来のお宗旨何ですか？

——わたしは不信心でしてね、うちは門徒だけれど。忍が死んだ頃にはわたしも随分迷ったものでしたわ、この頃はお蔭さまで……。

——お母さん、信仰ってものは苦しい時の神だのみじゃ駄目なのよ。不断が大事なのよ。

——ええええ、千枝ちゃんの言うようにしますよ。

僕は笑って、千枝子の切ってくれたネーヴルの一片に歯を当てた。怒ったように、千枝子が僕の口元を見ている。

——汐見さんは不真面目《ふまじめ》だから嫌《きら》いよ、と言った。

——そんなことはないさ、僕だって考えている。

——考えたって駄目よ、信じなければ。

——そんなに簡単に行かないんだよ。千枝ちゃんは食べないの？

——ほら、そんなふうにはぐらかすから嫌いなの。

千枝子はそう言いながら、しかし手早く一片を取った。一個のネーヴルは直になくなった。この次はお土産を持って来てあげる、と僕は言った。

母親はにこにこして僕等を眺《なが》めていたが、お湯沸いたかしら、と言って立ち上った。

——僕もう本当に帰る。

——せっかち、と千枝子が睨《にら》んだ。

——そう言えばね、千枝ちゃん、今度の土曜日の晩に音楽会に行かないか？

——あら、と眼をくるくるさせた。びっくりした、変な人ね、汐見さんは。

——何も変なことはない、今迄《いままで》忘れていたんだ。

——だしものは何？

——新響なんだけれどね、ショパンのピアノコンチェルトの一番をやるんだ。行こうや？　いいよ、あの曲。

——お母さん、ともうはずんだ声でお勝手の方に呼び掛けていた。

母親がお茶の道具を持って帰って来るのを待たずに、行ってもよくって？　と訊いた。

——何ですって？　と母親はゆっくり坐《すわ》ってお茶を入れ始めた。

——土曜日の晩なの、音楽会、行ってもいいでしょう？

——汐見さんはお忙しいんでしょうに？

——いいんです。僕、どうしても行きたいんだから。千枝ちゃんさえよければ……。

——ね、お母さん、あたし行きたいわ。

母親はお茶を注《つ》ぎ終って、あなたが無理におねだりしたんじゃないの？　と少しきつい顔になって訊いた。

公会堂の石段を降り切ると、ひっそりした群集は三々五々、影絵のように闇《やみ》の中に散り始めた。そこまで、まだ音楽の余韻が漂っているように、空気は生暖かく重たかった。僕等は次第に薄れて行く音楽の後味を追いながら、ゆっくりと歩道を歩いた。どんなにゆっくり歩いても、ゆっくりすぎることはないような気がしていた。

——千枝ちゃん、お茶でも飲む？

千枝子は僕の方に顔を向けて、首を横に振った。

——返事をするのも惜しいみたいだね、と僕はからかった。

——だってとってもよかったんだもの。汐見さんはそんなでもない？

——そりゃ僕だって。僕は音楽会へ行くのが、もう唯一《ゆいいつ》の愉《たの》しみだよ。

——あたしのことは？　と悪戯《いたずら》っ子のように訊いた。

——おや変な揚足を取ったね。千枝ちゃんに会うのも、そりゃ勿論《もちろん》愉しいさ、だけど千枝ちゃんの顔を見てると、色んな苦しいことも同時に思い浮んで来る、基督教のことや戦争のことや、とにかく僕等二人と関係のある色んなことがね。音楽を聴いている時には、もう苦しいことは何もない、心は充《み》ち足りて、好きなだけ夢を見ることが出来る、本当に生きていると思う。千枝ちゃんはそうじゃないかい？

——あたしはそんなに音楽なんか聴かないもの。でも今日は本当によかった。とっても素晴らしかった。

——千枝ちゃんは、何でまた今晩のリサイタルにはすぐに行くって言ったの？　いつもは愚図ってなかなか承知しないくせに。

——それはショパンが聴きたかったからよ。あたしショパンて大好きよ。汐見さんみたいな玄人《くろうと》は、こんなこと言うと嗤《わら》う？

——まさか、僕なんかちっとも玄人なんてものじゃないよ。

——あたしのクラスの仲好しに物凄《ものすご》く音楽の好きな人がいるの。ショパンなんか甘いってじき軽蔑《けいべつ》する。そうかしら？

——甘いとか甘くないとか、そんなことは問題じゃない。その人の魂にしんから訴えて来る音楽が、その人にとって一番いい音楽だ。ショパンがどんなに甘くったって、ショパンは生命《いのち》がけで作曲したんだ、ぎりぎりのものだったんだ。ショパンは結核だったから、きっと自分がそう長くは生きられないことが分っていたんだろうね。自分の死ぬのが分っていたら、どんなにか厭だろうね。

——およしなさい、そんなことを考えるの。

――うん。僕はただね、安心して生きている人間が、ショパンは甘いなんて軽々しく口にすべきじゃないと思うのさ。それでなくったって芸術家は、誰でも苦しい負目のようなものを背負って、今倒れるか今倒れるかと思いながら歩いて行くんだものね。

――そんな悲しいことを言っちゃ厭。

――僕なんか、まだ芸術家になりたいと思うだけで、仕事らしい仕事なんかみんなこれからだけど、これで戦争にやられて、いつ死ぬかもしれないと思うとね。……ショパンの残した芸術がどんなに立派だったか、誰にもその真似《まね》が出来ないってことは、実に大したことなんだよ。僕だってそうした仕事をしたいと思う。戦争に行くったって、何も死ぬにきまったわけじゃないんだから、ショパンよりはよっぽどめぐまれていると思わなくちゃ。

――そうよ、死んじゃ厭よ。もうそんな厭なことは言いっこなしね。

僕は口の中で、うん、と頷《うなず》き返し、ポケットに両手を入れたまま、確かめるように一足一足歩いて行った。千枝子は並んで、小柄《こがら》なその身体を僕に摩《す》りつけるようにした。僕等は薄暗い横通りを選んで歩き、こうして二人きりで、何処《どこ》までも歩いて行けたらどんなにかいいだろうと僕は思った。しかし停車場はもうすぐそこだった。新橋から省線に乗ると、釣革《つりかわ》につかまった二人の身体が車体の振動のために小刻みに揺れるにつれて、時々肩と肩とがぶつかり合った。そうするとさっき聞いたコンチェルトのふとした旋律が、きらきらしたピアノの鍵音《けんおん》を伴って、幸福の予感のように僕の胸をいっぱいにした。満員の乗客も、ざわざわした話声も、薄汚れた電車も、一瞬にして全部消えてしまい、僕と千枝子との二人だけが、音楽の波の無限の繰返しに揺られて、幸福へと導かれて行きつつあるような気がした。僕はその旋律をかすかに、味わうように、口笛で吹いた。千枝子が共感に溢《あふ》れた瞳《ひとみ》で、素早く僕の方を見た。

電車から降りてもこの気分は続いていた。暗い坂道にかかると、僕はポケットから手を出し、千枝子の肩を抱くようにした。ほっそりした肩は、素直に僕の方に凭《もた》れかかった。

——汐見さん、と千枝子が言った。この前、汐見さんたら何処に幸福なんかあるものかって怒鳴ったでしょう?

——そうだったかなあ、と僕は答えた。

——そうよ、幸福なんかありやしないって言ったわ。……でも、今は幸福じゃなくて?

——ああ幸福だよ。君は?

——あたしも。

千枝子は低い声でそう呟《つぶや》いたが、俯《うつむ》いていたのでその表情は見えなかった。僕は足をとめ、肩を抱いた手に力を入れて、そっと僕の方に向きを変えさせた。乏しい街路灯の光が、彼女の顔の上に僅《わず》かばかりの明りを投げていた。その顔は永遠の中に凍りついたように見え、薄氷《うすらひ》に似た羞恥《しゅうち》がほんのりと浮んでいた。ピアノの和音が、さらさらと光りながら僕の意識の中を通り過ぎた。

僕が顔を近づけると、千枝子はそっと両手を僕の胸に当てた。

――駄目《だめ》よ。

――なぜ？

千枝子は首を横に振って、前よりももっと恥ずかしそうな顔をした。歩きましょうよ、と小さな声で言った。

僕も急にきまりが悪くなった。千枝子は、これまでに一度だって僕にキスさせたことがない。そんなことするの嫌いよ、と言い、少しでも強《し》いると、だって愛しているんだからいいじゃないの、と幼い声で答えた。そういう記憶がいち時に返って来た。歩き出すと共に、僕は急に喋《しゃべ》り出した。

――ショパンは、どこのPhrase《フレーズ》を取ってみてもみんなショパン的なんだね。そりゃどんな音楽だって、モツァルトはモツァルト的、シューマンはシューマン的なのは当り前の話だけど、特にショパンの場合には、あの夢みるような旋律が、実に個性的な美しさを持って、すみずみにまで鏤《ちりば》められているのだ。真に独創的なものは、それが繰返して現れて来るように見える時でも、決して同じものじゃない。細部はそれぞれ微妙に違っていて、ところによっては大胆不敵な手法も使ってあるが、それがまた実にショパン的なんだ。だからほんの一フレーズだけ聞かされても、ショパンのものなら決して他の音楽家のものと間違える筈《はず》がない、と思うよ。

——随分通《つう》なのね、と少し皮肉そうに言った。

——そうじゃないんだよ、僕なんかまだ駄目だよ。

——でも汐見さんは本当に音楽がお好きね、文学とどっち？

——僕はね、音楽のような文学が書きたいと思うんだ。ちょっと矛盾したような言葉だけど、文学の中に、音楽の持っている要素を自由に流し込めたら、どんなにか素晴らしいだろうと思うよ。

——その文学っていうのは詩のこと？

——うん、詩は文学のジャンルの中で一番音楽に近いけどね、だけど日本語ではどうだろうか。僕は色んな国の詩を原語で読んでみたけど、日本語というのは短歌や俳句の世界からいっこうに出られないような気がしてね、つまり魂の内部を描き切るには、現代の日本語を使ったんじゃ気の抜けた自由詩にしかならない、といって醜《しこ》の御楯《みたて》とか、なりにけるかも、じゃ滑稽《こっけい》だしね。だから僕は、日本語で詩を書くつもりは今のところないんだ。僕は小説を書いてみたい、それも音楽的な小説という、謂《い》わば不可能なジャンルを可能にしてみたいと考えているんだ。

——むずかしくてよく分らない、と千枝子が言った。

僕等は坂を登りつめて、千枝子のアパートのすぐ側《そば》まで来ていた。道は人通りもなくしんとして、夜空に茂る葉群《はむれ》を通して、二階の彼女の部屋の明りが見えていた。僕は足を止めた。

——僕、此所《ここ》で帰る、と言った。

——駄目よ、家まで来て下さらなくちゃ。

——どうして？　此所まで送ればいいじゃないか。

——でもね、此所で帰したんじゃお母さんに叱《しか》られるわ。いいでしょう、そこまでじゃないの？

僕はどっちつかずにそこに立っていた。千枝子はあどけない表情で、僕の顔をじっと見上げていた。僕はその両手を、暖めるように両の掌《てのひら》の間に握りしめた。

——今日の音楽会は愉《たの》しかったね、と僕は言った。

――うん、と千枝子は頷《うなず》き、それから自分でも熱っぽく叫んだ。今日は愉しかった、あたし今日のことは決して忘れないわ。

――ショパンがよかったからね。

――あら、あたしたちがよかったからよ、ショパンは附け足しよ。

――おや理窟《りくつ》屋さん、さっきはあんなにショパンに感心していたくせに。

――それはそうよ、とむきになって答えた。ショパンはいいわ、あのピアノコンチェルトは素敵だわ。でもね、あたしたちがあの曲を今晩一緒に聞いたから、それであの曲がもっともっと素敵なわけなのよ。

――それは、音楽を本当に愛するということじゃないよ。

――いいの、それでも。あたしこれからあと、ショパンのあの曲を聞けばいつだって、ああアあれは汐見さんと一緒に聞いた曲だって思い出すわ。そうして今晩のことを思い出す限り、あの曲はもっとあたしに身近な、大切な、二つとない音楽になると思うわ。そういうものじゃないかしら？

僕は相手の手をそっと自分の胸の方に引き寄せた。

――いい？　と訊いた。

千枝子は困ったような、ちょっと泣き出しそうな顔つきをした。

——どうしてもしなきゃいけないの？　と拗《す》ねたように小さな声で訊いた。

——厭ならいい、と僕は少し怒ったように、ぶっきらぼうに言った。

千枝子はいかにも恥ずかしそうに、首を傾《かし》げて僕を見詰めていた。それから、小さな唇をかすかにわななかせ、ぎごちなくその顔を僕の方に近づけて来た。

僕は屈み込むように、その唇に唇を当てた。冷たさ、同時にかすかな暖かい息遣い。……と感じる間もなかった。取られた手を振り払うようにして、千枝子はもう身を翻《ひるがえ》していた。さよなら、とそこで言うなり、甘い匂《におい》を僕の廻りに漂わせたきりで、闇《やみ》の中に紛れてしまった。

僕はあまり勤勉な勤め人であるとは言えなかった。しばしば机の上に便箋《びんせん》をひろげ、片手に字引を持ったまま、空《むな》しく同じ単語を二度三度と繰返して引いていた。窓に凭《もた》れて、背中にタイプライターの速い音を聞きながら、お台場の方の煤《すす》けた空などを眺《なが》めていた。事務所は銀座に近いビルの五階にあったから窓から見下すと、電車や自動車や通行人などを、蟻《あり》のように数えることも出来た。四月十八日に、アメリカの飛行機が一機、東京を空襲した時にも、僕は窓に凭れて、灰色の見馴《みな》れぬ飛行機が、ごく低い高度で、築地《つきじ》の方の空をビルの屋根を掠《かす》めるように飛んで行くのを、不思議な見せもののように見ていた。高射砲が花火の炸裂《さくれつ》するような音を立て、飛行機のあとを追ってむくむくした煙が小さな芽キャベツのように連なり合った。僕は同僚を呼んで、あれは本当に敵の飛行機なんだろうかなどと論議したものだが、戦争の現実は、一足ずつ、僕等の方へ歩み寄って来ていたのだ。仕事らしい仕事もしていなかったのに、さも忙しそうな顔で、机の上にイタリアの大百科辞典を一冊ずつ運んで来ては、その中のグラビア版のルネサンス名画を開いて見ていた。そういう間は厭《いや》なことはみんな忘れていた。机の向う側から、タイピストが両方の手と手とをこねながら、御勉強ね、と言って笑った。勤めが引けると、気の合った同僚と近くのミュンヘンに出掛け、何ということもなしにビールを飲んだ。誰《だれ》でもが心の中に鬱屈《うっくつ》したものを持っていたから、酔はしばしば、かえって気持を暗くした。

下宿へ帰っても、心を霽《は》らすものとては何もなかった。スタンドの親しげな光に照されて、日課のペトラルカに眼《め》を落しても、うるわしのラウラは既に六百年の昔にみまかり、詩人のはかない咏嘆《えいたん》のみが空しい活字となって残っている。こうしてはいられない、早く自分の仕事をしなければいけない、という気持と、どうあがいても赤紙が来てしまえばそれまでの話だ、本を読んだり物を書いたりしたところで、畢竟《ひっきょう》は空しいことだ、という気持と。そして片肱《かたひじ》を突いて掌《てのひら》に頤《あご》を埋め、ぼんやりと煙草《たばこ》などをくゆらせていると、表通りから出征を祝う人々のざわめきや、歌声や、万歳の叫びなどが、何とも言えぬ悲しげな余韻をもって聞えて来た。そしてこういう時ほど、千枝子に会いたいという焦心が、僕の中に急激に高まって来ることはなかった。その明るい声を聞き、その暖かい手を取ってさえいれば、不安は容易に消え去って行くだろう。しかし僕は、空気のように僕の廻りに立ち罩《こ》めている不安、いつ来るか分らないこの未来の瞬間への不安と闘いながら、わざと、容易に千枝子に会いに行かない自分の意志を大事にした。それは決して僕の愛が小さかったからではない。会おうとさえ思えば、毎晩のようにでも出掛けることは出来たし、感情は常に僕を促してやまなかった。それなのに僕は自分の意志を靭《つよ》く保つことに、奇妙な悦《よろこ》びを覚えていたのだ。それにぎりぎりまで感情を抑え、千枝子への愛をこの隔離された時間の間に確かめることほど、僕に愛というものの本質を教えるものはなかった。愛が持続であり、魂の状態であり、絶えざる現存であり、忘却への抗《あらが》いである以上、会うとか、見るとか、話すとかいうことは、畢竟単なる現象にすぎないだろう。僕と千枝子とが愛し合っているならば、僕等の魂は、その奥深いところで二つの楽器のように共鳴し、微妙な顫《せん》音《おん》をひびかせ合っているだろう。——僕はそのように考えた。心から千枝子を愛していながら、恐らく僕は、一方であまりにも自分の孤独を大事にしていたのだろう。藤木忍を喪《うしな》って以来、僕は人間が生れながらに持っている氷のような孤独が、たとえどのように燃えさかる愛の焔《ほのお》に焼かれようとも、決して溶け去ることのないのを知りすぎるほど知っていたのだ。僕の傷ついた心を見分けるには、千枝子はあまりにも若く、無邪気だった。そして僕は、愛すれば愛するほど孤独であり、孤独を感じれば感じるほど千枝子を愛しているこの心の矛盾を、自分にも千枝子にも解き明すことが出来なかった。

——お昼までには帰って来る筈《はず》ですのよ、とおばさんが言った。

暖かい日曜日の午前の太陽が、窓枠《まどわく》に凭れている僕の背中に、こそばゆいように射し込んでいた。僕は、千枝ちゃんなんかいてもいなくても構わないんだという顔をして、しきりに煙草をくゆらせた。この部屋にこうしているだけで、心がひどく平和に感じられた。おばさんはおばさんでお昼の支度《したく》などをしているし、僕は勝手に、本を読んだり寝そべったりすることも出来る。僕が一番気軽に身を置ける場所は、久しい以前からこの藤木の家にきまっていた。大学生の頃《ころ》、僕は気の向くままに出掛けて行き、時分時《じぶんどき》になると遠慮なく食事を共にした。勤めるようになってからは、昼から訪ねることが出来なくなったものの、その代りに日曜日になると、午後をぐずぐずして夕食を御馳走《ごちそう》になることが多かった。乏しいサラリイでも、その度に何かしらお土産を持って行った。千枝子の嬉《うれ》しそうな顔を見ることに、一種の誇を感じていた。

——今日は随分早くいらっしゃったのね、と言いながら、おばさんがお勝手から出て来た。千枝子が帰ったらお昼にいたしましょう。

——済みません、早くから来ちゃって。今日は珍しく朝早く起きたもんですからね。

——いいのよ、汐見さん、いつお出《い》でになったって。そういえば、この間は。千枝子がとても悦んでいました。

——いつかの音楽会ですか?

——ピアノがとてもよかったそうじゃありませんか。千枝子もね、むかしピアノを習いたいとそれはせがんだことがありましてね。

——千枝ちゃん、出来るんですか?

——それが結局行かせませんでしたから、……とてもそんな余裕なんかねえ。今でも可哀《かわい》そうなことをしたと思うんですよ、でも学校へ二人やるだけで精いっぱいでしょう?

ね？

――じゃひょっとしたら、千枝ちゃんが埋もれた天才だったかもしれないわけですね？

――まさかねえ。なまじピアノなんかで身を立てられたら、苦労をするだけ損でしょうよ。あの子は忍《しのぶ》と違ってごく平凡なたちだから、どうにか学校を卒業して普通のお嫁さんにでもなってくれればそれで結構。

――そんなに平凡かしらん？

――汐見さんには天才に見えますか？

僕は遠慮なく笑いこけた。しかし心の中に何かしら苦い後味を感じないわけには行かなかった。僕のように、いつかは芸術家として身を立てたいと考えている人間に、果しておばさんが娘を嫁にくれるだろうか。僕は結婚の問題を僕と千枝子との二人だけできめられることのように考えていたが、この時ふとおばさんの言葉を、一種の婉《えん》曲《きょく》な断りのように感じた。僕は反射的に質問した。

――おばさんは千枝ちゃんをお嫁にやるつもりなんですか？

言ってから、急に、飛んでもないことを口にしてしまったと思い、顔を赧《あか》くした。が、おばさんはやはりにこにこして、汐見さん、お嫁に貰《もら》って下さる？　とごく普通の声で訊《き》き返した。

後から考えれば、それは恐らく運命の一瞬というようなものだったろう、——もし僕がそこで何か実のある答をしていたら、千枝子と僕との人生は、もっと別のふうに展開していたかもしれない。しかし僕はへどもどして言葉らしい言葉を口にできず、おばさんは問をそのままに、もう別のことを口にしてしまった。

——あの子も来年は卒業ですものね、とおばさんは言った。一人きりの娘ですから本当は養子でもほしいところだけれど、わたしのところのように貧乏ではねえ。まあいい人が見つかったら嫁にやりましょう。

そしておばさんの話はそこから、最近嫁に行ったという親戚《しんせき》の娘の噂《うわさ》話などに、移って行った。

千枝子の帰って来た声が入口でしているのに、僕がおばさんのあとから立って行かなかったのには、何かしら自分の心を御し得なかった不快感が、奥深いところに蟠《わだかま》っていたからだろう。しかし千枝子はなかなか姿を見せなかったし、話声の中に低い男の声が混っていたから、僕はポケットに手を突込んだまま、そこへ出て行った。

——どうしたんだい、千枝ちゃん？　と僕は訊いた。

——あら、いらっしゃい。矢代さんが上らないというもんだから。

——何だ、矢代か。久しぶりだね、元気？

――御無沙汰《ごぶさた》してます、と矢代が、少しあらたまったような声で言った。

――早く上り給え。

――本当にどうぞ、とおばさんが同時に言った。

――僕やっぱり失礼します。用事があるんです。本当にまた来ますから。

そして矢代は僕ににこっと笑うと、さよなら、と言ってもう背中を向けていた。千枝子は、変な人、と独り言を言って靴《くつ》を脱いだ。

――矢代の奴《やつ》、僕がいたから帰ったのかしらん？　と僕は訊いた。

――あの人いつも割に遠慮ぶかいの。送って下さるっておっしゃってたから、最初から上る気なんかなかったのかもしれないわ。でも、あんまりね。嫌《きら》いだわ、あんな人。

――うん、そっけない奴だね。

しかし千枝子の口の利《き》きかたが矢代に厳しいのを聞いていると、何かしら心が揺ぎ始めた。矢代、――むかし藤木忍と一番仲良くしていたのは彼だった、彼が藤木と親しげに話を交しているのを見るたびに、僕の心は奇妙に波を打ち始めたものだ。そして心が波立っているその時に、愛は夢みられた魂の状態から、不意に、生きることそれ自体の苦しみに変化した。今も、――僕の千枝子に対する愛が全部間違いだったような、生きることが自分の本当の成長とは別のところで試みられているような、奇妙な場違いの印象が、嫉妬《しっと》というにはあまりにもかすかな心の揺ぎの中に、予感のように立ち罩《こ》めた。

食事の間に、嘗《かつ》ての藤木と同年度の友人たちのことが噂にのぼった。彼等は皆、それぞれに就職し、森をはじめ軍隊へ行った者も多かった。矢代は或《あ》る大きな電気工場に勤めていたし、石井は大学の理学部の研究室に残って物理の副手をしていた。この二人は沢田先生の聖書研究会にいつも熱心に通っていたから、千枝子とは交渉も深く、その動静もよく分っていた。しかし誰彼《だれかれ》の噂などを聞くと、亡《な》くなった藤木がもしまだ生きていたらと僕は時々思い、母親の顔をそれとなく見守ったりした。その顔は、しかしいつものように晴れ晴れとしていたから、こうした家庭的な食膳《しょくぜん》を共にしていると、自分がふと藤木であるように錯覚された。

食事が終ったあとのくつろいだ気分で、僕は何気なく千枝子に質問した。

——矢代は一体どのくらい本気なんだろうかね？

——本気って何が？

——沢田さんの会さ。どうしてみんな、あの沢田さんのところに集るんだろう？一種の流行みたいじゃないか。

――ひどいわ。矢代さんにしたって石井さんにしたって、そりゃ熱心よ、本当に信仰が厚いと思うわ。

――沢田さんて人はとても人格者らしいね。僕なんかもあの人の書いたものを読んで尊敬はしている。立派な人だ。だけど沢田さんに魅力を感じて集会に出掛けるんだったら、それは沢田さんの基督教《キリスト》で本当の基督教とは関係がないだろう、と僕は思うんだがね。

――そういう、本当の基督教なんてものはないのよ、と千枝子は熱心に言った。教会の牧師さんが、牧師という資格で、もっともらしい基督教の代弁者をつとめていれば、それが本当の基督教のような気がするのね。しかし本当の基督教は、聖書を読めばその中にちゃんと書かれてあるので、誰でも自分の罪を悔改めて、復活の基督に導かれて新しく生きようと思った人間は、それだけで本当の基督者になれるの。洗礼《バプテスマ》も聖典《サクラメント》も、必要じゃないんだわ。あたしたちは、沢田先生の聖書のお講義を聞いて、自分の中にある信仰を常に確かめて行くだけなのよ。

――何だか無教会主義の宣伝みたいになったね、と僕は言った。一体その沢田さんの集会というのは教会じゃないんだろうか？

――教会じゃないわ。あたしも詳しくは知らないけど、イエスはその生前に教会をつくられなかった、教会をつくったのはパウロでしょう。それはイエスの死後、ユダヤ教に対抗して基督教をひろげるためには、どうしても必要なことだったのかもしれない、けれどもコリントの教会なんかは、その頃でももう堕落していて、パウロに叱《しか》られてるぐらいなのね。形式というものが固定して行けば、そこには生き生きとした精神的な活力が次第に喪われて行くのは当然だわ。カトリック教会に反抗したルッターやカルヴァンの教会にしたって、結局はパウロの教会にまで戻《もど》ることが出来なかった。それは、教会というものが、最初から間違っていたからなのよ。イエスは、教会にはいらなければ救われないなどとは、何処《どこ》ででも言っていらっしゃらない。けれども、二三人我が名によって集る所には、我もその中にある、という意味では、悔改めた罪人はつまり基督の教会の一員なんだし、同信の者が愛の交りを持つのは当然のことでしょう。先生のところにあたしたちが集ったからって、それは普通に言う教会とは意味が違うのよ。

——なるほどね。千枝ちゃんもなかなか言うんだね。

——すぐそうやって混ぜかえすから嫌いよ、と千枝子は怒ったように言った。

僕は煙草をくゆらせ、千枝子のひたむきな表情を眺《なが》めていた。母親は後片附を済ませて、側《そば》で新聞を見始めた。午後の穏かな太陽が硝子《ガラス》窓に射していた。

——僕もね、中学の頃、或るプロテスタントの教会に通ったことがあるんだよ、と僕は思い出すようにゆっくりと言った。僕は一心に聖書を読んだ、分らないながら真面目《まじめ》に読んだと思う。そして教会へ行った。しかし僕には、教会の雰囲気《ふんいき》というものが馴染《なじ》めなかった。僕の考えている基督教と、教会の基督教とは違うような気がした。バイブルクラスに出てみると、受験勉強のたしにしている学生ばかりだったし、集会に集る信者たちは一種の社交の舞台に教会を選んだとしか思えなかった。牧師が経済的に独立していないで、外国のミッションの言いなりになり、信者の数を揃《そろ》えるのに汲々《きゅうきゅう》としていたり、御機嫌《ごきげん》を取り結んで献金をあつめたりしているのが気に入らなかった。しかし一番つまらなかったのは牧師のお説教だろうね。平凡な解釈、熱のこもらないお座なりの演説、そこには何のありがた味も感じられなかった。何だか自分の真剣な気持を水ましされているような気がした。こういう商売もあるんだなと、随分生意気な話だが、お説教の間にあらばかり探していた。それですっかり幻滅して、いつか足が遠くなってしまった。

——ね、だから無教会でなければいけないのよ、と千枝子が意気込んで口を挟《はさ》んだ。

——そうかもしれない。だけどね、僕はこう考えたんだよ、その頃の話だけどね、つまり僕は聖書を読み、イエスを信じ、イエスの言った通りに行動しようと思った。

もし僕の手に一冊の聖書があり、僕が常に罪を意識して基督によって救われようと意識しているならば、それだけでもう充分じゃないか、何も教会に行く必要なんかありはしないのじゃないか、とね。

——つまり一人だけでいいっていうわけ？

——そうだよ、僕が僕の心の奥深いところで神を信じていたら、それこそ本当の無教会じゃないだろうか。

——それは、とちょっと考えてから、傲慢《ごうまん》だわ、と千枝子は小さな声で言った。

僕はぎくっとしたが、勢いをこめて反撥《はんぱつ》した。

——それは僕が言うから、千枝ちゃんには傲慢に聞えるのだろう。僕は一般論を訊《き》きたいのだよ。もし或《あ》る人間が、一人きりで聖書を読んで、それを真実だと思い、悔改め、イエスを信じることで新しく生きようと決意した、彼には信仰を分ちあう友もなかったから、いつでも一人祈り一人信じた、——とすれば、その人間は基督者ではないだろうか？

——あたしにはよく分らないけど、今迄《いままで》の基督教なら洗礼を受けていないのだから基督者とは認めないわけね。でもあたしたちは、それでいいのだと思うわ。無教会主義でも、洗礼が必ずしもつまらないとか無意味だとかは言わないけど、洗礼を受けなくても信仰さえあれば足れりというふうに考えているのだから、立派に基督者になれると思う。ただ……。

——ただ、何だい？

千枝子は少し眉《まゆ》を翳《かげ》らせ、俯《うつむ》いて自分の手を見ていた。暫《しばら》くして顔を起した。澄んだ綺麗《きれい》な瞳《ひとみ》をしていた。

——ただね、信仰というものは悦《よろこ》びだと思うのよ。福音を聞くということは、同時にその福音を他人に伝えたいという悦びを伴うものでしょう。信仰の悦びは、それが心に充《み》ち溢《あふ》れて来ると、それをどうしても人に伝えたくてたまらなくなるような、自分だけがそれに与《あずか》っているのは惜しいような、そんな種類のものなのでしょう。だから今迄の教会のような、そんな形式的な、伝統的な、固定した教会とは違った意味で、本当に霊的な、同信の者の愛の交りが始るのは極めて自然だと思うのよ。そんな孤立した、一人きりの信仰なんてものは考えられないと思うのよ。

——そうだろうか、と僕は訊いた。聖書の中に心の貧しき者は幸福《さいわい》だと言ってあるね、僕には、心の貧しき者というのはどういう人間かよく分らないけれど、イエスは繰返して、愛する者、重荷を負う者、小さき者に対しての呼掛《よびかけ》を口にしている。だからそんな真に謙虚な人間が、ただつつましく聖書を読み、神を信じて、その信仰をただ彼の心の中にだけそっと保っていたと、そういうような場合だってあり得ないだろうか、心の貧しいが故《ゆえ》に、その信仰が悦びとなって表にあらわれず、心の中に死ぬまで秘められていたというようなね。それは、そういう孤独な信仰というのは、罪なんだろうか？

——あたしには分らないわ、と千枝子が言った。

——例えばね、むかし僕《ぼく》が分らなかったことに、タラントの喩《たとえ》というのがある。ちょっと聖書を貸してくれないか。

千枝子が、沢田さんの会から持って帰って来たまま、机の上に投げ出してあった鞄《かばん》の中から、小型の聖書を取って渡してくれた。僕はその頁《ページ》をめくった。

——マタイ伝だった。此所《ここ》のところだよ。旅に出る人が三人の僕《しもべ》を呼んで、その能力に応じて五タラント、二タラント、一タラントの銀をあずけた。主人の旅行の間に、五タラントあずかった僕は、それをもとに更に五タラントを贏《もう》け、二タラントの男は更に二タラントを贏け、主人からそれぞれ、善かつ忠なる僕と言われて、ほめられているんだ。ところが一タラントをあずかった者はだね、——きたりて言う、「主よ、我はなんじの厳しき人にて、播《ま》かぬ処《ところ》より刈り、散《ち》らさぬ処より斂《あつ》むることを知るゆえに、懼《おそ》れてゆき、汝《なんじ》のタラントを地に蔵《かく》しおけり。視《み》よ、汝はなんじの物を得たり。」

それに対し主人の答はこうなんだ。――「悪しくかつ惰《おこた》れる僕、わが播かぬ処より刈り、散さぬ処より斂むることを知るか。さらば我が銀《かね》を銀行にあずけ置くべかりしなり、我きたりて利子とともに我が物をうけ取りしものを。されば彼のタラントを取りて十タラントを有《も》てる人に与えよ。すべて有てる人は、与えられて愈々《いよいよ》豊かならん。されど有たぬ者は、その有てる者をも取らるべし、而《しか》して此の無益なる僕を外の暗黒《くらき》に逐《お》いいだせ、其処《そこ》にて哀哭《なげき》・切歯《はがみ》することあらん。」

――この喩は天国のことなのね、と千枝子が訊いた。

――そうらしい。天国に入るためには、常に目を覚ましていなければならないと言うのが前にある。で、此所の五タラントのものを更に五タラント贏けなければいけない、ということは、僕は、福音を聞いたらそれを他の人々に伝える義務がある、もっと言えば、新しい信者を獲得しなければならない義務があるというふうに取ったんだよ。取りすぎかしらん？

――さあ……。

――ところでこの主人は、最初から僕《しもべ》たちの能力に応じて銀を渡したんだから、一タラントの僕が一番能力がなかったことは初めから知っていたのだ。この僕は小心翼々とした、ごく気の小さな奴《やつ》なんだね、せっかく預ったものをなくしたら大変だというので、地面に埋めて大事に取っておいた。決してその銀を、無駄遣《むだ》いしたわけでも、持ち逃げしたわけでもない。それなのに主人から、外の暗黒《くらき》に逐い出されるほどの、それが罪になるだろうか。

――分らないわ。

――確かに、神は厳しい主人だよ、厳しすぎる主人だよ。しかし宗教というものは、そういうものかもしれない。少しでも元を取って行く、一人でも信者の数をふやして行く、そうしなければ潰《つぶ》れてしまうのだから、その点では功利的なのも無理はないのかもしれない。が、僕には割切れなかった。五タラントの僕《しもべ》が、うまく贏けたからいいようなものの、もし元を摩《す》ってしまったら当然逐い出されるのだ。謂《い》わば贏けなければならない義務を最初から課されているのだ。

――しかし、信じるということは、それに責任を取ることでしょう？

――そうだろうね。しかし僕には、この一タラントを地面に埋めた僕を、逐い出した主人の気持が分らないのだ。頭も悪かったし、才覚もなかった、ただ主人の言いつけを大事にして、愚かな振舞をした。それが逐い出されるんだったら、その宗教は厳しすぎる、非人間的にすぎる、或いは、功利的にすぎる、と言えやしないだろうか？

――むずかしいのねえ、と言って千枝子は溜息《ためいき》を吐《つ》いた。あたし、もっとよく考える。けどね、汐見さん、それはあなた自身のことなの？

　僕は煙草を捨て、お茶を一口飲み、どうしてこんな議論なんか始めてしまったのだろうかと考えた。しかし答えないわけには行かなかった。

　――僕は孤独な自分だけの信仰を持っていた、と僕はゆっくり言った。しかしそれは、信仰ではないと人から言われた。孤独と信仰とは両立しないと言われたんだ。僕の考えていた基督《キリスト》教、それこそ無教会主義の考えかたよりもっと無教会的な考えかた、それは宗教じゃなくて一種の倫理観だったのだろうね。僕はイエスの生き方にも、その教義にも、同感した。しかし自分が耐えがたく孤独で、しかもこの孤独を棄《す》ててまで神に縋《すが》ることは僕には出来なかった。僕が躓《つまず》いたのはタラントの喩ばかりじゃない、人間は弱いからしばしば躓く。しかし僕は自分の責任に於《おい》て躓きたかったのだ。僕は神よりは自分の孤独を選んだのだ。外の暗黒《くらき》にいることの方が、寧《むし》ろ人間的だと思った。

　――それでも、孤独だからこそ神を求めるのじゃなくて？

　――普通にはそうなんだろうね、孤独というのは弱いこと、人間の無力、人間の悲惨を示すものなんだろうね。しかし僕はそれを靭《つよ》いもの、僕自身を支える最後の砦《とりで》というふうに考えた。傲慢なんだろうね、恐らくは。けれども僕は、人間の無力は人間の責任で、神に頭を下げてまで自分の自由を売り渡したくはなかった。君の兄さんが死んだ時に、僕は神も仏もあるものかと思ったよ、僕はそんな無慈悲な神に少しでも未練のあった自分が情なかった。あの時の気持は忘れられない。

僕は下を向いてそれだけ言い、黙って煙草に火を点《つ》けた。千枝子も母親も、ひっそりと口を緘《かん》していた。

——僕は神を殺すことによって孤独を靭くしたと思うよ。勿論《もちろん》、今でも、僕はイエスの倫理を信じている。それから、ガリラヤの寂しい湖や野原を歩いて行ったイエスの気持や、わが心いたく憂《うれ》いて死ぬばかりなり、と言ったゲッセマネのイエスの悲しみなんぞは、痛いほど感じている。しかしそんなものは、僕の文学的な感傷にすぎないだろうよ。君たちの信仰とはまるで別ものだろうよ。

——汐見さん、あたしはまだあなたの信仰の火が消えたわけではないと思うわ、と千枝子が優しく言った。

——つまらないお喋《しゃべ》りをしちまった、と僕は言った。

——あたし考えるんだけど、汐見さん怒らない？

——何が？　と煙草の煙を天井の方に吹きながら、片手で後ろの畳に肱《ひじ》を突いて訊《き》いた。

——つまりね、汐見さんが一人きりで信仰を持っていらした、それを誰にも伝えず、その悦びを誰にも共にしなかったから、それで信仰が頽《くず》れたんじゃないかしら？　つまり、さっきの孤独な信仰では駄目だということじゃないかしら？

——それじゃ自分を形式で縛って、洗礼も受ける、きちんきちんと教会にも行く、そういうふうだったら僕が信仰を喪わなかったとでも言うのかい？　本当の信仰というものは、教会に行くとか行かないとか、同信の仲間から刺戟《しげき》を受けるとか受けないとか、そういうこととは何の関係もない筈《はず》だ。だから僕が信仰を喪ったのは、君等の側から言えば聖霊が僕を見棄《みす》てたとか、悪魔が僕を誘惑したとか、そういうことになるのだろう。が、僕に言わせれば、僕が自分で神を棄てたんだ、僕の自分を靭くしたい意志が、僕にそれを選ばせたのだ。決して僕が負けたわけじゃない。

——気の毒ね、と千枝子が口の中で呟《つぶや》いた。

——何も気の毒なことなんかない、と僕は言った。

——それで寂しくはないの？

——寂しいさ、それは。しかしそれでいいのだ。

僕は立って窓の側へ行き、明け放した窓から下を見下した。緑の樹々が道を挟《はさ》んでゆるやかに向う側に傾斜している麓《ふもと》に、鉄道線路が幾筋も横に走っている。その向うは、街並が汚ならしい屋根屋根を並べ、工場の煙突が煙を吐き出し、海が鼠色《ねずみいろ》に霞《かす》んで見える。僕の心も、その風景のように汚れていた。

この、急激に高まって来た自分への憎しみは、何に由来するものだろう、――この異様な悲しみは、この取りつく島もない孤独の惨《みじ》めさは。自分の愛している千枝子が、自分とまったく違った世界観を持っている以上、僕等が愛し合える筈はない。僕がどんなに愛しても、千枝子が僕を愛する筈はない。傲慢な、自分を靭くするための孤独だなどと、言い切った僕。その僕が求めていたのは、千枝子の僕に寄せるささやかな愛ではなかろうか。愛は、ただ愛することのみで足りた筈なのに。

――汐見さん、と背中から千枝子が呼び掛けた。一度あたしと一緒に沢田先生のところにいらっしゃらない?

――どうして? と振り返って訊いた。そのまま張出縁に腰を下した。

――汐見さんのような方、本当はとても素晴《すば》らしい基督者になれると思うのよ。あたしなんかよりもっともっと本当の信仰が摑《つか》めると思うの。沢田先生も言ってらしたけれど、一番駄目なのは無関心な人間だって。無神論の人や、何度も躓いて苦しんだ人が、本当の基督者になれるんだって。だから、……

――そんなことをしたって何にもならないよ、と千枝子の熱っぽい顔を斜に見ながら、僕は呟いた。本当に求めるものが心の中にないのに、ふらふらと人に連れられて行ったって、そんなものは何にもならない。それよりか、お母さんでも連れて行ってあげた方がいい。

――あら、わたしのこと？　と母親が言った。何だかむずかしい議論なのでわたしは何にも聞いていませんでしたよ。

母親はにこにこして、読みさしの雑誌から顔を起した。千枝子もその微笑に感染した。

――お母さんたら、いつだって厭《いや》だって言うんだもの。

――わたしぐらいの歳《とし》になると、とかく腰が重くてね。

――嘘《うそ》おっしゃい、お芝居《しばい》だったらじきに行くくせに。

親子は安堵《あんど》したように笑った。が、僕の心は霽《は》れなかった。空に小さく飛行機が飛んでいる、その爆音が、僕の心の中の孤独なものと共鳴して、ぴりぴりと顫《ふる》えている。僕の心は絶え間なくせかされている。僕はこうしてはいられない、僕の時間は刻まれている、僕の平安は何処《どこ》にもない……。

――僕は帰るよ、と言った。

千枝子の驚いたような、咎《とが》めるような眼つき。口許《くちもと》はまだ笑っているのに、眼は泣き出しそうに、幼い表情を浮べている。おばさんが一緒になって引き留めた。

――今日はこれからちょっと用があるんです。

――いや、矢代さんの真似《まね》みたいに。

――本当だよ、と僕も少し笑った。

立ちかけて、ふと思い出した。

――そうそう、何処に置いたろう？　おばさん、何処かに僕、紙包を置いたでしょう？

――ええありますよ。

おばさんが隣の部屋から持って来た紙包を、それ千枝ちゃんに渡して下さい、と言い捨てて、玄関に出た。俯《うつむ》いて靴《くつ》をはいた。

――なあに、これ？　と千枝子が訊いた。

――あとで明けてみれば分るよ。

――いや、そんなの。いま明けてもいいの？

――いいとも。

包を手早くほどき、あら、と叫んだ。大型の楽譜本が三冊、それを一冊ずつ標題を見て行った。

――ピアノコンチェルト一番、これ、この前の曲ね。これはワルツ集、これはバラード集。どうしたの、これ？

――千枝ちゃんにあげるんだよ。

――本当？　わあ素敵。

まるで子供のように、床の上で足踏をしながら、よく響く声で叫んだ。嬉《うれ》しいわ、お母さん、汐見さんがこれ下さるんですって。

母親は一緒になって嬉しそうににこにこした。僕は入口のドアに手を掛けたまま附け加えた。

――千枝ちゃんがショパンを大好きだって言ったから、それだけ探し出した。向うものの楽譜はもうなかなか見つからないんだよ。

――嬉しいわ、とはずんだ声をあげながら頁《ページ》を開いて見ていた。楽譜が僕の眼にいぶかしい暗号のように映った。

――それじゃさようなら。

僕は表に出た。背中に、待って、と呼びとめている千枝子の声を聞きながら、僕は急いで階段を下りて行った。道を暫く行き、坂の上であとを追って来はしないだろうか、とちょっとためらったが、決心して大股《おおまた》に坂を下り始めた。急いで歩くと汗ばむほどの暖かい陽気だったが、僕は追われる者のように、真直に前を向いたまま、ずんずん足を急がせた。歩いていても、電車に乗っても、僕の左右に僕から喪われて行く視野のように、僕の心の中から、何ものかが次第に喪われつつある印象をとどめることが出来なかった。

僕は僕の小説を書き始めた。

僕は孤独だった。毎日の勤務では、事務の上以外には殆《ほとん》ど他人と口を利《き》かず、時間が終ると真直に自分の下宿へ帰り部屋の中に閉じこもった。そして電灯のもと、それを書いているという意識が絶えず孤独感を自分に強《し》いることを目的にして、僕の小説を書き続けた。

僕の書いていたものはおかしな小説だった。今は、僕はもうそれを詳《つまび》らかに思い出すことが出来ない。時間は現在でも過去でもない一種の透明な時間だった。場所はここでもなくそこでもない夢の中の記憶のような場所だった。登場人物は名前のない青年と名前のない少女とで、この二人は或《あ》るいは一緒に旅を行き、或いは遠く離れ合って心に相手のことを想《おも》い合った。全体には筋もなく脈絡もなく、夢に似て前後錯落し、ソナタ形式のように第一主題（即ち孤独）と第二主題（即ち愛）とが、反覆し、展開し、終結した。いな、終結はなく、それは無限に繰返して絃《げん》を高鳴らせた。僕はその中に、一種の別の生を生きていた。

僕はもう千枝子に会いに行かなかった。孤独であることの中には罪の意識があった。僕は子供の頃《ころ》から、よく異常に敏感な良心の呵責《かしゃく》に責められたものだ。あらゆる自分の行為に、罪の匂《におい》が附き纏《まと》っているようだった。愛することにも、——僕は藤木忍を愛していた時にも、この気味の悪い観念に心の奥深いところで常に悩まされていた。そして千枝子を愛する気持の上に、たまたま雲のように千枝子を女として考える意識が走ると、僕はたまらなく自分を堕落した者のように感じたものだ。（しかし芸術の上では別だった。この不思議な矛盾を僕はどのように説きあかしたらいいか分らない。どんな罪深い小説でも、例えばユイスマンスの「さかしま」や「彼方《かなた》」のような小説でも、僕は悦《よろこ》んで嘆賞した。兇悪《きょうあく》な悪党で神なんか全然信じなかったピエトロ・ペルジーノの宗教画を、僕はこよなく愛した。僕はしかし、自分を分裂した人間として感じることはなかった。）

僕は追いつめられた獣のように、自分の傷痕《きずあと》を嘗《な》めながら、ただ走った。しかし追われて行く僕に罪があるのだろうか、僕を追うこの眼に見えぬ悪、この天蓋《てんがい》のようにと覆《おお》いかぶさって来る現実の悪の方が、比類もなく巨《おお》きいのではないだろうか、――と僕は考えた。僕が自分の孤独を磨《みが》き、千枝子に会いたいこの蜜《みつ》のような誘惑とあらがってまで自分の孤独の靭《つよ》さを試そうと思ったのは、決して傷痕を嘗めて小説を書くためではなかった筈《はず》だった。それなのに、小説を書くというただこのことの他《ほか》に、僕には抵抗のすべもなかった、千枝子を愛するということの他に、心の悦ばしい自由さえもなかった。

僕は戦争を懼《おそ》れていた。僕は理論としてこの戦争を絶対の悪だと言い切るだけの内容を持っていたわけではない。それは寧《むし》ろ多分に個人的な感情だった。ただこの感情は極めて強く、僕の生来の臆病《おくびょう》さと相俟《あいま》って、殆《ほとん》ど生理的な恐怖になっていた。僕はどのような戦争でも、それが戦争と名づけられる限り、本能的な嫌悪《けんお》を抱いた。僕は左翼運動の退潮期に育ち、充分にマルクシズムを研究するだけの環境を持ち得なかったが、もし彼等が、あの血なまぐさい革命を終局に予定しているのでなかったならば、きっともっとはっきりした意志を示し得ただろう。要するに、僕は何にでも反抗した。基督《キリスト》教にもマルクシズムにも、家庭にも学校にも、――しかしそれらは結局微温的な、自分が損をしない程度の反抗にすぎなかった。僕は自分をディレッタントにすることも、学者にすることも、また芸術家にすることも出来なかった。僕はどっちつかずの、途方に暮れた、臆病で孤独な青年だった。しかし中学生の頃から、僕が一番はっきりと反抗したものは、軍国主義的な風潮だったろう。僕は可能な限り軍事教練に出席しなかったし、大学を出るまで銃の分解ひとつ知らないで過した。そういう消極的な反抗が、何の足しにもならないことをよく承知していたけれども。徴兵検査の時に、僕はそれまでの三ケ月間、うどんと水以外の物は一切摂《と》らずに体重を減らせるだけ減らし、殆ど骨と皮とになって検査を受けたが、結果は予想外にも第二乙種にすぎなかった。僕は検査の朝に一升の醬油《しょうゆ》を飲んで、首尾よく丙種になった友人を英雄のように考えた。しかし実際に、補充兵であることの危険は、僕等の誰《だれ》にも、刻々に迫っていたのだ。或《あ》る者は敏感に、或る者は鈍感に、——そして僕は最も敏感に感じていた一人だった。

戦争に対する恐怖の第一は、生理的な死への怖《おそ》れ、自我の消滅に関する原始的な本能だったろうが、第二に、僕の場合には、人を殺すことの怖れも同じ程度に混り合っていた。もとより僕は自ら人を殺す意志はない。が、上官から強制され、不可避的な局面に逐《お》いやられて、或いは自分が死ぬか敵が死ぬかの局面に立たされて、果して正当防衛の名の下に相手を殺し得るか。自分が死ぬのは厭《いや》だったけれど、人を殺すというこの惧るべき言葉は、僕の良心を極度にまで激昂《げきこう》させるのに充分だった。それに敵、——敵とは何だろう、僕が自ら選んだのでもない敵、何故につまらないイデオロギイの相違から、人は相互に殺し合わなければならないのか。僕の志望した学問が、比較言語学的、比較文学的な方向を持っていた以上、僕の教養がギリシャ語のKosmopolites《コスモポリテース》の観念の下に培《つちか》われたのは当然のことだったろう。しかし僕が世界市民として感じることは、日本人として感じさせられることと、一々矛盾したのだ。戦争が始り、いつ兵隊に取られるかも分らない危険が重苦しい空気のように立ち罩《こ》めて来るにつれて、僕の精神はやみがたく次の一点に集注した、——いかにして武器を執ることに自分を納得させるか。そして自我は、絶えず意識の上に次のような問答を繰返した、——殺せるか、死ぬか。

しかも僕は毎晩、小説を書いていたのだ、夢のような小説、現実とは何の関係もない小説を。何の関係もない、——しかし僕の主人公が、夢幻的な雰囲気《ふんいき》の中で、純粋な苦悩を苦しんでいた限り、このような行為は逃避とは言えなかっただろう、少くともそれは、自己に誠実に生きた日々のうちに数えられるだろう。(今、僕がこの手記を書くことによって、生きているように。)

しかし現実の直接の重みが、重たく僕の肩に食い入って来ると、自分の意志を無にして傀儡《かいらい》のように戦場にある自分の姿が、幻視となって僕を悩ませた。ペンを置き、為《な》すこともなく書きかけの文字を見詰め、不意と思い立って下駄《げた》を突掛けては表に出て行った。小説が何になるだろう、それを読む人もない。それを理解する人もない。精神を集注し、紙に文字を埋めて、その結果が兵隊に行く時の僕に何の支えになるだろうか。――僕の他には一人の客もない薄暗い小さな喫茶店のテーブルに凭《もた》れ、一本のビールを前にして、僕は空《むな》しい疑問を繰返した。

睡《ねむ》そうな顔をしたウェイトレスが、僕の前に坐《すわ》った。

――もう一本あげようか。特別よ。

――うん、くれ給え。

僕は味のないビールを飲み、女が南京豆《ナンキン》を撮《つま》む手つきを眺《なが》めていた。

――あんた、詩でも書くの？　とふと言った。

――どうして？　変なことを訊《き》くね。

――そういう気がしたの。どう？

――まあね。

――いいわねえ。あたしこの前＊＊さんの詩読んだ。素敵だった、南進の歌って言うのよ。

僕は笑った。日本の代表的詩人の作品と言われるものが、それなのだ。ミューズが聞いたら泣くだろう。

——あんたの詩、見せてよ、今度。

睡そうな魯鈍《ろどん》な顔、南京豆の皮を剝《む》く機械的な手つき、そしてその前で、まずそうに一人ビールを飲んでいる僕。

——いま何時《なんじ》だろう？　と訊いた。

——まだ七時頃《ごろ》でしょう、この頃お店九時までだから、まだ大丈夫よ。

しかし僕は黙って立ち上り、勘定を済ませ、店を出て行った。

僕が下宿に帰ると、入口で肥《ふと》ったお内儀《かみ》さんが、汐見さんお客さんが来ておいでですよ、と言った。僕が問い掛ける間もなく、女のお客さんよ、若い方《かた》、と一種の愛想《あいそう》のよい微笑を見せて附け足した。珍しいことがあるもんだ、誰だろう、と呟《つぶや》きながら、僕は廊下を急ぎ足で部屋へ戻《もど》った。僕の勉強机に凭れて、千枝子の後ろ姿が、スタンドの灯《ひ》を逆光に浴びながら、そこに見出《みいだ》された。

——何だ、千枝ちゃんか、どうしたんだい？

——汐見さん何処《どこ》へ行ってたの？　あたし待ってるの怖《こわ》いから帰ろうかと思った。

——散歩だよ、と言いながら、その側《そば》に立った。僕のとこ腰掛が他にないから、畳に坐らないか。

千枝子は犬の仔《こ》のようにくんくんと僕の方に顔を寄せて嗅《か》いだ。

——あらあら、またお酒飲んでる。

——ちょっとだよ、ほんのちょっとだよ、と言いながら、こちら向きになって両脚をぶらぶらさせている千枝子の両肩に手を置いた。少し顔をその側に近づけた。

——いい？

——厭《いや》よ、と大きな声で言い、お酒なんか飲む人だい嫌《きら》い、ときめつけた。

——嫌われちゃった、と笑って、僕は彼女の足許《あしもと》の畳の上に胡坐《あぐら》をかいて坐った。

——汐見さん、どうしてずうっといらっしゃらなかったの？

——忙しかったんだ。

——そう。そう言えばこの前はありがとう。

——何？

——ショパンよ、忘れっぽい人。ワルツいいわねえ、あんなのがどんどん弾けたらどんなにいいでしょう？

——今晩は一体どうしたの、こんなに遅く？　それに千枝ちゃん、僕のとこに来たの初めてじゃないか？

——そうよ、初めてよ。お母さんに知れたら怒られるかな？

そして肩をすくめて狡《ずる》そうな微笑を見せた。両脚をばたんばたんと揺《ゆす》っていた。

——今日はね、と説明した。大学で沢田先生の公開講演があったのよ。学校のクラスのお友達と一緒に来たから、八時までにお茶の水の駅まで帰らなくちゃ。

——そうか、まだ早いね。

——あと三十分ぐらいいい、と腕時計を見ながら言った。

——お茶でも貰《もら》って来ようか？

——いいのよ、構わないで頂戴《ちょうだい》な。それよりどうしていらっしゃらなかったの？　この前、あたしが沢田先生のとこへ行こうなどと誘ったから？

——そうじゃないさ、忙しかったからと言っただろう？

——何で？　お勤めが？

——小説を書いてるんだよ。

——うん、机の上に原稿用紙が載ってるからそうだろうとは思った。出来て？

——まだ駄目さ。なかなか進まないんだよ。いろいろ考えてることもあるし。

——どんなこと？

真剣な面持《おももち》で、上から覗《のぞ》き込むように僕の方に頭を傾けた。電灯の光がその横顔を眩《まばゆ》いように照し出し、断髪の髪の後れ毛が一本一本きらきらと光った。

——そうだねえ、どう言ったらいいだろうねえ？　僕は困ったように首を垂れ、すぐ眼の前にすんなりした千枝子の両脚を見た。ソックスを履《は》いたそのほっそりした曲線が、小刻みに揺れている。

——要するに戦争のことなんだ。僕はそのうちにきっと兵隊に取られる、ね、その厭な、ずうんと来るような気持、千枝ちゃんには分らないだろうなあ。

——分るわよ、とむきになって答えた。あたしたちだって、卒業したら徴用されるかもしれないのよ。それにもし結婚したら、ハズの帰って来るのを一人で待っていなきゃならないわ、と終りの方はひどく早口に言った。

——だけどね、実際取られる方の身になってみればもっと深刻なんだよ。大体ね、何のために征《ゆ》かなきゃならないんだい、そりゃ悦《よろこ》んで、万歳と言って、滅私奉公だとか、聖戦だとかいう言葉を信じ切って、征ける人間はいいよ。だけど僕には、そんなものは何にも信じられないんだ。アメリカが横暴で、日本が逐《お》いつめられて糧道を断たれそうだからしかたがないと、そういう議論も成り立つだろう、しかし満洲国にしたって支那《シナ》にしたって、日本の帝国主義だってことは明かじゃないか。それにイタリアとかドイツとか、あんな野蛮な国と結んで、こんな向う見ずな戦争をしかけなければならないわけが何処にあるんだい？　それはひょっとしたら日本は勝つかも知れない、今のところは景気がいいさ、しかし何十万何百万という人間を殺して、それでどれだけの代償をかち得られるんだ、そんな空《むな》しい栄光が何になるんだろう？

千枝子は黙ったまま答えなかった。僕は彼女のぶらぶらしている両脚を掌《てのひら》の間に抱き寄せた。

——戦争というものは、人間の生命をまったくごみのように無視して、成立するんだ。僕なら僕という人間の、なけなしの才能も愛情も苦しみも悦びも、そんなものは一瞬で吹き飛んでしまうのだ。君の兄さんが死んだ時に、あれは病気のせいだったけれど、僕はそれでも許せなかったのだ。あれは神が、——もし神があるとすれば神が、したことだ。しかし戦争は人間がするんだ。アメリカが敵なんでも日本が味方なんでもなく、アメリカの戦争屋、日本の戦争屋共が、血に飢えて殺し合せるのだ。殺されるのは僕たちだよ。それこそ藤木みたいな才能のある奴《やつ》が、何万人も一兵卒として殺されてしまうのだ。何のために、それじゃ何のために、僕等が死にに行かなければならないんだろう？

千枝子は答えなかった。かすかに呟《つぶや》いた。

——死ぬとは限らないわ、汐見さん。それからもっとかすかな声で、死んじゃ厭、と言った。

僕は掌の中の暖かい両脚を固く抱いた。心が激して、もう溢《あふ》れ出る言葉をとどめることが出来なかった。

——僕が怖いのは自分が死ぬことだけじゃないんだよ、と僕は言い始めた。死ぬのは誰だって怖い、そんなことは当り前だ。しかし戦争に行けば、自分が死ぬだけでなく、相手を殺す怖れも多分にあるのだ。そりゃ近代の戦争では、白兵戦になって、直接敵の姿を前に見て切ったり切られたりすることは尠《すくな》いだろう。しかし、自分の撃つ一発の小銃が、自分と同じような若者を直接に殺してしまうかもしれない、そんなことは誰にも分らない、としたら僕は殺人の恐怖から、その小銃を空に向って撃つのでなければ、とてもまともには撃てやしない。これは臆病なんだろうか、それとも単なるセンチメンタリズムだろうか？　僕は友人たちにこの気持を打ち明けたけれど、嗤《わら》われるのが落だった。そういうことには直に馴《な》れるだろうと言うのだ。人間は環境の動物だから、先走ってそんな心配をするだけ損だと言うんだ。そうだろうか。もし馴れるとしたらこんな恐ろしいことはないんじゃないか、そうなったら、精神の自由なんてものはもうこれっぽっちも残りはしない。戦争というものは、人間が人間を虐殺《ぎゃくさつ》することに馴れさせるためにしか存在しないのか、そしたらそんな馬鹿《ばか》げた戦争を、なぜ僕たちの犠牲に於《お》いてしなければならないんだろう？

千枝子は何か言い掛けて止めた。僕はますますしっかりとその両脚を捉《とら》えたまま、言い続けた。

——僕はもう神を信じてはいない、しかし人間を殺すことが悪であることぐらい、百も承知している。僕は自分の魂が救われるとか救われないとか、そんなことは問題にしない、Post mortem, nihil est《ポスト・モルテム・ニヒル・エスト》だ。しかしそれじゃ、戦争で敵を殺した基督教徒《キリスト》は死んで天国に行けるのだろうか。より大いなる必然の前には、そんなことは問題にならないのだろうか。僕はそれを基督教徒に訊《き》きたいんだ?

——あたしには分らないわ、と千枝子は口の中で言った。

——じゃ君は、命令を受けたら敵を殺せるかい?

——そんなことは出来ない、とやや強い声で答えた。

——しかし僕等の身になったら、どうしてもそこへ追い込まれるんだ。鉄砲を空に向けて撃つ、それは今度は自分が殺される番に廻ることだ。だからぎりぎりになったら、僕は自分の精神を保証できない、必ず殺さないと断言できない。それが厭なんだ。それを考えると、僕は眼《め》の前が真暗になったような気がする。

千枝子の両脚を胸に抱き寄せたまま、僕は苦しい息遣いをした。千枝子の手が、そっと僕の頭を撫《な》でていた。

——僕が戦争になって、今迄《いままで》以上に基督教が厭になったのはね、彼等が平然とこの戦争を受け入れたことだよ。なぜ反対しないのだろう。なぜこの戦争を阻止しようとしないのだろう。それは、僕等は、何にも知らないうちにどかんと真珠湾の攻撃になった、阻止するもくそもなかった。しかしアメリカの基督教徒が神とデモクラシイとのために勝利を祈り、イギリスの基督教徒が神とキングとのために勝利を祈り、日本の基督教徒が神とエンペラーとのために勝利を祈るというのは、一体どんな神に対してだろう。少くとも日本の場合、日本は支那でさんざん残酷なことをした、これは確かなことだよ。しかも基督教徒は、戦争をやめさせようとして何ひとつしなかったじゃないか。今度の戦争だって、始ってしまった以上はしかたがない、だ。それで一体、基督教徒の魂が救われるだろうか？

——あたしたちだって、みんな苦しんでいるのよ、と千枝子が言った。

窓の外から出征を祝う軍歌の合唱が、悲しげな余韻を響かせて聞え始めた。僕は首を起した。千枝子の顔がすぐ上に俯《うつむ》いていた。

——また始った、と僕は言った。この頃は何だか毎晩のように召集の連中が出て行くよ。僕はあの歌を聞くと、居《い》ても立ってもいられないような気持になるんだ。あれはみんな、何にも知らない、何にも知らされていない連中なのだ。みんな自分の本心を偽って、さも嬉《うれ》しそうな顔をし、大日本帝国万歳、天皇陛下万歳と言って、出て行くのだ。実に馬鹿げている、実に馬鹿げている。

千枝子は依然として俯いたまま、僕の項《うなじ》を抱き寄せるようにして、そっと僕の頭を撫でていた。その手はかすかに顫《ふる》えていた。遠くから、万歳万歳と叫び合う人々のざわめきが聞えて来ると、その手は一層わななないた。僕はその膝《ひざ》に顔を埋めた。

こうしていると幸福だった。こうして、両手で千枝子の脚を抱き、その膝に頬《ほお》を埋め、しずかに髪を撫でられるのにまかせていると、今迄の激昂が跡かたもなく醒《さ》め、あとに洗われたような浄福のみが残った。こうして生きているのも人生だし、惨《みじ》めに、生と死との境に、肉体と精神との自由を賭《か》けるのも人生だろう。それならばなぜ、この一瞬が、この愛し合う意識の高潮した一瞬が、永遠に続くことは出来ないのだろうか。これが真実であれが虚妄《きよもう》なのか。あれが真実でこれが虚妄なのか。この暖かい、匂《にお》う、花のようなもの。なぜそれが、生きていることの悦《よろこ》ばしい確証ではないのだろうか。

僕は首を起した。千枝子の眼が、きらきらと光って、すぐ僕の側《そば》に、やや俯いて、物思わしげに僕の方を見詰めていた。その塑像《そぞう》のように動かない顔が、ふと、僕の書いている小説の女主人公のように錯覚された。その瞬間、時間が止った。

手に力を入れ、僕をその顔の方へ引き寄せたのは千枝子だった。冷たい脣《くちびる》が、無量の味わいを含んで、僕の脣の上を覆《おお》い、烈《はげ》しく僕を忘却と陶酔の彼方《かなた》へ押し流した。純潔な、しかしあらゆる情熱を潜在させた脣が、呼吸を止めたこの永遠の沈黙を天と地との間につくった。

しかし、それは瞬間だった。千枝子はさっと顔を持ち上げると、くるっと机の方に向きを変え、両手で自分の顔を隠すようにした。僕はその膝の上に再び疲れた頭を置いた。

「……少女は永遠を待っていた。この大きな掌《てのひら》のような夜が一切の星座を統《す》べながら次第にそのひろがりを閉じ、やがては暁の爽《さわ》やかな薄明が東の空に星々のまどろみを消し去って行くその時に、……」

それは机の上に開きっ放しになっている僕の小説の草稿だった。千枝子が、いつかそれを、ごく低い声で読んでいた。

「……樹々の梢《こずえ》に小鳥が早い目覚めを目覚め、谷川のせせらぎが郷愁の海を求めて一層その流れを早くし、牧草が重たい露に濡《ぬ》れて次第に頭《こうべ》を垂れるその時に、――金の矢が高く高く昧爽《まいそう》の空を貫き、聡明な雞《にわとり》が朝の第一声を雄々しく叫び、遂《つい》に夜の神秘が昼の真実にその処《ところ》を譲ろうとするその時に、――果して、永遠が訪れないと誰が言えよう。少女は固く脣を噛《か》み、眼を遠く据《す》えて、この永遠を待っていた。恰《あたか》も夜と昼との、このなめらかな、絡《から》み合った、素早い交替のさなかに、流れて行くものは一瞬とどまり、そこに待ちに待った魅惑の時が、彼女の願望を実現して、今、今、天から降り注いででも来るかのように……。」

僕の草稿はそこで終っていた。沈黙の中で、僕には作品の全体が、明かに、啓示のように、頭脳の中に浮び、この幸福感と相俟《あいま》って、霊感が潮のように僕に押し寄せた。僕はこの小説を書くだろう。僕はこの小説を生きるだろう。千枝子、千枝子、君が僕と共に生きてくれる限りは……。

——もうあたし帰るわ、と千枝子が言った。

僕は夢から醒めたように首を起した。膝を抱いた両手につい力を入れたものか、千枝子が、痛いわ、と叫んだ。

——御免、ぼんやりしていた。遅くなったんじゃないかい?

——もう八時すぎた。でもいいのよ。

僕は急いで身体を起した。千枝子も椅子《いす》から立ち上り、僕の手を取って今迄と打って変った笑顔を見せた。

——きっと菅《すが》さんはもう怒って帰っちゃったわ。そして僕の手をぎゅっと握って言った。お茶の水の駅まで送って来てくれる？

——勿論《もちろん》送るよ。

僕等は歩いて行くことにして、本郷通の人込の中に肩を並べて紛れ込んだ。三丁目の交叉点《こうさてん》を越すと、歩道に人通りも途絶え、暗い車道を時々市内電車が明るい灯火を燦《きらめ》かせて通り過ぎた。僕等はぴったりと肩を寄せ合い、一足一足の靴音《くつおと》をひびかせて歩いて行った。千枝子は黙りこくって真直に前を向いていたから、何を考えているのかは分らなかった。ただ、僕は愚かにも、彼女が僕と同じ幸福感の余韻を聞いているものと思っていた。先に接吻《せっぷん》をしたのは彼女だった。そして陶酔の絃は尚《なお》も僕の耳に鳴り響いていた。

——千枝ちゃんは、夏休みになったら何処かへ行くのかい？　と僕は訊《き》いた。K村へでも行くの？

K村というのは、そこで死んだ藤木忍の伯父さんの家のあるところだった。千枝子は曖昧《あいまい》に頷《うなず》いた。

——あたし、それにY湖に行くかもしれないわ。

——遊びに？

——沢田先生の聖書講習会が毎年Y湖であるのよ。それに行くかもしれない。

――O村には行かない？　あそこに君の学校の寮があるんだろう？

――ええ。そうね、来年は卒業だからお友達が行くって言ったら行くかもしれないわ。どうして？

――うん。僕の勤め先では夏に一週間ずつ代りあって休むんだ。僕は大体八月の末頃に休暇を取るつもりなんだけど、友達に教わったから、O村の宿屋にでも行ってみようかと思っている。もし千枝ちゃんがあそこの寮へ行くようなら、僕たち一緒に山を歩けるものね。

――そうね、と千枝子は再び頷いた。

しかし千枝子の応答ぶりには、もうはきはきした元気らしさは見られなかった。どことなく打沈んで、機械的に口を利《き》いた。僕等はお茶の水の駅まで来ると、明るい改札口のあたりを見廻したが、僕等の方に近づいて来る人影はなかった。時刻はもう八時半を過ぎていた。

――菅さんはやっぱり先に帰っちゃった、と千枝子が言った。ねえ、あそこの橋の上でもうちょっとお話をしない？

僕は悦んで、来た道を少しばかり戻《もど》り、橋の欄干に凭《もた》れて暗い堀の水を覗《のぞ》き込んだ。見下せば、傍《かたわ》らの駅のプラットフォームが人影を疎《まば》らに散らして一面に鈍く光り、堀の中には澱《よど》んだ水の色もそこに浮ぶ小舟も見えず、ただ一種の酸いような臭《にお》いが立ち昇って来た。

——汐見さん、と少し改まった声で僕に呼び掛けた。

——何だい？　と僕はごく気軽に返事をした。

千枝子は僕の横に立って、同じように暗い堀の水を覗き込んでいたが、暫《しば》くためらってから僕の方に顔を起した。その眼が、泣いているように潤《うる》んでいた。

——汐見さん、と繰返した。

——何さ？

——あたしたち、……もう会わない方がいいんじゃないの。

僕はどきっとした。千枝子の言葉がまったく信じられなかった。

——あたしたち、もう会うのをやめましょう。その方がいい。

——何を言うんだい、やぶから棒に？

——あたしずっと考えていたの。駄目《だめ》よ、不幸になるだけよ。ね、汐見さん、分って。

——分らない、全然分らない。どうして不幸になるんだい？

千枝子の眼から大粒の涙が滴《したた》り落ちた。僕はその手を取り、顔を寄せた。

――なぜそんなことを言うの？　と耳許《みみもと》でささやいた。

千枝子は脣をわななかせたまま答えなかった。何とも言えぬ寂しげな表情で、欄干の下を見ていた。僕の胸がいっぱいに塞《ふさ》がり、何から口を利いていいのか分らなかった。なぜ千枝子がそんな馬鹿《ばか》なことを言い出したのか、僕には見当もつかなかった。

――千枝ちゃん、と僕は呼び、その身体をゆすぶるようにした。

――御免なさい、と千枝子は言った。取られた手を強く握り返すのと、さよなら、と言うのとが同時だった。手を振り払うと、急ぎ足に駅の方へ走って行った。

――千枝ちゃん、千枝ちゃん、と僕は大きな声で呼んだ。

しかし打撃があまりに意外だったので、僕の足はすくんだまま動かなかった。会うのをやめる、別れる。――幾つもの理由が思い浮んでは泡沫のように消えた。理由らしい理由なんか何ひとつ考えられないのだ。ほんの今さっき、僕たちはあんなにも幸福だったのじゃないか。僕等は信じあい、理解しあい、愛し合っていたのじゃないか。上りの省線電車が、僕の眼のすぐ下を、烈《はげ》しくスパークしながら構内にはいって来た。千枝子はこの電車に乗って帰るだろう。ベルが鳴り終り、車掌の合図と共に、電車は動き出し、次第に速度を早くして視野から遠ざかって行った。なぜだろう。僕は動くことを忘れたように、電車の消えて行った方向を見詰めたまま、いつまでもそこに立っていた。腥《なまぐさ》いような、不吉な水の臭いが、僕の周囲に沈黙と共に立ち罩《こ》めていた。

夏の間、召集は来なかった。僕は八月の下旬に、信州のＯ村へ一週間の休暇を過しに行った。

それは浅間山の麓《ふもと》に、ぽつんと忘れられたように信濃路《しなのじ》に沿って人家の散在する、ちっぽけな貧しい村だった。信越線の停車場からものの小半里、落葉松《からまつ》の林の中をぶらぶらと歩いて行く。道がゆるく曲ったかと思うといきなり視野がひらけ、かすかな噴煙をたなびかせている浅間山が、村の屋根屋根、火の見櫓《やぐら》、森、などの上にいっぱいにかぶさって来る。風は早い秋、玉蜀黍《とうもろこし》畑には身の丈《たけ》よりも高く、熟した実がゆらゆらと揺れ動いている。蕎麦《そば》畑には蕎麦の花が白い。埃《ほこり》をかぶった往還には、子供たちが薄汚れた恰好《かっこう》で走り廻って遊んでいる。平和な、そして限りなく静かな風景。宿屋もまたそのように田舎びて、往還の傍《かたわ》らにぽつねんと立っていた。

大きな硝子《ガラス》窓を通して銀座の雑沓《ざっとう》が立ち昇って来る事務所の生活から、ただ幾時間かを遠ざかりさえすれば、此所《ここ》では静寂は泉のように胸の中に溢《あふ》れて来る想《おも》いだった。

群集の中の孤独は自分を靭《つよ》くするが、このように投げ出され、洗われ、潔《きよ》められた孤独の中では、強《し》いて抵抗するだけの気力も湧《わ》いて来ない。僕は風景の中に紛れ込んだ。往還に沿って暫《しばら》く歩くと、別去《わかさ》れと呼ばれる北国街道と中仙道との三叉路《さんさろ》に出る。その石の上に腰を下し、苔《こけ》むした石仏の像などを眺《なが》めていると、昔この道を、華かに通行したでもあろう大名行列のざわめきが、心象に鮮かに浮んで来るのだ。徒歩《かち》の旅人はこの別去れで、遥《はる》かに来た江戸の遠さを思い起したでもあろう。旅に病み、旅に死んで骨を埋めた者もいよう。そして時間は絶えず流れ、浅間の煙は何ごともなく麓の村に灰を降らしていたのだ、草の花は咲き草の実はこぼれ、そして旅人は、煙のような感傷を心に感じていたでもあろう。

宿屋の二階で、せせらぎの音を耳にしながら、僕の心は暗く沈んでいた。陽《ひ》が暮れると、裸電球の光を恋い慕って、大きな蛾《が》や小さな羽蟻《はあり》が部屋の中にはいって来て、そこここを飛び廻った。僕は粗末な一閑張《いっかんばり》の机の上に小説の草稿をひろげ、ぼんやりと考えに耽《ふけ》っていた。僕は何を考えていたのだろうか、——恐らくは忘却というようなことを。

藤木忍が死んでからもう何年かが過ぎ去った。そして僕は次第に、少しずつ、彼の俤《おもかげ》を忘れて行きつつある。昔はあんなにも烈《はげ》しく愛した友、人間の情熱とは畢竟《ひっきょう》そんなにも儚《はかな》い、身勝手な、仮初《かりそめ》のものにすぎないのか。藤木千枝子、——初夏の夜にお茶の水の駅であっけなく別れてから、もはや、彼女とは何の交渉もなくなってしまった。彼女は僕を忘れ、僕は彼女を忘れてしまった。そして人間は、新しい事実を覚えるために、古い悦《よろこ》びも悲しみも、みんな意識の下へ押し沈めてしまわなければならないのか。新しい悩み、新しい苦しみのためには、人はすべてを忘れ去ることが出来るだろうか。

しかし僕は千枝子を忘れてはいなかった。いな、千枝子が別れて行ってから、僕の心は一層強く燃え上っていたのだ。本郷の下宿で、夜、机に凭《もた》れて遠くから聞えて来る出征の万歳などを耳にすると、矢も楯《たて》もたまらず会いに行きたいと思ったものだ。しかし僕は自分の意志を靭くした。僕の恃《たの》むものとてはこの意志の他《ほか》にはなかったから。思慕の念があまりにも高まると、僕は机の上のペイパーナイフを取り上げ、それで何度も掌《てのひら》を突いた。忘却を強いるには苦痛しかなかった。しかし苦痛は意志を靭くしたかもしれないが、心に忘却を強いることは出来なかった。

次の日の午前、僕は往還から山道の方へ逸《そ》れて、よく霽《は》れた浅間山を栗《くり》の木の葉越に眺めながら登って行った。たしかこっちへ行くと千枝子の学校の寮へ出る、——心にそう思いながらもそれを期待するでもなく、ただ足の向くがままにまかせていた。

林道が細い山道に交叉して横にひらけ、そこを少し登ると樹々の葉群《はむれ》の間にヴェランダのある二階家が見えた。僕は何ということもなしに中庭へはいって行った。不意に、けたたましい笑い声が、ヴェランダから降って来た。三人ほどの少女が、手に手にスケッチブックを持って、そこから見下したまま写生をしていた。僕は慌《あわ》てて、そこに立ち竦《すく》んだ。少女たちは尚《なお》もくすくす笑っていた。

——あの、ちょっとおうかがいしますが、と僕は言った。あの、藤木さんは来ていないでしょうか?

ヴェランダで、藤木さん? と明るい声が繰返し、木霊《こだま》のように、藤木さん、藤木さん、と言い伝える声が家の中で幾つも呼びあった。最後に答が帰って来た。

——藤木さんはまだお見えになっておりません。

僕はヴェランダに向ってぴょこんとお辞儀を一つし、廻れ右をして歩き出した。僕の背中に、また陽気な笑い声が重なり合って降り零《こぼ》れた。僕は林道に出て見はらしのよい丘の上まで行くと、遠くにかすかに陽を浴びて見える八ヶ岳の山々を、煙草《たばこ》をくゆらせながらいつまでも眺めていた。

その日の午後晩《おそ》く、畳の上にごろっと横になって転寝《うたたね》をしていると、宿屋の女中が、お客さまです、と言って襖《ふすま》を明けた。僕が跳ね起きるのと同時に、汐見さん、と言う千枝子の声が、僕の気分から一切の憂愁《ゆうしゅう》を押し流した。

——千枝ちゃん、と胸いっぱいの声で呼んだ。

千枝子は少し恥ずかしげに微笑し、それから急いで、お友達が一緒なの、よくて？と訊《き》いた。

——いいとも、どなた？

——菅さん。

千枝子と並んで、同じような白いブラウスに紺のスカートを履《は》いた大柄《おおがら》な少女が、はにかみながら部屋へはいって来た。僕は愛想《あいそう》よく二人に座をすすめた。

——この方、菅とし子さん。わたしの仲のいいお友達。

——初めまして。

——お名前はかねがね、と言って僕は笑った。

——あらどうして？

そして千枝子の顔をひょいと見て、いつかすっぽかされたことね、とにこにこした。わたくしの方こそ汐見さんのお名前は厭《いや》っていうほど聞かされておりました、と僕に言った。

——厭よ、とし子さん、と千枝子は顔を赧《あか》らめて急いで打消した。それでなくったってわたし、今日はさんざん冷かされちゃった。

——どうして？　と僕は訊いた。

千枝子は怨《うら》めしそうな、拗《す》ねたような表情で僕を見た。

——だって汐見さん、今日の午前中にわたしを訪ねて寮にいらしたそうじゃないの？

——うん。散歩の途中にちょっと寄った。だけど、どうして僕だって分った？

——そりゃ分るわよ。わたし着くそうそうに、みんなからそれは冷かされたわ。

——千枝子さん、そんなに怒るものじゃなくってよ。あなただって嬉《うれ》しそうな顔をなさって、ふふ、やめましょう。

——いいわ、ひどいわ。

僕は具合が悪くなったので話頭を転じた。

——千枝ちゃんいつ着いたの？

——さっきよ。Y湖から小海《こうみ》線で来たの。途中がそれは素敵だった。ねえ、とし子さん？

——ええ。八ヶ岳がよく霽れて。あたくし、ちょっと野辺山あたりで下車してみたかった。

それから二人は、僕のことなんか忘れたように、高原の風景がいかに素晴らしかったかを口々に競い合った。そういう二人は子供っぽかった。僕はそれを、ぼんやりした幸福な感じで眺めていた。

——でもY湖もよかったわね、と千枝子が言った。

——菅さんも御一緒だったんですか？　と僕は尋ねた。

——わたしたち、ずうっと一緒だった、と千枝子が説明した。この方、とても熱心な基督《キリスト》者なのよ、わたしなんか教えられてばかりいるの。とし子さんのような一途《いちず》な信仰が持てたらと、わたしいつも思うわ。

——あら、わたくしなんかまだまだ駄目《だめ》。そんなことおっしゃるものじゃない。

——わたしはいつでもぐらぐらして、迷ったり、苦しんだりしている。この汐見さんて人は、決して信じようとなさらない人なの。そりゃ厳しいの。汐見さんはあたしの躓《つまず》きの石なのよ。

——僕はそんな気持じゃないよ。

——ええ、それでも。わたし沢田先生やとし子さんと一緒だと、信仰は何よりも大事だと思うし、汐見さんと一緒だと、信じられないのも無理のないことだと思うし、本当に辛《つら》くなるわ。とし子さんが少しわたしに加勢して、汐見さんを説得して下さるといいんだけど。

――あたしなんか、ととし子が言った。

――それはやっぱり、説得するなんてことじゃないだろうね、と僕は口を挟《はさ》んだ。信じようという気持が動いている時に、誰《だれ》かが側《そば》にいて導いてくれれば、これに越したことはない。しかしそんな気持が全然ない人間に向って神を云々《うんぬん》したところで、相手は反撥《はんぱつ》を感じるだけじゃないか。

――わたしは、汐見さんには信じようという気持があると思うのよ。孤独の中にわざわざ自分を閉じこめて、苦しみ抜いて、それがただあなた一人の問題にしかすぎないなんて、そんな寂しいことがあるでしょうか。汐見さんのように苦しい立場にある人が、なぜ信じる方に賭《か》けられないのかしら?

――僕はこれで精いっぱいなんだよ、と僕は言った。

――自分に一番近しい人を信仰に導けないようでは駄目ね、ととし子が言った。千枝子はいかにも悲しそうな顔をした。窓の向うで、つくつく法師がしきりに鳴いていた。その時不意に、重苦しい轟音《ごうおん》がとどろき、蟬《せみ》の声が鳴きやんだ。部屋が揺れた。

――帰りましょう、と千枝子がかすかに顔を蒼《あお》ざめさせて、言った。

二人が部屋を出て行きがけに、一足おくれた千枝子の視線がふと僕の眼と会った。千枝ちゃん、明日山の方を一緒に歩いてみないか？　と僕は小声で訊いた。

——二人きりで？

——うん。厭？

千枝子は瞬間、怯《おび》えたような顔をした。ちょっと唇《くちびる》をすぼめ、眉《まゆ》をしかめて僕の胸のあたりを見た。それから眼を起して無言のまま頷《うなず》き返したが、そこに何かしら漠然《ばくぜん》とした、僕の嘗《かつ》て知らない感情が、かすかに揺いでいるのが認められた。

表に出て見ると、浅間がむくむくと真白い噴煙を吐き出していた。煙の頂きは高く昇ってうっすらと夕べの雲に紛れ、東の空に薄《すすき》の穂のようにたなびいた。千枝子は放心した、うつろな眼差《まなざし》で、友達から催促されるまで、じっとそれを眺めていた。

次の日の午後、僕と千枝子とは登山道から林道の方に逸《そ》れて、林の中を二人きりで歩いていた。

浅間は昨日から時を置いて無気味な震動を続けていた。林の間から、山鳥が奇妙な鳴声を立てて飛び立った。千枝子は白いブラウスの上に薄水色のカーディガンを纏《まと》っていたが、山鳴りがすると怖《こわ》そうに身を竦《すく》めた。山の中はしかししんとして、僕等の他《ほか》には誰《だれ》もいなかった。背の高い栗《くり》の樹の頂きで、青々とした栗の毬《いが》がざわざわと揺れていた。

――大丈夫？　と千枝子がつぶらな瞳《ひとみ》を光らせて訊《き》いた。

――何が？　大丈夫さ、まだ熊《くま》なんか出やしないよ。

僕は煙草《たばこ》に火を点《つ》け、それから、臆病《おくびょう》だなあ、と冷かした。千枝子は道の傍《かたわ》らから、早く咲いた秋の七草や高山植物などを摘み取っていた。

――臆病じゃないわ、と答えた。

――弱虫だよ。

――弱虫じゃないわ。

――だって千枝ちゃんは、要するに僕が兵隊に行くのが怖いから、それで別れようなんて考えたんだろう？

千枝子はちらっと僕の顔を見、そのまま俯《うつむ》いて足を運んだ。僕の心は次第に暗く澱《よど》んだ。昨日は、千枝子とまた会ったことを一つの奇蹟《きせき》のように悦《よろこ》ばしく感じていたのに、今日は、すべてが空《むな》しい繰返しにすぎないように思われた。人に会い、人と別れる。別れるためにのみ人は会うと、そう考える僕の心はあまりにも孤独に毒されたものなのだろうか。このような儚《はかな》い二人のあいびきの後に、一体何が残るというのだろうか。僕が兵隊に行ってしまえば、それですべては終りだ。近い将来に、僕は何処《どこ》かの戦場で惨《みじ》めな死にかたをするだろう、そして千枝子はまた誰かを愛したり、悲しんだり、笑ったりして、生きて行くだろう。生きるというのは自分のために生きることだ。ショパンを聴いたり、神を信じたり、小海線を汽車で通ったりすることだ。僕とは何の関係もないのだ……。

——僕は君にあんなことを言われて、随分考えてみたんだ、と独り言のように呟《つぶや》いた。別れなければならない理由なんか、僕には考えもつかない。どうせ僕が応召になれば、生きてまた会えるかどうかは分らない。だから、せめてその時までは、君に会いたいと思うのも当然だろうじゃないか。それをもう会わない方がいいなんて、よくそんな残酷なことが言えるね。

——でも、こうしていれば不幸になるだけでしょう、と千枝子はかすかに言った。

——僕は幸福だよ、君と会っている時だけは、心から幸福だと思うよ。しかし君は、……

——それはあたしだって。でも、……

——要するに君にとって、僕という人間は都合のいい友達にすぎなかったんだ。要するに僕は君の兄さんの代りで、君が大人になるまでの、ていのいい家庭教師にすぎなかったんだ。君は僕を愛してなんかいなかったんだよ。

——汐見さん、と胸の底から搾《しぼ》り出すような声で叫んだ。どうしてそんなひどいことをおっしゃるの。汐見さんを愛しているから、あたしだってこんなに、こんなに、苦しんでいるんじゃないの。

おしまいは泣声に近くなり、顔をそむけて立ち止った。千枝子のか細い肩の線がしぼんで、その背中がいかにも悲しげだった。

——あたしは汐見さんが御自分のことを孤独だとおっしゃるのを聞くたびに、身を切られる思いがするの。あなたがどんなに孤独でも、あたしにしてあげられることは何にもないんじゃないの。

——君が愛してさえくれればいいんだ。

——愛するといったって、……ねえ汐見さん、本当の愛というものは、神の愛を通してしかないのよ。

——僕はそうは思わない。愛するということは最も人間的なことだよ。神を知らない人間だって、愛することは出来るんだよ。

——でも、神を知っていれば、愛することがもっと悦ばしい、美しいものになるのよ。

――じゃ君は、誰か信仰のある人と愛し合えばいいさ。僕のような惨めな人間を愛することなんかないさ。

僕は憤ろしい気持に駆られて、毒のある言葉を叩《たた》きつけた。千枝子の背中が一層わななないた。

――しかし、誓って、僕ほど君を愛している人間は他にいないよ。

僕はそう言って二三歩足を運んだ。うなだれたまま、千枝子は僕の側《そば》に寄り添って歩き出した。片手に摘み取った花束をしっかと握っていた。

――そりゃ僕は孤独だし、孤独な状態は惨めだと思うよ、と僕は語り続けた。孤独な人間は、この戦争が厭《いや》だと思っても何にも出来やしない、手を拱《こまね》いて召集の来るのを待っているだけだ。そして召集が来たら、屠殺《とさつ》されるのを待っているだけだ。もし何か此所に組織のようなものがあって、戦争に反対する人間が一緒に力を合せてこの戦争を阻止できるものなら、今の僕は悦んでそれに参加するよ。ちっぽけな孤独なんか抛《ほう》り投げて、みんなの幸福のために闘うよ。しかしそんな組織が何処にあるんだろうね。僕は何にも知らない。コンミュニストの連中はとうに摑《つか》まってしまったし、こんな強力な憲兵政治の敷かれている国では、どんな小さな自由の芽生《めばえ》だって直に捥《も》ぎ取られてしまうのだ。僕なんか、たった一人孤立して、思ったままを打明けられる相手といったら、ほんとに君一人ぐらいのものだ。だからせめて、自分のちっぽけな孤独だけは何よりも大事にしたいのさ。

僕等はなだらかな傾斜を登り、村の方を遥《はる》かに見下す小さな丘の上まで来た。僕等は草の上に並んで腰を下した。近くの畑の中で山羊《やぎ》が鳴き、乾いた道の上には轍《わだち》の痕《あと》がくぼみ、遠くの森が陽《ひ》を受けて青く光った。浅間山の頂上からは絶え間もなく新鮮な煙が流れ、夏の空は限りなく高かった。千枝子は着ていたカーディガンを脱いだ。

――神を信じている人間でさえ、と僕は言った。隣人を愛することが義務だと思っている人間でさえ、戦争に反対しないぐらいだもの、どうして他の連中にそれが出来るだろう。基督《キリスト》教徒が真先に反対したら、それが皮切りになって反戦運動が起ったかもしれない。原始基督教のローマの迫害だって、日本の切支丹《キリシタン》の歴史だって、ああいう反抗のしかたは、彼等がやっぱり組織を持っていたからだと思うんだ。基督教にはそういう歴史がある、それが無条件で戦争を肯定して、大日本帝国のために祈るような世の中じゃ、個人個人の反対なんか何の力もないだろうよ。僕はこんな御託を並べている自分が、実際は何にもしないで、何も出来ないで、卑怯《ひきょう》だとは思う。僕だって、もし君の沢田先生とやらが、この戦争に反対して立ち上ったのなら、悦んでその人の味方になるよ。内村鑑三は御真影を拝むのを拒否して、不敬事件に問われたじゃないか。そんな気骨のある人はもういないんだろうか。教会が無力なように、無教会も無力じゃないか。それだったら神を信じるということは、日向《ひなた》ぼっこをしているのと同じことだ。そんな神なんか信じない方がいい。僕の孤独も無力かもしれないが、少くとも神なんかに頼って、この神が日本を救えと命令したなんぞと考えるよりは、百倍も正直で人間らしいと思うのだ。神がいたら苦しまなくても済むかもしれないのに、神がいないからこそ、僕は人間らしく苦しむことが出来るのだ。愛することも、苦しむことも、神とは関係がないと思うよ。

僕は口の中を次第に乾からびさせて、疲れたように口を閉じた。千枝子は膝《ひざ》の上に畳んだカーディガンを置き、手にした草花をじっと見詰めていた。もはや僕の言うべき言葉もなかった。あたりは静かで、山羊の鳴く声が、かすかに、ものうく聞えて来るばかりだった。

――つまらないことを言ったね、と僕は呟《つぶや》いた。

千枝子は顔を僕の方に向けた。やや蒼《あお》ざめた、ひたむきな表情が、僕の瞳に食い入るように見入った。

――どうしても神を信じないのね？　と訊《き》いた。

――信じない。

――じゃ何を信じるの？

――何も信じない。

――何も信じないの？　あたしも信じてくれないの？

――君？　……君は信じるよ、君だけは。

――でも、でも人間の心なんて儚いものよ、神の愛は変らないけれど、人間の愛には終りがあるのよ。

――そうかもしれない。しかし僕は君を選んだのだ。だから、君を愛しているこの僕の心だけは、信じたいのだ。僕が選んだのは君だけだ。

――そう、とかすかに頷《うなず》いた。

僕は両手の間に頭を埋めて、言いようのない悔恨を感じ始めていた。どのように口を酸くして語り合ったところで、人は自分の意志を他人に押しつけることは出来ない。千枝子が神を信じなくなるわけでも、また僕が神を信じて基督教徒になるわけでもない。愛もまた、――恐らくは愛もまた、人が心の中に描いたイメージを、自分自身の孤独で彩《いろど》り、勝手な、都合のよい夢を見ているだけなのだ。むかし藤木忍は、僕がどのように意中を打明けても、僕の愛を理解し得なかった。藤木千枝子も、恐らくは、僕のこの燃え上る心を、地上の空《むな》しい幻影としか見ないだろう。こんなにも天上の、楽園の、永遠の愛を夢想する僕も、ただ神を信じていないばかりに、千枝子の眼《め》からは単なる不法の人としか思われないだろう。

——分ったわ、とその時、千枝子が言った。

言うなり、カーディガンを僕に渡して立ち上った。手には花を握り、胸を張って息を吸い込み、僕の方を向いて、もう議論はやめましょうね、と優しく言った。

——あたし、もっと花を摘んで来る、と独り言のように呟くと、道を逸れて林の中へはいって行った。

僕は膝の上に水色のカーディガンを置き、その暖かい毛糸の温みの中に指を埋め、厭《いや》なことを考えるのはよそう、と思った。林の向うに、火山の山肌《やまはだ》が茶と緑との混り合った微妙な色合を見せ、殆《ほとん》ど壁のようにそそり立っている。蟬《せみ》が林の中で、途切れ途切れに鳴いている。未来の苦痛を思うよりも、今の、この自然、この平和を自分のものにすることの方が大事なのではないか。千枝子が花を摘み、僕がこうして山を見ているこの時間に、戦争も、死も、神も、そんなものが僕等と何の関係があろう。今は今のように生きている。ただこの今のほかに、どんな生きかたがあるだろう。

——千枝ちゃん……、と僕は呼んだ。

答は帰って来なかったから、僕はカーディガンを片手に摑《つか》んで立ち上り、林の中へ後を追って行った。

林の中は静かで、急に肌寒い葉群のしめりを感じた。あけびの蔓《つる》が足に絡《から》んだり、低く垂れた栗《くり》の枝に行手を遮《さえぎ》られたりした。暫《しばら》く歩いても千枝子のいる気配はなかった。僕は二度ほどその名を呼び、耳を澄ました。

あたりには橅《ぶな》や楢《なら》や櫟《くぬぎ》や松などが、森閑と立ち茂り、ところどころに白樺《しらかば》がすらりとした幹を見せていた。頭上を覆《おお》った枝々の間から、午後の太陽の光線が奇妙な濃淡の斑《まだら》模様をなして流れ込んだ。僕はまた少し歩いた。足許《あしもと》はゆるやかな勾配《こうばい》で登りになり、靴《くつ》を履《は》いた足が次第に冷たくなった。

——千枝ちゃん……、とまた呼んだ。

不意に笑い声がすぐ側でした。僕がびっくりして立ち竦《すく》むと、それまであけびの蔭に蹲《うずくま》っていた千枝子が、さっと立って走り出した。待ってくれよ、と叫びながら、僕もそのあとを追って走った。千枝子は甲高い声で笑った。蔦《つた》の絡んだ樹の幹が走り、茨《いばら》の茂みが走り、林の全体が右に傾いたり左に傾いたりした。ただ千枝子の白いブラウスだけが、ひらひらと僕の視野の中で遠ざかったり近づいたりした。

不意と、声を立てて千枝子が立ち止った。僕は息を切らしながらやっと追いつくと、抱きすくめるようにその胸に手を廻した。千枝子は片手に、摘んだ花をしっかと握りしめ、空《あ》いた方の手を怖《お》ず怖ずと側の櫟の枝の方に延していた。

——ほら。

小さな獣が一匹、きょとんとした表情で、枝の上から僕等を見下していた。

——栗鼠《りす》だよ、と叫んで僕は吹き出した。

——ああびっくりした。急にぴょんと跳ねたんだもの。

栗鼠は栗色の丸々とした尻尾《しっぽ》をくるっと立てると、こっちの方がびっくりしたんだと言いたげに、眼をくるくるさせた。と思うまに、ひらりと向きを変え、枝づたいに素早く逃げて行ってしまった。僕は声を立てて笑った。

——千枝ちゃんの弱虫。ね、僕の言った通りだろう?

僕は最初に追いついた時と同じように、まだ背中から彼女の身体を抱きかかえていた。僕の両手はちょうど彼女の胸の上に置かれ、その優しい、暖かい、ふっくらした丸味が、かすかに僕の手に感じられた。千枝子は身体をしなわせ、僕の手の上を片手で抑えた。恥ずかしげに僕の方に横顔を見せた。

——あたし、動物園以外で栗鼠を見たの初めてよ。

彼女の断髪の髪がさらさらと僕の頬《ほお》に触れた。乳房が一層暖かく、僕の手の中に盛り上った。僕はその身体を折り曲げるようにして脣《くちびる》を探した。

——花を、花を潰《つぶ》しちゃ駄目《だめ》よ、と叫んだ。

しかし次の瞬間に、僕等は固く抱き合って、頽《くず》れるようにその場に倒れていた。湿っぽい草の匂《におい》と、少女のみずみずしい肌《はだ》の匂とが、僕の意識を充《みた》し、熱い脣の感触がその中を火花のように貫いた。掌《てのひら》の五本の指が、まさぐるように彼女の髪を求め、それを僕の顔の方へ押しつけた。髪は乱れて顔を半ば隠していた。脣をゆるめると、千枝子は切ないような烈《はげ》しい呼吸をした。

そして僕等は絡み合ったまま倒れていた。僕は片手でその髪を草の茂みから支えるように抱き、空いた手を彼女の胸の上に置いた。呼吸の度にその胸はゆるやかに盛り上った。

——あたしのお乳、こんなに小さいのよ、と小さな声で千枝子が言った。

そう言うなり、恥ずかしくてたまらないように顔を僕の方へ埋めて来た。その小さな暖かい乳房、僕の嘗《かつ》て知らないもの、それは僕の情熱の全部を沸騰《ふっとう》させるのに充分だった。僕は狂おしく彼女の脣を求めた。一切が僕等の廻りで死に絶え、ただ僕等だけが生きていた。僕の脣は彼女の脣に、僕の胸は彼女の胸に、僕の腹は彼女の腹に、僕の脚は彼女の脚に、一つに触れ合い、絡み合い、膠着《こうちゃく》した。それはすべてが可能な瞬間だった。僕の腕は可能の腕、僕の身体は可能の身体だった。千枝子は無抵抗に、僕に抱かれたまま眼を閉じていた。

　不意に烈しく山が鳴った。木の葉が、はらはらと僕等の上に落ちて来た。千枝子は身体を小さくして僕にしがみついた。その身体は小刻みに揺れ、暖かく汗ばんでいた。僕の手の触れるものが、直接の裸の皮膚なのか、下着を通してのその肌触りなのか、僕にはもう見分けがつかなかった。着ているものも、もう肉体の一部のように、羞恥《しゅうち》に汗ばみ、顫《ふる》え、踠《もが》いた。それは一つの燃えるかたまり、僕の欲望の具象化された現在だった。それはもう千枝子ではなく、僕の書いている小説の中の少女、作者が恣《ほしいまま》にその運命を操ることの出来る一人の登場人物にすぎなかった。最後の意志と決断があれば、それでもう僕等の、——小説ではなく、生きた僕等の——運命はさだまった筈《はず》だった。

　しかし、何かが僕をためらわせた。何か、——それは何だったろう。僕はその時の僕の意識を正確に思い出し得ない。恐らくはさまざまの、遠いそして近い理由が、意識と無意識との隅々《すみずみ》に隠されていたのだろう。しかしどのように分析したところで、この逡巡《しゅんじゅん》の全部の原因を、明かにすることは出来ないと思う。要するにそこに、僕が最後の瞬間にためらったという一つの事実がある。人気《ひとけ》のない高原の原始林の中で、僕が獣にはなれなかったという一つの事実がある。僕が感じていたものは、愛の極まりとしての幸福感ではなく、僕の内部にある恐怖、一種の精神的な死の観念からの、漠然《ばくぜん》とした逃避のようなものだった。僕は何かしらが怖《こわ》かった。僕の手の中に抱かれている千枝子が、ふと、僕にとっての未知の女、僕の内部への闖入者《ちんにゅうしゃ》のように錯覚された。

僕はそうして千枝子を抱いたまま、時の流れの外に、ひとり閉じこもった。僕はその瞬間にもなお孤独を感じていた。いな、この時ほど、自分の惨《みじ》めな、無益な孤独を、感じたことはなかった。どのような情熱の焔も、この自己を見詰めている理性の泉を熱くすることはなかった。山が鳴り、木の葉が散り、僕等の身体が次第に落葉の中に埋められて行くその時でも、愛は僕を死の如《ごと》き忘却にまで導くことはなかった。もう一歩を踏み出せば、時は永遠にとどまるかもしれない。しかしその死が、僕に与える筈の悦《よろこ》びとは何だろうか、――僕はそう計量した。激情と虚無との間にあって、この生きた少女の肉体が僕を一つの死へと誘惑する限り、僕は僕の孤独を殺すことは出来なかった。そんなにも無益な孤独が、千枝子に於《お》ける神のように、僕のささやかな存在理由の全部だった。この孤独は無益だった。しかしこの孤独は純潔だった。

千枝子は僕の手から抜け出し、向うむきになって急いで服の乱れを直した。それから俯《うつむ》いて散らばった摘草を拾い始めた。僕も半身を起した。撫子《なでしこ》やたかねすみれや竜胆《りんどう》などが、そこここに落ちていた。僕は少し離れた処《ところ》に抛《ほう》り出されたままになっているカーディガンを取って来て、それを千枝子に着せかけてやった。千枝子は黙って向うを向いたまま、僕がジャケツの袖《そで》を通してやるのにまかせていた。

――ここにねむの木があったんだね、と僕は言った。

いま気がついてみると、僕等が横になっていたほんの側に、小さなねむの木が幾つも枝を垂れていた。花はもう散って、ただ羽毛のように葉をつけたしなやかな枝が、かすかに揺れながらその廻りに静寂を繰りひろげていた。もし僕等がお互いに愛し合い、理解し合い、何の煩《わずら》いもなく何の不安もなく、ねむの葉蔭に新床を持つことが出来るならば。このように苦しむこともなく、もっと自然に、もっと素直に、僕等が愛し合えるならば。――ねむの葉は、夕べを待って、一日の、平和な、忘却の眠りを眠るだろう。その小さなねむの眺《なが》めが、僕の心を悲しくした。

僕が暫《しばら》く放心していた間に、千枝子は林の間を抜けて、どんどん元の方へ戻《もど》って行った。僕もその後を追ったが、千枝子の足は走るように早かった。なぜともしらぬ後悔が、僕の心を重たくし、何処《どこ》までも尽きない原始林のように心の中に薄暗く生い茂った。

林道に出てやっと千枝子に追いつき、僕等は肩を並べて歩いた。振り返ると、次第に西に傾いた陽《ひ》の光を受けて、浅間の山肌が橙色《だいだいいろ》に移っていた。山頂からは噴煙がむくむくと絶え間もなく立ち昇った。僕が足を停《と》めて山を見ている間にも、千枝子は振り向きもせずに黙って道を歩いて行った。摘まれた花が、彼女の手の中で、いつしか萎《しお》れ始めていた。

次の日、僕は道で菅さんに会い、千枝子が午前の汽車で東京に帰ったことを知った。その次の日、僕は、僕もまた、ひとり高原を後にした。夏の短い休暇はそのように終った。

帰って一週間ほどして、千枝子から短い手紙をもらった。やはり別れた方がいいと思うと、その手紙には書かれていた。僕は返事を出さなかった。

その年の十二月の下旬に、僕に召集令状が来た。

僕は僕なりに覚悟をしていたつもりだったが、下宿のお内儀《かみ》さんから赤紙を手渡された時に、奈落の底へ落ち込むような気持を禁じ得なかった。僕は急いで自分の部屋へ戻り、鏡に自分の顔を映してみた。蒼《あお》ざめた、とげとげしい顔をしていた。冷たい息のために白く曇って行く鏡の表面を、僕はそれが他人の顔であるように見詰めていた。

僕が最初に考えたのは千枝子のことだった。夏にO村で別れて以来、僕等はもう一度も顔を合せていなかった。僕は彼女のことを忘れようとつとめていた。孤独、——いかなる誘惑とも闘い、いかなる強制とも闘えるだけの孤独、僕はそれを英雄の孤独と名づけ、自分の精神を鞭《むち》打ち続けた。僕は過ぎ去ったことどもを、めめしく後悔しようとは思わなかった。もし千枝子が僕と離れようとするだけの充分の理由を持っているならば、今さら僕が無益な努力をしたとて、それが何になるだろう。彼女は彼女のように生き、僕は僕のように生きる。青春の一時期に、二人が愛し合っていたという記憶だけがあればよい。二人を繋《つな》ぐ糸が切れれば、もはやその記憶さえも、二人の心の中で次第に薄れて行くだろう。

僕はO村から帰ってそう決心した。秋も深くなった或《あ》る夕方、僕は偶然、お茶の水の駅で菅とし子に会った。僕が千枝子の消息を訊《き》いた時に、菅さんは困ったような顔をし、あの方、婚約なさったらしいんですのよ、と言った。僕はしたたかに頰《ほお》を殴られたような気がしたが、直に自分を取り直した。そんなことは何でもないという顔をしたかったが、きっと僕の頰はこの打撃に歪《ゆが》んでいただろう。

——矢代ですか？と僕は訊いた。

——いいえ、石井さんですの。沢田先生が何だかとてもお力を入れていらっしゃるようですわ。

僕等は直に別れた。一人になると、僕はそれでいいのだと思い続けた。僕は歩きながら口笛を吹いていた。それがショパンの協奏曲の旋律だということに、僕はなかなか気がつかなかった。

令状を受け取った時に、僕が一番会いたいと思ったのは千枝子だった。それは愛の想《おも》いというより、古くからの女友達に対する心からの友情のあらわれ、恋しさよりは懐《なつか》しさのまさったものだった。千枝子のことなら僕は何でも知っていたし、僕のことで彼女の知らないことはなかった。二人はそういう友達だった。いま僕が兵隊に行くという最後の時に当って、彼女と会わずじまいで別れるというのはいかにも不自然な気がした。たとえ誰《だれ》と婚約しようと、千枝子は僕の最も近しい友達なのではないだろうか。それに彼女の母親とも会いたかった。

しかし僕は直に反撥《はんぱつ》した。僕は孤独な生きかたを自分に誓ったのだ。ここで千枝子に会うことは、ただ他人の同情を惹《ひ》くだけの感傷的な行為にすぎないだろう。それは自分の弱さを露呈する以外の何ものでもないだろう。今さら千枝子に会い、その快活な笑顔を見、その少し甲高い声を聞いて、彼女の印象を僕の記憶に新しく刻み込んで行ったところで、それが戦場に置かれた僕に何の支えになるというのか。支えは自分の孤独しかない、理性的な行為と理性的な死とを自分に課す、この厳しい小宇宙の他にはない。要するに問題は僕一人に限られ、もはや千枝子が僕の内部に干与する余地は、残されていない筈《はず》だった。

しかし僕はまた思い返した。僕の青春はあまりに貧困だった。それは僕の未完成の小説のように（僕の小説は秋になってから少しも進行していなかった。草稿は塵《ちり》にまみれて、机の上に積み重ねられていた）、空《むな》しい願望と、実現しない計画との連続にすぎなかった。この青春が、いま、此所《ここ》で、国家の意志によって、無理やりに中絶されてしまうものならば、せめてその最後の一頁《ページ》を、少しでも美しく飾ってはいけないだろうか。せめて……。

僕はぎりぎりまで東京にいて、夜行列車で郷里に立つつもりでいた。その最後の日の晩に、日比谷の公会堂で催されるピアノの演奏会の広告を、僕は新聞で見た。僕はその切符を二枚買い求め、短い文章を附けてその一枚を千枝子に速達で送った。それが僕の予定した僕の青春の最後の一頁だった。もし千枝子が来れば、僕は彼女と一緒にショパンを聞き（その演奏会は、彼女の好きなショパンばかりの番組だった）、それから別れて汽車で立つだろう。もし来なければ、――その時はもともとなのだ。僕はこの計画を多少芝居じみているとは思った。しかし作品を美しく構成することが芸術家の仕事だとすれば、現実を美しく構成することも、また一つの仕事ではないだろうか。特に僕のような失敗した芸術家にとって、最後の一頁を小説にではなく、現実の上に書きたいと思うことは、せめてもの貧しい願いだった。

最後の日の朝、僕は下宿の庭へ出て、日記やノオトなどと共に、未完成に終った僕の小説の草稿を焼いた。霜の下りた黒土の上で、小さな焔《ほのお》をあげながら、乾いた紙はぱりぱりと燃え続けた。僕は竹の棒で時々それを掻《か》きまぜながら、かじかんだ手を焔にかざした。冬の空に、かすかに飛行機の爆音が聞えていた。

演奏が始る時間になっても、僕の隣の席はまだ空いたままだった。

あたりがしんとし、薄暗くなった客席の間に、期待の籠《こも》った沈黙が熱っぽく感じられた。ステージの上にだけ、照明が当てられ、黒光りに光っている大型のピアノの前に、燕尾《えんび》服《ふく》を着た小柄《こがら》な男が、少し気取って両手を動かし始めた。恐らくはショパンも、こうした、少し気取った青年だったのだろう。聴衆のことなんぞ気にも留めないような顔をして、自分の手から生れて行く旋律にうっとりと聴きほれながら、じっと眼《め》をつぶっていたのだろう。甘美な、生への誘惑のような音の波が、ホールの中をきらきらと光りながら走り過ぎた。生への？——しかしそれは、死への誘惑であるかもしれなかった。僕の心の中を占めていたものは、烈《はげ》しい忘却への憧《あこが》れだった。すべての忌《いま》わしい現実を忘れ去り、ただ、この瞬間の陶酔にのみ自己を鎖《とざ》してしまいたい烈しい欲求だった。そして未来を志向しない欲求には、常に不安が隠されていた。

休憩になっても千枝子は来なかった。僕はロビーに出て、受附のところまで行き、もぎりの女性の側《そば》に立っていた。慌《あわただ》しく駆けつけて来る客の中にも、その姿はなかった。

僕の隣の席だけがぽつんと取り残された。それがいかにも寒々と感じられた。曲が始り、二三人置いた先で、学生らしい若い男が、曲に合せて楽譜をめくっていた。そのかすかな紙の音さえ、僕にはやるせなくうそ寒かった。千枝子はもう来ないだろう。僕は自分の意志にそむいて、彼女に切符などを送った子供っぽい僕の芝居げを憐《あわれ》んだ。もし会いたいのならば、堂々と彼女の家を訪ねればよかったのだ。そうすれば彼女の母親とも、最後の挨拶《あいさつ》を交すことが出来たのだ。すべてはもう遅かった。千枝子の来ない理由がさまざまに推測された。しかし、要するに、僕は愛されていたのではなかったという、そのただ一つの理由が、僕の思考を追い詰めて行った。

次の休憩の時間に、僕は煙草《たばこ》をふかしながら受附の方へ歩いて行く途中、若い女性から挨拶された。

――お久しぶりですわね。

その子供っぽくにこにこした表情は、見覚えのある菅とし子だった。僕は反射的に訊いた。

――おひとり？

――ええ、一人ですの？　あなたも？

僕は頷《うなず》き、二人で露台の方へと足を向けた。本当のことを打明けたものだろうかと僕は考えていた。ひょっとしたら、この人が何かことづかって来たのかもしれないと思った。

――ショパンて本当に甘いんですわね、と尚《なお》もにこにこしながらとし子が言った。

僕等は手摺《てすり》に凭《もた》れて外を見た。暗い、星のない夜がひろがり、広場を囲んだ樹々が、仄《ほの》かな街灯の光を受けて、寒々と立ち竦《すく》んでいた。

――あなたは音楽会へはよくいらっしゃるんですか？　と僕は訊いた。

――ええ、好きですから。汐見さんも御常連ですってね？

——僕はそれほどでもないが……。

——いいえ、知っていますのよ。千枝子さんがいつもそうおっしゃるから。あたくし、前にも此所でお会いしたことがあるような気がします。

僕はぼんやりと、遠くの方で瞬《また》いている灯影《ほかげ》を見詰めていたが、その時ふっと、先程からのとし子の笑顔に一種の意味があるのに思い当った。

——あれはあなただったんですか？　と頓狂《とんきょう》な声で訊いた。千枝ちゃんのお友達で、音楽が大好きで、ショパンを甘いって言った人？

——ええ、それあたくしのことですわ。

二人とも笑った。とし子の笑顔は小さな靨《えくぼ》が頬《ほお》に出来て魅力的だった。そして僕は、本当に久しぶりに、自分が声を立てて笑ったことに気がついた。

——汐見さんはとてもむきになって、あたくしのことを攻撃なさったそうですのね、とし子が言った。千枝子さんからさんざん聞かされました。

僕は自分の微笑が、次第に味苦く変って行くのを感じた。

——いつかお茶の水の駅でお会いしましたね、と僕は言った。あの人が矢代と婚約したってのはやっぱり本当ですか？

——あら、石井さんとですのよ。あたくし矢代さんて申し上げましたかしら？

――そうだった。僕の勘違いでした。石井か、あの人が石井と結婚するなんて、どうも不思議なような気がする。

――そうですわね、ととし子は手摺から外を見ながら頷いた。あたくし、千枝子さんは汐見さんと結婚なさるのだとばかり思っていました。

――そういう意味で言ったんじゃありません、と苦い声で答えた。僕なんか駄目《だめ》です。だいたい僕は神を信じていませんからね。

――あら、そんなこと、と言って僕の方に顔を向け、しげしげと眼の中を覗《のぞ》き込んだ。神を信じていようといまいと、愛してさえいれば問題にならないのじゃありませんかしら？　御免なさい、こんな生意気言って。

開演のベルがその時鳴り始めた。あたりの人影がざわざわと揺れた。

――愛してさえいればね、と僕は嘲《あざけ》るように相手の言葉を繰返した。あの人は僕を愛してなんかいないんですよ。

――そんなことはありませんわ、と人が振り返るほど、とし子は強く叫んだ。

――じゃなぜ石井と結婚するんです？

――それはあたくしも存じません。けれど、千枝子さんがあなたのことを想《おも》っていらっしゃるのは、もう決して間違いのないことですわ。あたくしそれをいつでも感じていましたわ。

僕は歩き出した。既にロビーには人影が疎《まば》らになって、電灯だけがきらきらと明るかった。

——僕は駄目ですよ、と側に並んで歩くとし子の方を見もせずに、僕は繰返した。それに僕は、召集が来てこれから立つところなんですからね。

——え、本当？　いつですの？　と腕に縋《すが》るようにして訊いた。

——今晩です。今晩の夜行で立つんです。それじゃさよなら。

僕は振り向かずに、廊下の扉《とびら》を押してホールへはいった。中はもう薄暗かった。僕が席に就《つ》くか就かないうちに、ピアノの澄んだ音色がきらびやかにステージから降って来た。僕の隣の席は依然として空いていた。

僕はもう何も考えなかった。あれがとし子でなく千枝子だったらとも思わなかった。千枝子に会えないのは心残りだったが、今はそれも忘れようと思った。この甘いショパン、ただそれを聴きながら、幸福そうな顔をしてピアニストを見守っている多くの聴衆たちと同じように、僕も幸福そうな顔をしようとつとめた。この多勢の人たちの中には、愛し合う恋人たちもいるだろう。この旋律よりももっと甘い愛の想いに、胸をわななかせている人たちもいるだろう。彼等が幸福であればそれでいいのだ。自分というものに満足し、愛していることに満足している人たちが、沢山いればいいのだ。いつかは戦争が終って、また平和な時代が来るだろう。その時まで、ひたむきに音楽に聴き入っている青年たちの真剣な瞳と、豊かな愛に息づいた少女たちの優しい微笑とが、喪《うしな》われさえしなければいいのだ。君たちが幸福でさえあれば、僕はそれでいいのだ……。

曲目が終り、アンコールも終った。僕がホールの中から人波に押されて出て来ると、明るい廊下に、菅とし子が少し顔色を蒼《あお》ざめさせて、僕を待って立っていた。

――菅さん、待っていてくれなくてもよかったのに、と僕は言った。

とし子は僕と並んで出口の方へ歩きながら、本当に今晩お立ちになるんですの？と訊いた。

――そうです、これから東京駅へ行くんです。

――で千枝子さんは？　駅でお待ちになっていらっしゃるの？

――いや駅で待っている筈《はず》はありません。汽車の時間を知らないんだから。

公会堂の階段を降りて薄暗い広場へ出ると、空気は冷たく乾燥していた。この前ショパンを聞いた時には千枝子と一緒だった。それは春の終りだった。僕はそういうことを思い出していた。

——千枝子さんとはお会いになりましたの？　ととし子が訊いた。

——いや、ずっと会っていません、と僕は答えた。どうしてるんですか、この頃《ごろ》？

——なぜお別れを言いに行ってておあげにならなかったのでしょう？　と意外そうな、咎《とが》めるような声音《こわね》で尋ねた。考えられませんわ、そんなこと。

僕は黙っていた。僕等は有楽町の駅の方に向けて歩いた。

——千枝子さん、近頃少しお痩《や》せになった、と低い声で言った。お風邪《かぜ》とかで、この二三日学校をお休みなんですのよ。

——そうですか、風邪を引いているんですか、と僕は少し生き生きした声で答えた。風邪を引いているから彼女は今晩来られなかったのだ、——そう考えると、僕は多少の慰めを感じた。

有楽町の駅で、とし子は東京駅まで送ると言ってきかなかったが、僕はそれを断った。

——僕は誰《だれ》にも送ってもらいたくないんですよ、と笑いながら言った。最後の晩に音楽会に行くような僕なんだから、少し変っているんです。

——そうですか。何だか残り惜しいけれど。

——いいんです。ありがとう。あなたにお会いしたので少し気持が霽《は》れました。どうか元気でいて下さい。

——さようなら、どうぞお身体をお大切に。武運長久をお祈りしておりますわ。

——さよなら。千枝ちゃんに宜《よろ》しく。早く風邪を直すように言って下さい。

とし子は潤《うる》んだ眼を強《し》いて微笑させると、改札口へと歩いて行った。僕はその後姿を見送り、それから一人になって銀座の通りをぶらぶらと散歩した。汽車の時間にはまだ少し早かった。僕はオーヴァのポケットに両手を突込み、何の屈託もないような顔をしてショウウインドウなどを覗き込んだ。クリスマス前というのに、僕の学生時代の頃に較《くら》べれば、銀座の賑《にぎわ》いもずっと寂しく感じられた。歩いている人たちの間に、兵隊の数が多かった。将校と行き会う度に、彼等は急にしゃんとなって敬礼した。僕はその一人一人のぎごちない恰好《かっこう》に、自分の未来の影を見た。店先のスピーカーが、勢いのよい軍歌の旋律を鋪道《ほどう》の上に蒔《ま》き散らした。

僕は有楽町の駅まで戻《もど》り、そこで一時預にしておいたトランクを出して東京駅に向った。

電灯の白く反射したプラットフォームの上は、見送りの人たちで雑沓《ざっとう》していた。その殆《ほとん》どが出征の見送りだった。彼等は手に手に小旗を持ち、丸く輪になって軍歌を歌っていた。輪の中央には、赤い襷《たすき》を掛けた男が、何とも言えない一種の表情を浮べて、直立不動で立っていた。僕はこうした儀式をみんな断ってしまった自分に、ほっとした安堵《あんど》を覚えた。僕にはとても耐えられそうになかった。

サーベルをぶら下げた若い将校が、僕の方へ歩み寄って来た時に、僕は面くらってちょっとどぎまぎした。それは立花だった。僕の高等学校時代の理科の友人だった。弓で一緒だった連中は、地方へ勤務している者もあり、兵隊へ行った者もあって、東京に残ったのは航空本部に勤めている立花一人だったから、僕は電話で彼に別れを告げておいたのだ。しかし見送りに来てくれるとは思わなかった。

——なぜ来たんだ？　忙しいんだろう？　と僕は訊いた。

——なぜって奴《やつ》があるかい、馬鹿野郎《ばかやろう》。来るのが当り前だ。

——僕は嫌《きら》いなんだよ、こういうことは。

——いいさ。何も己《おれ》だって此所で歌なんかうたいはしないよ。

僕等は柱の側で立話をした。列車がフォームにはいって来ると、立花は僕のトランクを持って客席の中まで運んでくれた。

——とにかく死なないようにしろよ、と彼は言った。死ぬのが一番馬鹿げている。要領よくやるんだぞ。仮病でも何でも使うんだ。とにかく、うまくやれよ。

——ありがとう、と僕は言った。

立花は実例をあげて、彼の謂《い》わゆる要領についていろいろと説明した。立花は高等学校の頃とちっとも変っていなかった。白線のついた帽子の代りに、しかつめらしい軍帽をかぶっているのが滑稽《こっけい》だった。それは昔、いつも黙って僕を見守り、直接にそれと感じられないような、実のある友情を注いでくれた男だ。

ベルが鳴り始め、彼は客車から出ると窓の外から僕の方を見てにこにこ笑った。僕は窓を明けてその手を握った。

――いずれまた会おう。元気でやれよ。

――うん、君も元気で、と僕は言った。

フォームのあちこちで万歳の声が起った。立花は汽車が出る時に挙手の礼をした。僕は暫く手を振り、それから窓を締めた。客車の中はスチームで暖かかったが、僕はオーヴァの襟《えり》を立てた。

品川はすぐだった。汽車が品川を出ると、僕は蒸気で曇った窓硝子《ガラス》をハンカチで拭《ふ》いた。次から次へと灯影が暗闇《くらやみ》の中を走り過ぎるのを、ぴったりと窓硝子に顔を寄せて、僕は一心に見守った。硝子に触れた鼻の頭が、痛いほど冷たかった。

夜なので地形も分らず、小さなアパートの灯火を認めようとするのはむずかしかった。それは殆ど不可能だった。僕は息を殺していた。しかし僕はそれを認めた。認めたと思った。千枝子の部屋の小さな明りが、一瞬、僕の網膜に焼きついて、流星のように走り去った。そして幾つもの灯火が、後から後からと流れて行った。

その時僕が思い出したのは、昔H村で見た夜光虫の海だった。あのきらきらした、寄せては返す波の戯れだった。そして僕は藤木忍の、かすかに呟《つぶや》いた言葉を思い起した。――だって一人で死ぬのはあんまり寂しいもの。

藤木、と僕は心の中で呼び掛けた。藤木、君は僕を愛してはくれなかった。そして君の妹は、僕を愛してはくれなかった。僕は一人きりで死ぬだろう……。

次第に速力を早くする夜汽車の窓に倚《よ》って、僕はいつまでも、冷たい窓硝子に顔を当てていた。

春

長い冬が過ぎて春になった。

その年の冬は長かった。春はすぐそこまで来ていながら、三月になっても気温が零度を降る日が続き、毎朝、痰《たん》コップの水が凍った。昼は霜解の道がぬかるみに変り、やがて季節の変りめの嵐《あらし》が雑木林の梢《こずえ》を揺《ゆる》がせると、空は黄塵《こうじん》に覆《おお》われ、ベッドの上にまでざらざらした埃《ほこり》が舞い込んで来た。患者たちは首まで蒲団《ふとん》にくるまったまま、温室咲の草花の鉢《はち》などを床頭台に飾った。療養のためには、為《な》すこともなく病臥《びょうが》している冬の間の方が遥《はる》かに身体によく、暖かい日射《ひざし》が続くようになると、それだけ病状に変化を来すことも多かったのだが、私たちはしきりと太陽の光を恋しがった。梅林の梅が綻《ほころ》び、新しい草が萌《も》え始め、麦が一寸《いっすん》ずつ延びて行くと、重症の患者たちの眼《め》にも、陽炎《かげろう》のような希望の色が燃えた。春はそのように待たれていた。

よく晴れた日に、私は外気舎の建ち並んだ間を通り抜けて、サナトリウムの裏手の小道を歩いた。麦は青々と延び、土は黒く、雑木林の中に新芽が芽ぶいていた。道を真直に行くと、それはやがて野火止《のびどめ》用水と交叉《こうさ》した。徳川末期につくられた灌漑《かんがい》のための掘割で、一間ほどの幅を保ったまま、武蔵野《むさしの》の面影《おもかげ》を残した野原の間をのどやかに流れていた。その傍《かたわ》らに三角山があり、山といっても小高い丘の程度にすぎなかったが、私たちの体力ではそれに登ると息が切れた。頂きからは、樹々の間を通して、近くの麦畑と、それを縁取りした森と、森の間の療養所の屋根などが見えた。

掘割にかかった危なっかしい石橋を渡って、もう少し先の方まで行くこともあった。草の褥《しとね》に腰を下すと、ゆるやかな降りになった勾配《こうばい》の向うに、防風林に囲まれた百姓家や小川や、それに小さなお寺などが、降り注ぐ日射を受けてまどろんでいた。それらの風景は新鮮で、心に沁《し》み入るほど平和だった。

私はしばしばその辺りまで散歩した。一人の時もあったし、角さんと一緒の時もあった。しかし多くは一人だった。溢《あふ》れ出んばかりに勢いよく流れて行く掘割の水を眺《なが》め、時々は身を屈《かが》めて水の中に手を涵《ひた》した。それは水の次第にぬるんで行く季節だった。私は笹舟《ささぶね》をつくって、子供の頃《ころ》のように橋の袂《たもと》から流した。笹舟はくるくると廻り、岸辺に吸い寄せられたり、水草に絡《から》まったりしながら、見る見るうちに流れて行った。そういう時、生きていることの愉《たの》しさが私の胸を締めつけるようだった。さまざまの感慨が私の心頭に去来した。中でも、汐見茂思の死が、その死の理由が、一つの強迫観念のように胸の底に蟠《わだかま》っていた。

私は雪解の日の霊安室で、細かい字でぎっしりと書き込まれた彼の二冊のノオトを読んだ。しかし彼の死が、自ら予期した一種の自殺行為であったのか、それとも単に不幸な術中死の一ケエスにすぎなかったのか、私は知ることが出来なかった。彼がそれを書いた気持は類推できても、彼が死ぬ前に何を考えていたのか、またなぜこのノオトを私に託したのか、それも分らないままだった。私は想像を恣《ほしいまま》にして、戦場にあった彼が、遂《つい》に彼の孤独な意志を守り通し得ず、そのために烈《はげ》しい自己嫌悪《けんお》に罹《かか》ったのではなかろうかと思った。しかしそのような想像が何になろう。彼は彼の意志で、死を、或《あ》るいは死の危険を、多分に伴う手術を選んだ。彼はそれに後悔を感じなかった。彼の孤独が彼なりに完成していた以上、私たちが、それに加えて、何の云々《うんぬん》すべきことがあろうか。

手術の幾日か前に、汐見は次のようなことを言った。「昔、僕は死ぬのが恐ろしかった。喪《うしな》いたくないものが沢山あった。愛とか、幸福とか、青春とか、野心とか、そういうものだね。だから死にたくなかったのだ。今はもうこの自我の他《ほか》に喪うべき何ものもない。そしてこの自我という奴《やつ》が、僕の最も嫌《きら》いな代物《しろもの》だ。」

今にして思い返せば、その時には彼は死を決していたのだ。しかし彼の態度はあまりにも平静で、私にそれを勘づかせなかった。私は直にその言葉を、ほかの多くの言葉と共に、忘れた。私が野火止の辺りをさ迷いながら、せせらぎの音の中に聞くのは、そうした半ば忘れていた汐見茂思のさりげない言葉だった。

汐見の遺骨は、その兄の手に抱かれて郷里へ帰った。私の手許《てもと》には二冊のノオトが残された。私は、汐見の出た高等学校の同窓会名簿を借りて来て、彼の友人たちの名前を探し出し、その訃《ふ》を伝えた。そして私は、そうした文通の結果、暫《しばら》くの後に石井千枝子の現在の住所を知った。彼女は東海道筋のS市にいた。

私は汐見の遺したノオトを、石井千枝子に読ませた方がいいかどうか判断がつかなかった。彼女は、恐らくは、田舎で幸福な結婚生活を送っているだろう。汐見との交渉は、もう遠い過去の出来事に違いない。私はお節介なことをして、他人の平和を傷つけようとは思わなかった。しかし汐見茂思の心中を忖度《そんたく》すれば、彼が彼の手記の最も理解ある読者として予想したのは、彼が生涯《しょうがい》に於《お》いてただ一人愛した、この女性を措《お》いて他になかった筈《はず》だ。

私は長いことためらい、遂に石井千枝子に手紙を書いた。私は汐見茂思と私との間《あいだ》柄《がら》から、その死の模様について説明し、また彼のノオトの内容についても、出来るだけ詳しく紹介した。もし彼女にそれを読む意志があるならば、いつでもお送りすると附け足した。私はその手紙を出してから、或いはまったく余計なことをしたのではないかと、ふと心の痛む時もあった。

返事はなかなか来なかった。漸《ようや》くそれが着いた時に、春はもうたけていた。その手紙は切手を何枚も貼《は》った、ずっしりと重い封筒で、細かいペン字が私に一種の感慨を催させた。

私は石井千枝子の長い手紙を、野火止の橋を越した草の上で読んだ。汐見の手帳を読んだ頃はまだ冬の央《さなか》だったが、今はもう草は暖かく萌え、たんぽぽの花が咲き乱れた。空には雲雀《ひばり》が喧《かしま》しいように囀《さえず》り、おだやかな白い雲がとびとびに浮んでいた。それには次のように書かれていた。

＊

お手紙をありがとうございました。悲しいお手紙でございました。

わたくしは汐見さんのことを忘れてはおりません。しかし忘れようとつとめてはおりました。もはやどうにもならないことと諦《あきら》めてはおりました。あなたさまのお手紙を拝見し、存じ上げぬ方から何のお便りだろうかといぶかりながら、便箋《びんせん》をひろげたとたんに汐見茂思という名前が眼に写った時には、急に手がふるえ出して便箋を手に持っていることも出来ない位でございました。お嗤《わら》いになりますでしょうか、私は恐れたのではございません。ただあの方が応召なさって以来、わたくしはあの方の消息をほとんど耳にしたこともございません。わたくしは女子大を卒業して石井と結婚し、やがて子供が生れ、終戦の年に、主人が当地の高等学校に奉職することになりましたので、それきり田舎へ引籠《ひきこも》ってしまいました。汐見さんもきっと無事に復員されて、お元気にお過しのこととばかり存じておりました。あの方は物をお書きになりたい御志望でしたから、きっときっと、いいものを拝見できるだろうとたのしみにしておりました。本屋の前を通ります時に、つい、店にはいって、文芸雑誌の目次をめくってみる癖を持つようになりましたのも、あの方の御出世をお祈り申しあげていたからでございます。わたくしはあの方が御病気におなりになり、サナトリウムで病を養われていたなどと、夢にも思ったことはございません。ましてや、一人きり、寂しくお亡《な》くなりになったなどと、どうしてわたくしに想像ができますでしょうか。あなたさまのお手紙を拝見して行くにつれ、わたくしは驚きのあまり、息も出来ずに手をふるわせていたのでございます。汐見さんがお亡くなりになった、その事実の重たさは、今、どんなにかあの方の存在がわたくしにとって貴重であったかを、ひしひしと思い当らせます。もしあの方の御病気をもっと早く知っていたならと、そうも考え、烈しい残り惜しさに身も世もない気持もいたしましたが、しかし主人があり子供があります以上、果してわたくしに何ほどのことが出来ましたでしょうか。あなたさまの御親切に心から感謝いたします他《ほか》に、すべては返らぬことばかりでございます。汐見さんは昔から孤独なかたでした。せめて病院で、あなたさまのような方と親しくなさいましたことが、あの方の心の慰めとなったかと思われます。あの方は不幸なかたでございました。

あなたさまは、わたくしが幸福に暮しているとお思いでございましょうか。わたくしは、汐見さんは汐見さんの道を行き、わたくしはわたくしの道を行くことが、二人をそれぞれに幸福にする筈だと考えました。それは昔のことでございます。しかし汐見さんは、その後、幸福におなりになったとは思われません。わたくしも、一人の主婦として、一人の子供の母親として、いろいろの苦労をいたしましたものの、ひとめには平和に、幸福そうに暮しております。それでも折につけて、節子がお人形遊びをしながら独り言を言っているのを聞く時や、主人の脱ぎ捨てた洋服を洋服掛に掛け直している時などに、なぜともなく、ふっと現在のこうした暮しかたがまるで間違っているのではないかと、たまらなく心の空《むな》しく感じられる時がございます。わたくしたちの住んでおりますこの土地は、東海の、気候のおだやかなところで、庭の樹々は若葉をもやし、藤《ふじ》やつつじも今を盛りと咲き誇っておりますが、用もないのに庭の隅《すみ》に出て、言いようもなく胸の締めつけられるのを覚えながら、いつまでもぼんやりと佇《たたず》んでいる時もございます。悲しいことも覚えました、世の中の醜いことも見聞きさせられました。人は年齢を重ねるに従って、悲しいことのみを残して、昔のたのしかったこと、美しかったことを次第に忘れて行くのではないでしょうか。しかしこのような愚痴は、あなたさまとは関《かか》わりのないことでございます。

あなたさまはわたくしがなぜ汐見さんから離れたかとお尋ねでございます。わたくしは弁解しようとは思いません。あの方が事実、幸福におなりになることが出来なかったとすれば、それはわたくしの誤りでございました。しかしわたくしは、芸術家というものを理解できませんでしたし、わたくしのような平凡な女が、もしあの方と一緒になれば、お互いに不幸になるだけだと一途《いちず》に考えておりました。幸福とか不幸とか言っても、本当に燃え上った愛に較《くら》べれば、そんなものは恐らく何の意味も持たないのでございましょう。わたくしにはそれが分りませんでした。それにわたくしは、このわたくしとして、この生きた、血と肉とのあるわたくしとして、愛されたいと思いました。あの方が、わたくしを見ながらなお理想の形の下にわたくしを見ていらっしゃると考えることは、わたくしにはたまらない苦痛でした。わたくしは平凡な女でございます。それをあの方は非凡なように御覧になりました。そのような思い過しはいつかは覚めるものでございます。わたくしはいつか幻滅の瞳《ひとみ》であの方から眺《なが》められるのかと思えば、ぞっと寒気立ちました。あの方は夢を見て暮すかたでございましたし、わたくしは現実をしか見るすべを存じておりませんでした。

わたくしが汐見さんにお別れしようと申しました頃《ころ》、わたくしは熱心に基督教《キリスト》を信じておりました。わたくしはこの二つの愛、もとより次元は違いますが、神に対する愛と汐見さんに対する愛とが、わたくしの中に共存できるものと思っておりました。しかし神は厳しい主《あるじ》でございました。わたくしはいつしか、この二つの愛の何《いず》れかを選ばなければならない気持に追いやられました。汐見さんは神を信じてはいらっしゃいません。もしあの方がわたくしを愛することによって少しでも信仰の方へ歩み寄れるようならば、二つの愛を共存させることも可能だと考えました。しかし汐見さんはかたくなに、自分を守り通したかたでございます。そしてわたくしは、わたくしの信仰を失いたくはありませんでした。

わたくしはその頃ルッターを読んでおりました。自分の幸福のために神を求めることは罪の本質だということを知りました。わたくしは自分の幸福という言葉が、汐見さんとの愛を指すもののように取ったのでございます。わたくしが汐見さんを愛することに純粋であればあるほど、わたくしは自分の不純に気づき、そのために一層神を求めざるを得なかったのでした。ルッターは繰返して、悔改めの本質は、人が相手を自分のために愛するのではなく、相手を相手のために純粋に愛することだと述べております。そこにわたくしのジレンマがございました。わたくしは心の強い時には、わたくしが本当に汐見さんを愛しているのなら、あの方のためにわたくしなんぞお側《そば》から離れた方がいいのだろうと考え、また心の弱い時には、わたくしのような者は、神にお縋《すが》りして心を強くするより他に生きかたはないように思いました。いずれにしても、わたくしはあの方を愛していればいるほど、本当の愛はかえってあの方から離れることにあるのだと考えました。この気持は苦しゅうございました。夏の間、汐見さんからは手紙一つ来ず、わたくしは自分の寂しさに打克《うちか》つためにも、毎日一心に祈り続けました。その年の八月に、わたくしはY湖畔で開かれた沢田先生の聖書講習に参りましたが、湖の青さ、空の青さを見るにつけても、汐見さんを思い切ることの出来ぬこの心弱さを、祈りの足りないせいだと思おうと存じました。しかし心を偽ることは出来ません。眼に見えぬ神よりも、眼に見える汐見さんの方が、何層倍もわたくしには恋しく感じられました。そしてこの気持は、ただわたくしだけの幸福と関りがあり、あの方の幸福とは別のものだと考えることは、わたくしには苦しくてなりませんでした。わたくしがお友達の菅とし子さんと御一緒に、八月の末に信州のO村の寮へ参りました時には、わたくしはわたくしの嘗《かつ》ての決心を半ば後悔していたのでございます。

わたくしはそこで、半ば偶然のように、半ば予期していたように、汐見さんとお会いしました。わたくしたちは、また前のような堂々廻《めぐ》りの議論を交し、わたくしはあの方がどんなにかわたくしを愛して下さいますことをはっきりと知りました。わたくしは神を忘れました。もし本当にそのほうが汐見さんにとって幸福なようなら、わたくし如《ごと》き者の魂の平和なんか地になげうっても惜しくないと思いました。わたくしは汐見さんからエゴイストだと言われました。きっとそうでございましょう。わたくしはその時、汐見さんがもしそうお望みになるのなら、わたくしもまた、わたくしの神を見捨てても悔いない気持になりましたの。浅はかだとお思いになりますでしょうか。わたくしは噴火する浅間山を恐れる以上に、未知の事柄《ことがら》を恐れました。しかしわたくしのエゴイズムが、それを望んでいなかったわけではございません。わたくしはそうして、二人とも、ゲヘナの火に焼き滅ぼされてしまえばいいとまで考えました。

しかし汐見さんは、そのようなわたくしをきっとおさげすみになったのでしょう。わたくしたちは何の過ちも冒さず、日暮に山を下りて参りました。夕陽《ゆうひ》が赤々と山肌《やまはだ》を焼いておりました。わたくしはその時、わたくしたちの心があまりにも遠く離れているのを感じたのです。それと共に、わたくしは急いで神の前に額《ぬか》ずき、この心弱く、誘惑に負けやすい自分を懺悔《ざんげ》いたしました。わたくしは汐見さんがわたくしを選んでくれなかった以上、神がわたくしを選んだのだと考えました。これは自分ひとりに都合のよいエゴイズムに違いありません。しかしわたくしは苦しむことに疲れたと申し上げれば偽りになりますでしょうか。わたくしが石井から結婚を申し込まれました時に、しばらくの躊躇《ちゅうちょ》の後にそれを承諾したのは、自分の意志というものが煩《わずら》わしく感じられ、すべては神の御心のままだと半ば諦めてしまったせいなのでございます。しかし石井を選んだのはわたくしの意志で、決して母に言われたからでも沢田先生に言われたからでもございません。もしその後わたくしが不幸になったとすれば、それはみんなわたくし一人の責任で、母も石井も与《あずか》るところはない筈《はず》でございます。汐見さんの応召の御通知のことはわたくしは何も存じませんでした。わたくしは風邪《かぜ》を引いて一週間ほど学校を休んでおりました。そして学校へ参りまして、初めて菅とし子さんから、汐見さんがその間に出征されたことを聞かされたのでございます。その時のわたくしの驚き、本当に眼の前が真暗になる気持でわたくしは菅さんのお話を聞きました。わたくしは自宅に帰って、泣きながら母にその話をいたしました。汐見さんはなぜしらせてくれなかったのだろう、とわたくしは申しました。その時の母の顔は忘れられません。母は汐見さんの速達を受け取り、わたくしが具合を悪くしておりましたので、つい自分でそれを開いたのだと申しました。わたくしの風邪がもしやこじれはしないかと心配し、音楽会には自分が代りに行くつもりでいながら、その晩わたくしの熱が高かったので、そうもならず一人心に隠していたのだと申しました。わたくしは泣いて怒りました。お母さんの馬鹿《ばか》とののしりました。たとえ風邪を引いていても、たとえ熱があっても、わたくしはお別れに行きたかったのです。しかし母の身になってみれば、わたくしが石井と婚約した後のことでもあり、容易にその手紙をわたくしに渡す決心がつかなかったのでございましょう。今でも覚えておりますが、それは短い、汐見さんらしい文章でございました。

千枝ちゃん、とうとう僕《ぼく》のところに召集が来た。僕は最後に音楽会に行って、その晩の夜行で郷里に立つつもりだ。ここに同封したのはその切符だ。もし君が来てくれたら嬉《うれ》しい。何といっても僕たちは、長い間の友達だったからね。お母さんに宜《よろ》しく。

手紙は結婚しました時に他の手紙と一緒に焼いてしまいましたが、その時の切符だけはもう色も褪《あ》せたまま、今もわたくしの聖書の間に挟《はさ》んであります。わたくしの子供っぽい感傷をどうぞお嗤《わら》い下さいませ。わたくしはその手紙と切符とを手にしたまま、その時母の膝《ひざ》に縋《すが》って泣きました。そうしてわたくしは汐見さんと、再びお会いすることもなく別れてしまったのでございます。

わたくしは長々と書いて参りました。この上何の書くべきことがございましょうか。その頃わたくしが漠然《ばくぜん》と感じ、今いっそうはっきりと感じますことは、汐見さんはこのわたくしを愛したのではなくて、わたくしを通して或《あ》る永遠なものを、或る純潔なものを、或る女性的なものを、愛したのではないかという疑いでございます。或る永遠なものとは、あの方が遂《つい》に信じようとなさらなかった神、或る純潔なものとはわたくしの兄、或る女性的なものとは恐らくゲーテの久遠《くおん》の女性のようなあの方の理想の人だったのでございましょう。その中でもわたくしは、汐見さんがわたくしの兄を見た眼でわたくしを見、わたくしを見ながら兄のことを考えているのを、折につけて感じないわけには参りませんでした。わたくしは兄を心から愛しておりました。兄は本当に純潔な、美しい魂を持っていた人でした。兄は若く死にました。しかし汐見さんの心の中では、兄はいつでも生きていたのでございます。

わたくしには何につけても兄に及ばないという気持がございました。母からもしょっちゅうそう言われておりました。兄の死は、もとよりわたくしにとって最大の不幸でしたが、少くともわたくしの劣等感から、わたくしを解き放してくれたように思われます。しかし汐見さんがいつまでも兄のことをお忘れにならず、亡《な》くなった兄とわたくしとをいちいち比較して御覧になるその眼の厳しさが、次第にわたくしに耐え切れぬ気持を起させました。わたくしは汐見さんを愛する時、その蔭にある兄を感じ、亡くなった兄を憎みました。憎む、というのは容易ならぬ言葉ですが、わたくしはわたくしの気持を飾りたくはございません。汐見さんもわたくしも、兄の、今はもうこの世にない人の、影響の下に生きておりました。それが恐らく、わたくしを汐見さんから引き離し、石井の申出に応じさせた原因の一つでもございましょう。石井は、そういう意味では、兄の影響のまったくないところに生きているように見受けられました。

わたくしはただ今、乏しい家計を割いて、節子にピアノを習わせております。わたくしは時折、家からさほど遠くないピアノの教習所の塀《へい》に凭《もた》れて、節子を待ちながら、中から洩《も》れて来る練習に耳を傾けます。上手なお子さんがショパンの幻想曲やワルツなどを弾いているのを聞いておりますと、その甘い旋律がわたくしの心の中を貫き、過ぎ去ったことどもが次々と眼の前に浮ぶのを覚えます。汐見さんはどのようなお気持で死んで行かれたことでしょうか。思えば人間の心の奥深いところは誰《だれ》にも分らないのでございましょう。わたくし自身の気持にしてからが、わたくしはそれをはっきりと示し出すことが出来ません。わたくしの運命はわたくし自身の選び取ったものでございますが、その運命の持つ意味は、恐らくは神のほかに誰一人知る者とてはないのでございましょう。

思い浮ぶままに長々と拙い文字を連ねました。あなたさまの御親切、本当にありがとうございました。どうぞ一日も早くお元気におなり遊ばしますよう心からお祈り申し上げます。なお汐見さんのお書きになりましたものは、どうぞあなたさまのお手許《てもと》にとどめておいて下さいませ。わたくしがそれを読みましたところで、恐らくは返らぬ後悔を感じるばかりでございましょうから。

どうぞわたくしをおゆるし下さいませ。

解説

本多顕彰

「一人は一人だけの孤独を持ち、誰しもが鎖《とざ》された壁のこちら側に屈《かが》み込んで、己《おのれ》の孤独の重みを量《はか》っていたのだ。そして一人一人は異った年齢、異った人生体験、異った病状によって独立し、相互を結ぶ友情と友情との楔目《くさびめ》に、嫉妬《しっと》や羨望《せんぼう》や憎悪《ぞうお》など、何よりもエゴイズムの秘められた感情を、隠し持っていなかったと誰が言えよう」

これは、サナトリウムで病を養う人たちの孤独について書かれたものだが、人間一般についてもいえることであろう。作者福永武彦氏は、若くしてそのような孤独の絶望的な寂しさを知った人なのであろう。

『草の花』は、日本文学では稀《まれ》な、知的な青年を描いた作品である。この青年の孤独は、理智から来ているともいえる。理智が彼を潔癖にし、潔癖が妥協を許さない。そのために彼は友を失い、恋人を失ってしまう。この小説の終りのところで、千枝子は手紙の中に「わたくしは、このわたくしとして、この生きた、血と肉とのあるわたくしとして、愛されたいと思いました。あの方が、わたくしを見ながらなお理想の形の下にわたくしを見ていらっしゃると考えることは、わたくしにはたまらない苦痛でした。わたくしは平凡な女でございます。それをあの方は非凡なように御覧になりました。そのような思い過しはいつかは覚めるものでございます。わたくしはいつか幻滅の瞳《ひとみ》であの方から眺《なが》められるのかと思えば、ぞっと寒気立ちました。あの方は夢を見て暮すかたでございましたし、わたくしは現実をしか見るすべを存じておりませんでした」と書いている。

汐見茂思は、彼女にも、また彼女の兄の藤木にも、夢を見る人として恐れられ、避けられたが、果して夢を見る人であっただろうか。そうではあるまい。彼こそ覚めた人だったのだ。ただ、彼は、孤独の中にとじこもりすぎていた。そして孤独のうちに考えてばかりいた。考えていたことは、愛とか信仰とか、戦争とか死とかいうような、青年にとって最も切実な問題ばかりであった。そして、彼のおかれていた環境は、戦争下の日本の環境だったから、これらの問題は、いずれも当面の現実の問題だったのである。

「死の翼は常に、昨日も今日も、羽ばたいてやまないのに、人はそれを知らず、日々を幸福に暮しているのだ。戦争が終り、死の忌《いま》わしい影が日常から消え、これからは平和に暮せると思ったその瞬間にも、死が僕等を待ち受けていることに変りはない」

　このように考えることは、決して夢見ることではあるまい。また、

「僕の孤独も無力かもしれないが、少くとも神なんかに頼って、この神が日本を救えと命令したなんぞと考えるよりは、百倍も正直で人間らしいと思うのだ。神がいたら苦しまなくても済むかもしれないのに、神がいないからこそ、僕は人間らしく苦しむことが出来るのだ。愛することも、苦しむことも、神とは関係がないと思うよ」

　夢見る人は、このようには考えないものだ。夢を見ることのできない汐見は、自分の愛が、同じ深さで返されるかどうかを量り、それを疑って、積極的に出ることができなかった。愛の現実を見ることから来るこの自信のなさ、この躊躇が、藤木にも、藤木の妹の千枝子にも誤解された。彼らは、それを、夢見る人のしわざと解してしまって、彼から去ってしまったのである。彼を愛しながら。

　しかも、そういう彼らの心を、彼は量ることができなかった。彼は書いている、「藤木、と僕は心の中で呼び掛けた。藤木、君は僕を愛してはくれなかった。そして君の妹は、僕を愛してはくれなかった。僕は一人きりで死ぬだろう……」

　なんという、ぞっとさせるような孤独だろうと、読者はお考えになるかもしれない。しかし、冷静な理智の眼には、人生の現実はそういう残酷なものだ。人は、ついに、

お互いを完全には理解することができない。極言すれば、人間は、誰でも、ひとりぼっちなのだ。もしも、恋愛が完全な理解の上に築かれなければならないという潔癖さを持するとするならば、この世には、おそらく一つの恋愛も築かれないであろう。主人公汐見の悲劇は、そのような潔癖から起った。

このような絶望的な孤独は、多分、作者のものであろう。その絶望の深淵の中から自分を見つめ、人生を見つめることは、さぞつらいことであろうと思う。しかし、そのような深淵の底でこそ、真物《ほんもの》が作られる。波の間に間に浮ぶようなものから、われわれは何ものをも期待しはしない。

（昭和三十一年三月、文芸評論家）

この作品は昭和二十九年四月新潮社より刊行された。

表記について

新潮文庫の文字表記については、原文を尊重するという見地に立ち、次のように方針を定めました。

一、旧仮名づかいで書かれた口語文の作品は、新仮名づかいに改める。
二、文語文の作品は旧仮名づかいのままとする。
三、旧字体で書かれているものは、原則として新字体に改める。
四、難読と思われる語には振仮名をつける。

なお本作品中、今日の観点からみると差別的ととられかねない表現が散見しますが、作品自体のもつ文学性ならびに芸術性、また著者がすでに故人であるという事情に鑑み、原文どおりとしました。

（新潮文庫編集部）

草《くさ》の花《はな》

新潮文庫　ふ-4-1

昭和三十一年三月十日 発行
平成二十六年十一月二十日 九十三刷改版
令和七年九月三十日 九十七刷

著者 福《ふく》永《なが》武《たけ》彦《ひこ》

発行者 佐藤隆信
発行所 株式会社 新潮社
郵便番号 一六二―八七一一
東京都新宿区矢来町七一
電話 編集部(〇三)三二六六―五四四〇
読者係(〇三)三二六六―五一一一
https://www.shinchosha.co.jp
価格はカバーに表示してあります。
乱丁・落丁本は、ご面倒ですが小社読者係宛ご送付ください。送料小社負担にてお取替えいたします。

印刷・錦明印刷株式会社　製本・株式会社大進堂

ISBN978-4-10-111501-6 C0193